AF377927

Tourne-toi vers le soleil

ISBN : 978-2-9582047-2-3
Édition Indépendante
Alexia JEAN-13590 MEYREUIL
Loreleï LESTERLIN-60640 VILLESELVE
Dépôt légal : Mars 2022

Conception couverture : Lydie Wallon (2li.fr)
Relecture et correction : Emilie Robert

Alexia L. JEAN

& Loreleï LESTER

Tourne-toi vers le soleil

LES FUNAMBULESQUES CHEMINS DU MONDE

Tome 1

*Tourne-toi vers le soleil
et l'ombre sera derrière toi*
(Proverbe maori)

Chapitre 1
Cléo

Je balaie la salle de transit du regard à la recherche d'un coin isolé où me poser. Le hall grouille de monde. J'ignore si nous embarquons tous dans le même avion, mais si tel était le cas, je n'aurais pas autant de tranquillité que lors du vol précédent... L'appareil n'était qu'à moitié plein et j'ai eu la chance de me retrouver seule sur une rangée de trois fauteuils pendant les six heures qu'a duré le trajet Paris-Dubaï !

Je remonte mes lunettes sur le bout de mon nez et commence à arpenter les allées, en jetant des coups d'œil discrets de-ci de-là, mon sac à dos vissé sur les épaules.

J'ai suffisamment voyagé avec ma mère étant plus jeune pour savoir auprès de quels types de passagers je peux m'installer sans crainte d'être dérangée et surtout auprès desquels il vaut mieux passer son tour. Les familles avec enfants sont à fuir en priorité. D'abord, parce qu'elles sont bruyantes, volubiles et envahissantes avec leurs multiples sacs à main, à dos ou à langer. Ensuite, parce que les gosses n'ont rien de mieux à faire pour se divertir que de slalomer entre les sièges et les valises des autres voyageurs en se fichant pas mal de la politesse ! Il se peut aussi que le père de famille, dépassé à la fois par sa marmaille et sa femme hystérique, se retrouve à prendre du bon temps dans les toilettes de l'aéroport avec la première inconnue qui passe… Mais je m'égare ! Les hommes ne sont pas tous des pervers, si ? Et puis ma mère n'est pas là de toute façon… Alors que mon esprit me renvoie à des souvenirs embrouillés de petite fille, je surprends le regard lubrique d'un gars d'une quarantaine d'années. Son gamin en pleurs sur les genoux et son épouse plongée au fond d'une valise à la recherche d'un doudou perdu, il me scrute de haut en bas. Je réprime un haut-le-cœur et presse le pas pour m'éloigner au plus vite de ses désirs malsains.

Pour d'autres raisons, les personnes âgées font également partie de ces catégories de gens à éviter. Parmi elles, on retrouve soit des baroudeurs invétérés, qui n'ont de cesse d'énumérer tous les merveilleux endroits qu'ils ont eu la chance de visiter et toutes les choses fantastiques qu'ils ont accomplies au cours de leur vie ; soit des vieux complètement paumés qui n'y comprennent rien, posent trente-six mille questions et ont besoin d'être guidés dans chacune des étapes du voyage. Dans les deux cas, ils deviennent très vite insupportables !

Il faut aussi se méfier des gens seuls. On a tendance à baisser la garde avec ceux-là, persuadé qu'ils recherchent une solitude identique à la nôtre, mais c'est loin d'être toujours le cas ! Je sais plus ou moins les repérer maintenant : éviter ceux qui inspectent tout autour d'eux, le sourire aux lèvres, tentant d'accrocher un regard pour engager une conversation. Avec moi, ils seraient servis : je peux être aussi muette qu'une tombe lorsque je l'ai décidé. Et ce n'est pas je ne sais quelle bienséance qui me fera changer de comportement ! Ma patronne l'a bien compris à l'institut : quand les clientes me saoulent, je me mure dans le silence. En même temps, je suis payée pour arracher des poils, pas pour raconter ma vie !

Tiens, ici, ça semble pas mal ! Sur les deux rangées de fauteuils, seuls trois sont occupés. D'un côté, un homme en costard pianote à toute vitesse sur un ordinateur portable, de l'autre un jeune couple est trop occupé à se bécoter pour se soucier du reste du monde.

Je m'installe à l'extrémité d'une banquette et fais glisser les bretelles de mon sac à dos de sorte qu'il se positionne sur mon torse. J'ouvre la fermeture éclair et vérifie son contenu : rien ne semble avoir bougé. Les différentes petites pochettes étiquetées avec soin et organisées par thème — hygiène, loisir, alimentation, administratif — s'encastrent les unes dans les autres en un parfait puzzle et rentabilisent au maximum le peu de place offert par le sac à dos. J'ouvre un paquet de spéculoos tout en jetant un coup d'œil à mon téléphone : plus qu'une petite heure à attendre avant de rembarquer. J'envoie un SMS à ma mère pour lui signaler que tout va bien. Sa réponse ne tarde pas, malgré l'heure déjà bien avancée en France : *OK mon bébé. Bon vol. N'oublie pas que je t'aime.* Je ne peux m'empêcher de sourire en l'imaginant pendue à son portable, se rongeant les sangs en attendant de mes nouvelles. Ce n'est pas dans nos habitudes qu'elle s'inquiète ainsi pour moi. C'était surtout moi qui, jusqu'à présent, me faisais du souci pour elle. Jusqu'à ce que Philippe entre dans nos vies et chamboule tout ce qu'elle était — tout ce que nous étions ensemble — et la transforme en cette drôle de mère poule que j'ai parfois bien du mal à reconnaitre...

Perdue dans mes pensées, je ne réalise pas tout de suite qu'une jeune femme s'avance peu à peu dans ma direction. Mes yeux glissent machinalement sur le bas de sa longue robe bariolée qui balaie le sol à chacun de ses pas. *Pas très pratique cette tenue pour voyager...* Je remarque qu'elle a dans la main un passeport couleur bordeaux, semblable au mien. À coup sûr, on a dû prendre le même avion pour venir jusqu'ici… Je ne crois pas l'avoir aperçue à Charles-de-Gaulle… Pourtant, une tenue de cette couleur, ce n'est pas ce qui est le plus discret ! Je remonte peu à peu le regard jusqu'à ses épaules. *Une robe sans manches ! Pfff ! Elle s'est habillée comme si nous étions déjà à destination ! Elle a dû se cailler grave à Paris en cette saison…* J'arrive alors à son visage : ses yeux virevoltent dans tous les sens, sa lèvre frémit sous un sourire accueillant… *Oh My God ! C'est une gratteuse d'amitié !* Je plonge aussitôt le nez dans mon sac à dos à la recherche de mon répulsif anti-relou avant qu'elle ne parvienne à accrocher mon regard. Je brandis ma liseuse tel un bouclier et focalise toute mon attention sur l'écran resté en veille, dans une attitude d'extrême concentration. Elle passe devant moi sans s'arrêter et se pose un peu plus loin sur la même rangée. Il s'en est fallu de peu ! Une seconde de trop et je me faisais avoir comme une débutante !

Bon, me voilà bien obligée d'allumer ma liseuse pour rester dans mon rôle. Je pensais me réserver ce plaisir une fois embarquée et installée à bord de l'avion, mais je me résous à reprendre ma lecture, une romance… comme toujours ! C'est ça quand on a une vie sentimentale proche du néant : on tente d'en vivre une par procuration ! Je n'ai pas le temps de terminer mon chapitre qu'un appel micro donné par une voix robotisée résonne contre les murs de la salle de transit : « Mesdames et messieurs, les passagers du vol 747 à destination de Sydney sont priés de se présenter porte 12, afin de procéder à l'embarquement ».

Je me lève d'un bond et me rapproche de la porte d'embarquement tout en glissant ma liseuse dans mon sac. De nombreux voyageurs commencent à rassembler leurs affaires dans un joyeux brouhaha. Du coin de l'œil, j'aperçois la gratteuse d'amitié en pleine conversation avec le jeune couple de tout à l'heure. Je me faufile le plus prestement possible pour arriver en tête de file au guichet de contrôle des billets. Je déteste arriver dans un avion aux trois quarts plein et galérer à faire rentrer mon bagage dans les compartiments au-dessus des sièges, sous le regard amusé des gens déjà installés. Être le point de mire de l'attention collective me renvoie à mes souvenirs d'école où on nous obligeait à réciter des poésies incompréhensibles devant toute une classe, attentive au moindre faux pas. À l'époque, j'avais beau connaitre mes poèmes sur le bout des doigts, mes lèvres tremblantes et ma peau écrevisse ne me permettaient pas d'échapper aux moqueries de mes camarades…

De nombreuses personnes sont déjà alignées dans la file, mais la plupart d'entre elles ne semblent pas avoir encore sorti leurs documents d'embarquement.

Je les double sans vergogne et tends mon billet, soigneusement préparé, au contrôleur qui me souhaite un bon vol. Je lui réponds d'un timide sourire et grimpe à bord de l'appareil. Je repère rapidement ma rangée. Elle ne comporte que deux fauteuils. Je m'assois à ma place, côté hublot, et glisse mon sac sous le siège de devant afin d'avoir tout à portée de main durant le voyage. Je glisse un œil vers le fauteuil vide sur ma droite. Avec un peu de chance, la place restera vacante.

Je croise les doigts.

Chapitre 2

Morgane

L'appel pour l'embarquement retentit. Je vérifie que ce soit bien de mon vol : Sydney, vol 747. C'est bien lui. Toute une foule se lève et prend d'assaut le guichet pour entrer dans l'avion, comme s'il s'agissait du dernier moyen de transport pour quitter une zone de guerre. Je souris intérieurement. Je ne comprendrai jamais ce genre de personne. Rester debout, piétiner le carrelage de l'aéroport et avancer centimètre par centimètre… Quelle vision cauchemardesque d'un début de vacances !

De loin, je vois une fille qui gruge tout le monde pour arriver la première dans l'avion. *Meuf ! Quatorze heures coincée dans un siège minuscule, c'est pas assez ? Tu souhaites vraiment te torturer trente minutes de plus ?* Je soupire face à la bêtise humaine.

Le couple avec qui j'étais en train de discuter s'en va. Je me lève à mon tour et me dirige non pas vers l'embarquement, mais vers une boutique de nourriture. Je n'ai pas envie de crever la dalle pendant tout le trajet ! Pour survivre dans un avion, il faut des films, des livres et des sucreries. Beaucoup de sucreries. Je prends un panier et parcours les rayons. M&M'S, Kinder Country, Kinder Délice, Twix, chips, sandwich, je voudrais tout acheter ! *Allez, Morgane, décide-toi. Tout ne va pas rentrer dans ton sac à dos.* J'attrape les Maltesers. C'est trop bon les Maltesers. Oh ! les Kinder Country me font aussi de l'œil ! Et si le repas salé est dégueu dans l'avion ? Les chips sont indispensables ! Qui sait quelles envies peuvent survenir durant quatorze heures ?

Une voix s'élève dans l'enceinte de l'aéroport, me tirant de mon indécision :

— Morgane Saouf est priée de se présenter à l'embarquement du vol 747, à destination de Sydney.

Je sursaute à l'appel de mon prénom. J'hésite. Est-ce vraiment mon nom qui résonne dans tout le bâtiment ? Il est tellement écorché que je n'en suis pas sûre.

— Morgane Saouf. Je répète. Morgane Saouf.

— Sauve ! Comme « Sauve-toi vite » ! crié-je au plafond.

Les clients du magasin me regardent du coin de l'œil puis s'éloignent de moi. Ils pensent certainement que je suis folle. Je n'ai pas le temps de me justifier auprès d'eux. Et puis après tout ils ont peut-être raison : je suis folle !

Je me ressaisis. L'heure n'est plus au doute : je prends tout ! Les Kinder, les Maltesers, les chips. Je les balance dans mon panier et me précipite à la caisse. Une seule personne est devant moi. Est-ce que j'abandonne ma nourriture et cours vers l'embarquement ? Certainement pas. Quatorze heures de vol, à me demander si mes Kinder ne s'ennuient pas trop sans moi, posés sur les étagères du magasin ? Jamais ! Ça serait la pire torture qu'on puisse imaginer. Je passe à la caisse, paie en sans contact et récupère le sac en plastique rempli à ras bord. Décidément, aujourd'hui est vraiment le jour où je transgresse mes valeurs écologiques. *Pardonne-moi, Terre Mère*, murmuré-je pendant que je galope vers la porte d'embarquement 12 en tâchant de ne pas me prendre les pieds dans ma robe. Je tends mon billet et mon passeport à un homme impassible, et me précipite dans le bras qui me conduit au second et dernier avion de ce long périple.

Je n'ai pas le temps de reprendre mon souffle. Je m'engouffre dans l'habitacle. L'hôtesse qui vérifie mon billet ne fait aucune remarque sur mon retard. Elle semble blasée. Je lui adresse mon plus beau sourire d'excuse, mais elle m'ignore déjà. Elle est en train de verrouiller la lourde porte derrière moi.

Je remonte l'allée, soumise aux regards courroucés de la plupart des voyageurs. Visiblement, je suis leur seule occupation en ce début de vol. Ils pourraient lire, observer par le hublot, discuter avec leur voisin, mais non. Ils me dévisagent, moi, tout essoufflée par la course effrénée que je viens de faire pour arriver à temps. *Je suis la retardataire qui vous fait perdre cinq minutes sur un vol de presque une journée. Oui c'est moi. Vous allez avoir du mal à vous en remettre, je sais.* J'ignore les passagers, même l'homme qui me scrute de bas en haut alors que sa femme et son fils sont sur le siège à côté de lui, et je me concentre sur mon numéro de place. Chose inutile, puisqu'il y a l'air de n'avoir qu'un seul siège disponible : le mien. Je le remarque de loin dans cet avion surpeuplé. Je m'approche et constate que je suis à côté de la grugeuse. Son regard noisette, derrière ses lunettes rondes, est braqué sur moi, me lançant des flèches de désapprobation et de mépris. Ses lèvres pincées renforcent l'expression de ses yeux, et le tout me dit « C'est donc TOI qui retardes tout le monde ! ». Je lui adresse le même sourire qu'à l'hôtesse, et j'obtiens le même effet : la fille m'ignore totalement, et se penche sur sa liseuse. OK, le trajet commence bien.

En même temps je la comprends. Moi aussi je ferais une gueule de six pieds de long si j'étais assise depuis une heure sur un siège inconfortable. Je lui aurais bien dit qu'il ne fallait pas se précipiter pour être la première, que les gens ont sûrement plus râlé quand elle les a dépassés plutôt que lorsqu'ils m'attendaient pour pouvoir décoller, mais je me retiens.

Morgane, souviens-toi. Reste calme. Tu ne dois pas reporter les frustrations de ta vie personnelle sur autrui.

Je prends une profonde inspiration et j'expire doucement. Je suis toujours au milieu de l'allée. L'hôtesse me frôle et me demande de m'asseoir. Ma voisine de voyage, au hublot, me jette un coup d'œil puis se replonge immédiatement dans son roman qui a l'air captivant.

Je prends place, et glisse mon sac à dos sous mon siège. Mon sac plastique est coincé entre mes genoux.

L'hôtesse passe de nouveau près de moi et me somme de le ranger. Je fais mine de le pousser sous le siège, tout en sachant qu'il ne passera pas. Il est bien trop volumineux. Jusqu'où me conduira ma gourmandise ? J'essaie tout de même. Je n'y arrive pas. J'ai peur que mes précieux gouters ne s'écrasent. J'abandonne et le remets sous mes jambes. Je le cale de telle sorte que l'hôtesse ne puisse rien remarquer lors de son passage.

Je me tourne vers ma compagne de voyage et l'observe. Celle-ci, plongée dans son roman, ne remarque pas que je la dévisage. Les lumières de l'aéroport passant à travers le hublot illuminent sa peau translucide constellée de taches de rousseur. Ses cheveux roux foncé maintenus dans un chignon lâche dévoilent une nuque et des épaules tendues. Sa mâchoire est également contractée. Peut-être qu'elle lit un thriller. Je descends mon regard sur sa liseuse. Je me penche lentement vers elle, afin qu'elle n'imagine pas que je l'espionne. Bon d'accord, j'avoue, je l'espionne ! Je tente de déchiffrer quelques lignes, et mon regard est aussitôt attiré par un mot : « corps ». *Ah ! Du français !* Je me penche un petit peu plus : « … son corps aux abdos sculptés me faisait face, attendant une réaction de ma part ».

Obnubilée par la lecture, je me penche encore et bouscule ma voisine. Elle se tourne vers moi, agacée, puis se décale vers le hublot en cachant sa lecture. Elle est tellement collée à la paroi de l'avion qu'elle donne l'impression de vouloir se jeter par-dessus bord.

Ce qui ne m'étonnerait pas : toute de noir vêtue hormis ses ongles d'un orange-cône de signalisation, elle donne l'impression d'une fille suicidaire. Tout à coup, je réalise qu'elle est dans le même avion que moi. *Jette-toi par la fenêtre si tu veux, mais ne me tue pas avec toi s'il te plait !* Peut-être que je devrais demander à l'hôtesse de vérifier si elle ne cache pas une bombe dans son sac ?

Puis je me raisonne. Qui lirait de la romance juste avant de commettre un attentat ? En tout cas, sa tension n'est clairement pas due à un thriller. Elle est peut-être juste stressée de prendre l'avion. Je tente d'engager la conversation :

— Bonjour, moi c'est Morgane.

— Mmm. Cléo.

Elle a répondu sans lever les yeux vers moi, affichant clairement son envie de m'ignorer. Je ne me démonte pas pour autant.

— Enchantée Cléo. Tu as peur de prendre l'avion ?

— Non.

— OK.

Les échanges tombent à plat. Je cherche quoi dire quand soudain, la voix du commandant de bord se fait entendre. Nous nous immobilisons sur la piste. Décollage immédiat. Ma voisine ferme les yeux. Elle n'éteint pas sa liseuse. Nous accélérons. Des rafales nous poussent vers la gauche. L'avion décolle. Les roues se rétractent. Nous sommes secoués par une forte bourrasque. Certains passagers poussent un léger cri et Cléo m'attrape le bras. Pour une fille qui n'a pas peur en avion, elle semble bien paniquée ! Nous passons dans un premier trou d'air, puis un second. Je penche la tête vers les hôtesses pour me rassurer. Elles ont l'air calmes, donc je suppose que tout va bien. Au bout de quelques minutes, l'avion se stabilise. Cléo relâche aussitôt la pression qu'elle exerçait sur mon avant-bras, gênée, tout en continuant de m'ignorer royalement.

Je détache mon collier. Une pierre bleue brute veinée de marron pend au bout d'une chaine dorée.

— Tiens, je peux te la prêter si tu veux. C'est une turquoise, la pierre du voyageur. Elle te protégera. Tu pourras être rassurée en avion.

— Je t'ai dit que je n'avais pas peur. Donc merci, mais non merci.

La réplique me gifle. Elle aurait au moins pu répondre gentiment. Elles vont être sympas, ces quatorze heures, assise à côté d'une connasse !

Chapitre 3

Cléo

J'ai les yeux qui brulent à force de rester concentrée sur ma liseuse. Le rétroéclairage n'arrange rien, mais pas le choix : les hôtesses ont réduit la luminosité au maximum afin de permettre aux passagers de s'endormir. Je n'ai pas osé allumer le spot au-dessus de ma tête... Je bats des cils à plusieurs reprises pour me dégourdir le regard... Je ne sais pas si ça se dit, mais c'est vraiment ce que je ressens : un besoin de relâcher la pression depuis mes orbites jusqu'à la plante de mes pieds. Si nous étions sur la terre ferme, je serais partie courir.

Je me tourne discrètement vers ma voisine. La tête fléchie en arrière contre le fauteuil, les yeux clos et la bouche grande ouverte, elle s'est assoupie, enroulée dans une couverture polaire prêtée par la compagnie aérienne. C'est bien ce qu'il me semblait ! Ça me paraissait bien calme depuis quelque temps... Je pose la liseuse sur mes genoux, retire mes lunettes et me frotte le visage avec les poings. Nous n'avons pas encore fait la moitié du trajet et j'ai pourtant eu envie de me jeter par le hublot au moins six fois ! La première fois c'est quand je l'ai vue débarquer… La gratteuse d'amitié avait sa place à côté de la mienne ! Pour un vol de quatorze heures ! Si ce n'est pas de la poisse, je ne sais pas ce que c'est… Surtout que la garce m'a laissé espérer jusqu'au bout que je ferais la traversée en solo ! L'avion était prêt à décoller quand elle est arrivée, le souffle court et les joues rouges d'avoir couru, ses longs cheveux bruns volant dans tous les sens. Je pense qu'elle a dû lire la déception — et le mot est faible — sur mon visage… J'aurais voulu tenter de lui faire croire que j'étais une voyageuse étrangère en misant sur ma maîtrise de la langue anglaise, mais son effroyable sans-gêne l'a poussée à lire quelques lignes de mon roman par-dessus mon épaule. Elle a donc appris coup sur coup que je parlais français et que je lisais de la romance !

En plus, je crois que j'en étais à un passage un peu… osé. Je sens le rouge qui me monte aux joues. *Que doit-elle penser de moi ? Oh ! Et puis zut ! Je n'ai rien à me reprocher, elle n'était pas censée m'espionner comme ça !*

Je lui jette un regard méprisant. Un léger ronflement accompagne sa respiration et un filet de bave chocolaté s'écoule doucement depuis la commissure de sa lèvre. *Dégueu* ! En même temps, avec tout ce qu'elle s'est envoyé pendant le repas, ça ne m'étonnerait pas qu'elle pisse du chocolat ! D'ailleurs, en parlant de ça, ma vessie commence à me tirailler sérieusement…

Je me retourne pour jeter un coup d'œil en direction des toilettes. Il ne semble pas y avoir trop d'attente. À cette heure-là, la plupart des passagers comatent sur leur siège. J'hésite. Je pourrais profiter du sommeil de ma voisine pour faire des trucs sans être dérangée, comme mater un film par exemple. J'ai bien tenté de me distraire devant le dernier long-métrage de Philippe Lacheau, mais elle s'est empressée d'allumer la même chose sur son écran et de réagir exagérément à chaque scène tout en guettant mes réactions. Sans doute espérait-elle partager un moment avec moi, une émotion, un rire. J'ai coupé au bout de dix minutes. La compagnie imposée m'horripile.

Un élancement douloureux dans le bas-ventre me renvoie à ma condition actuelle. J'ai besoin d'aller aux toilettes. Maintenant. Je range ma liseuse, remets mes lunettes et commence à élaborer une stratégie pour escalader ma voisine sans la réveiller. Elle n'est pas épaisse. Je pense que je n'aurai pas de mal à l'enjamber. Je me redresse à demi et me prends les pieds dans son sac plastique rempli de cochonneries. Les paquets sont, pour la plupart, déjà bien entamés, mais vu ce qu'il reste, elle ne devrait pas manquer de sucre pour le restant du voyage. Je bascule délicatement ma jambe gauche par-dessus les siennes et me retrouve presque à califourchon sur ses genoux, mon visage à quelques centimètres du sien.

C'est justement ce moment qu'elle choisit pour changer de position dans son sommeil. Son bras droit jaillit de sous la couverture pour venir se caler sous sa nuque m'offrant ainsi une vue directe sur son aisselle dont la pilosité me saute aux yeux malgré la semi-obscurité régnant dans l'appareil. Je grimace. *Non, mais sérieux, la cire orientale, elle connait pas ?* Avec la même préciosité, je ramène ma jambe droite jusqu'à la gauche et, tout entière dans l'allée, je peine à retrouver mon équilibre pendant quelques secondes. J'ai des fourmillements désagréables dans les pieds ; mes cuisses, jusqu'alors ankylosées, me font mal. C'est leur manière de se plaindre de mon manque d'activité de ces dernières heures. En même temps, ce n'est pas comme si j'avais le choix...

Je prends le temps d'étirer mes quadriceps et mes ischio en rêvant aux magnifiques parcours de running qui m'attendent en Australie. Imaginer ainsi les vastes étendues me donne la sensation d'être encore plus à l'étroit dans l'habitacle de cet avion...

Je m'avance lentement vers les toilettes tout en prenant soin de désengourdir la moindre articulation de mon corps. Je profite de l'attente pour grignoter les biscuits et les petits fromages laissés à disposition des voyageurs. Le repas servi par les hôtesses n'était pas exceptionnel, mais pas mauvais non plus. Le rôti était peut-être un peu sec et les pommes de terre manquaient de fermeté, mais ça restait acceptable. Ma voisine a choisi le poisson. Elle ne l'a pas touché, lui préférant quelques poignées de Maltesers. Elle n'a pas manqué de m'en proposer, mais pour ne pas avoir à poursuivre une quelconque conversation, j'ai préféré refuser. Même si ce n'est pas l'envie qui manquait. Pour la peine, j'ai terminé mon paquet de spéculoos.

C'est à mon tour de soulager ma vessie. Je me contorsionne pour parvenir à me positionner correctement au-dessus de la cuvette, mes cuisses gainées en position squat pour ne pas avoir à m'asseoir sur la lunette à la propreté douteuse. Je retiens ma respiration afin que les effluves d'urines qui ne m'appartiennent pas cessent de m'irriter les narines. Je tire la chasse puis me lave rapidement les mains. Le miroir au-dessus du lavabo me renvoie l'image d'une jeune femme au visage pâle et fatigué. J'aurais dû prendre ma pochette hygiène avec moi, j'en aurais profité pour me brosser les dents. Tant pis ! Je le ferai plus tard... Je crois que le plus urgent pour le moment, c'est que je me repose.

En sortant, je pioche encore dans les biscuits offerts par la compagnie aérienne. Je remonte l'allée jusqu'à mon siège et prie pour que ma voisine ne se soit pas réveillée entre temps. Je reste alors scotchée devant ma rangée, bouillonnante de colère : cette espèce de dinde s'est allongée de tout son long sur nos deux fauteuils m'empêchant de regagner ma place ! *Non, mais j'hallucine, je crève de fatigue et la voilà qui ronfle sur mon siège ! Elle mériterait que je lui jette ces biscuits rassis à la figure !* Je constate qu'il n'en reste pas grand-chose, ma fureur les ayant écrasés dans mon poing...

Je secoue mes mains pleines de miettes au-dessus de son sac à dos et entreprends de me glisser entre nos sièges et ceux de la rangée de devant, jusqu'à la tête de cette détestable culottée. Là, j'inspire un grand coup, place mes mains au niveau de ses épaules et du haut de son dos et pousse dans la direction opposée pour la redresser. Je dois m'y reprendre à plusieurs fois, mais enfin, son corps bascule du côté de son fauteuil me donnant accès au mien ! Je m'y installe précipitamment, ravie d'être débarrassée de cette intruse ! Je n'ai pas le temps de savourer ma victoire que ma voisine, engourdie par le sommeil, revient vers moi tel un boomerang et m'écrase contre le hublot. *Non, mais c'est pas vrai !* Je tente de la repousser avec mon coude. Malgré sa taille fine, elle pèse un âne mort ! Le filet de bave qui coulait sur son menton a disparu : j'espère qu'elle ne l'a pas essuyé sur moi en me tombant dessus ! Je prends appui sur elle avec mes deux mains pour la tenir à distance, mais l'une d'elles glisse sous son épaule et effleure les poils de son aisselle, humide de transpiration. *Beurk ! J'ai envie de vomir !* Le dégout décuple mes forces et je la balance violemment sur le côté. Elle bascule telle une quille déglinguée par une boule de bowling et s'écrase au sol, au milieu de l'allée centrale. *Oups !* Je crois que j'ai poussé trop fort...

Chapitre 4

Morgane

Nous atterrissons sous la douce chaleur de Sydney. J'allume mon téléphone portable : deux appels manqués et cinq messages d'Alexandre.

« Je suis vraiment désolé, pardonne-moi s'il te plait. »

« Tu me manques. »

« Où es-tu ? Est-ce que je peux t'inviter au restaurant pour que nous puissions discuter ? »

« Je ferai tout pour me racheter. »

« J'ai été tellement idiot de te laisser partir… Reviens s'il te plait. »

Mon cœur s'emballe en lisant les textos. Il se serre. J'ai chaud. J'ai mal. Tout mon côté gauche me lance douloureusement. Comment des messages peuvent-ils me faire cet effet ?

Peu à peu, mon esprit se reconnecte à la réalité. Je suis en train de rêver. Toutefois cette souffrance, elle, est bien réelle. J'ouvre les yeux. J'aurais dû m'en douter ! C'était trop beau pour être vrai ! Adieu mes doux rêves de réconciliation, bonjour ma triste réalité.

Je suis étalée en travers de l'avion, les pieds sous mon siège et la tête sur les chaussures d'un type à l'apparence négligée, de l'autre côté de l'allée. Mon bras a dû heurter un accoudoir, car il me lance cruellement. J'ai connu mieux comme réveil. Dire qu'à une époque pas si lointaine, mes journées démarraient sur un petit déjeuner préparé par un bel homme aux fossettes rieuses...

Je laisse filer mes pensées et me concentre sur l'instant présent. *Comment ai-je fait pour me mettre ENCORE dans ce pétrin ?* Tandis que je rassemble mes esprits, les nombreux regards ensommeillés qui me scrutaient avec curiosité se recouchent. Personne ne propose de m'aider. *Sympa.* L'homme sur lequel ma tête repose tire brutalement ses pieds et les met en hauteur sur son siège. Ma tête cogne sur le sol. *Quel connard !* Ce sont bien tous les mêmes !

Par esprit de vengeance, je pose ma main sur son genou. Il est scandalisé. *Bien fait !* Je m'appuie fermement sur lui pour me relever. Une douleur fulgurante me traverse le côté gauche et m'arrache un cri. Je me traine à l'écart tel un chat à l'agonie qui s'est fait rouler dessus et m'étale de tout mon long dans l'allée. Au moins, à cette heure-ci, je ne dérange personne.

D'ici, je parviens à observer ma voisine. Le mépris a quitté ses iris pour être remplacé par une grande gêne. Peut-être qu'elle sera enfin sympa cette mégère. Elle bouge de son fauteuil. Elle va m'aider ! Un miracle ! Ah non, elle rapproche ses affaires vers elle puis se tourne vers le hublot pour s'endormir.

Ma vie est géniale.

Je pose ma tête sur le sol et observe les spots faiblement éclairés de l'avion juste au-dessus de moi. *Qu'est-ce que je fous là ?* Tout quitter pour un voyage à l'autre bout du monde ? Je suis devenue folle ! Et les signes ne sont clairement pas en ma faveur. Après avoir failli rater mon avion, voilà que ces fichus rêves qui me poursuivent depuis des semaines manquent de me blesser. Un troisième signe et je prends le billet de retour dès que je pose les pieds sur le sol australien !

— Mesdames et messieurs, bonjour. L'ensemble de l'équipage et moi-même sommes au regret de vous annoncer qu'en raison de violents incendies en Australie, nous sommes dans l'incapacité d'atterrir à Sydney comme cela était prévu. Nous allons être redirigés vers l'aéroport le plus proche. Merci de votre compréhension.

OK mes guides, j'ai compris le message !

Une hôtesse court enfin vers moi pour m'aider à me relever. Je serre les dents de douleur et m'assois lourdement sur le fauteuil.

À ce moment précis je suis en pleine déprime. Je ne sais pas qui contrôle ma vie, mais ce n'est visiblement pas moi. Sans doute un lutin maléfique gavé de ressentiment qui s'est dit : « Elle, elle a une vie trop parfaite, si on lui balançait une bonne grosse poignée de merde avec une pincée de malchance ? ».

Coincée sur le fauteuil extraordinairement inconfortable, je bouffe donc ma merde et ma malchance. Je ne perçois pas tout de suite l'agitation qui règne autour de moi. Le commandant de bord répète pour la troisième fois l'annonce de notre changement de direction.

Même ma voisine, les yeux grands ouverts, me regarde d'un air de supplication. À ma grande surprise, elle entame la conversation :

— Où vont-ils nous faire atterrir ?

Je hausse les épaules en signe d'ignorance.

— Pourquoi est-ce que ça m'arrive ? gémit-elle.

— Parce que tu as refusé la pierre du voyageur, réponds-je calmement.

Et toc !

Je suis trop fière de ma répartie. Mon visage s'éclaire tandis que le sien se ferme. Oups. La culpabilité m'étreint. *Où sont tes bonnes résolutions Morgane ? Ce n'est pas parce que ta vie est un amas de bouse de vache que tu dois le refiler à la première venue, aussi sèche soit-elle !*

J'ouvre mon sachet et m'enfile un Kinder pour apaiser mon mal-être. Je me sens tout de suite mieux. Pour me faire pardonner, j'en propose un à ma voisine. Je m'attends à essuyer un dixième refus, mais surprise ! Elle accepte !

— Je m'excuse, je suis un peu tendue, lancé-je.

— Je comprends, moi aussi je suis stressée avec cette annonce...

— Moi ça n'a rien à voir avec l'annonce. On peut se poser n'importe où, ça m'est égal.

Je m'attends à ce que Cléo pose des questions, mais elle demeure silencieuse. Tant mieux, je ne suis pas sûre d'être prête à en parler. Nous mangeons silencieusement notre gouter. Ou notre petit déjeuner. Je suis un peu perdue dans les horaires.

Je tâte mes côtes. Rien ne semble cassé, cependant je vais avoir un sacré bleu. Je grimace sans même m'en rendre compte.

— Ce n'est pas trop douloureux ? me demande Cléo.

— Un peu.

Ma voisine se mord les lèvres. J'essaie de déchiffrer son expression. Je n'y parviens pas.

— Pourquoi est-ce que tu te fiches de l'endroit où on va atterrir ?

— Car on me déconseille d'aller à Sydney.

Cléo fronce les sourcils.

— Qui ça, « on » ?

— L'Univers, les guides, Dieu, qui tu veux.

Elle me regarde avec les yeux ronds et recule de manière imperceptible. En même temps, elle ne peut pas reculer de façon plus franche ici. *Je l'ai perdue, ça y est*. Encore une fille ultra fermée, à l'esprit aussi étroit que son corps dans ses fringues. Elle ne dit plus rien et se tourne vers le hublot. Nous volons toujours largement au-dessus des nuages.

Un calme tout relatif est revenu dans l'avion. J'ai sommeil. Mes paupières sont lourdes. J'hésite. Et si je tombais de nouveau ? Mon corps ne résisterait pas à un second choc ! Je me cale comme je peux, replie les jambes sur moi, et m'endors.

Je me réveille percluse de douleurs. J'étire mes mollets et leur donne des petites tapes énergiques pour les réveiller. Je regarde l'écran incrusté dans le siège juste devant moi : l'avion est au-dessus de la mer. Nous avons dépassé Melbourne. D'ici peu de temps, nous survolerons Sydney ! À quel aéroport comptent-ils nous balancer ? Auraient-ils fait une annonce durant mon profond sommeil, que je n'ai pas entendue ?

J'observe ma voisine : elle lit et l'écran de son fauteuil est éteint. Elle n'a rien remarqué. Je me penche vers le couloir central : la plupart des passagers ne se préoccupent pas de la route que nous prenons. L'avion serait-il en train d'être détourné ? La panique m'oppresse la poitrine. *Mon Dieu, on va tous mourir et personne ne le sait !*

Je me lève, et remonte la voie. Je dépasse les premières toilettes et continue mon ascension. Au bout de l'allée, des rideaux me bloquent le passage. Ça serait trop grillé si je les écartais d'un seul coup ! *Réfléchis Morgane, réfléchis !* Il y a des toilettes juste à côté. Ça me laisse le temps d'analyser la situation. Et si en attendant, je montrais que j'ai vraiment envie de faire pipi ? Peut-être qu'on ne se poserait pas de questions sur ma présence ici !

Je me tiens la vessie et sautille d'un pied à l'autre. Une vieille dame assise près de moi me fixe, sceptique. OK je parais louche, je m'immobilise. J'entre dans les toilettes dès qu'elles se libèrent. J'en profite pour faire mes besoins. Tant que j'y suis, autant me soulager. Au moins ça m'évitera peut-être de me faire pipi dessus quand je verrai l'avion s'écraser sur l'opéra de Sydney !

Je sors des W.-C., les rideaux sont juste à ma droite. Je prends une grande inspiration et je fais comme s'il était totalement normal pour moi de cheminer dans cette direction. J'avance d'un pas, puis d'un deuxième. Ça y est, je sens l'étoffe ! Je cherche le passage. J'écarte les tentures dans un sens, puis dans l'autre. *Merde, y a un code secret pour qu'elles s'ouvrent ou quoi ?* Lorsque je parviens enfin à trouver l'entrée, une hôtesse surgit. Elle semble contrariée.

— Veuillez regagner votre place !

Je fais demi-tour sans demander mon reste et cours pratiquement pour rejoindre mon siège. Je jette un œil vers une autre hôtesse qui discute avec l'une de ses collègues à voix basse. Que se passe-t-il ? Je me tourne vers Cléo pour solliciter son avis quand une voix résonne soudain dans l'habitacle :

— Mesdames et messieurs, en raison des violents incendies en Australie, aucun avion n'est autorisé à se poser sur le territoire. Par mesure de sécurité, nous atterrirons à Dunedin, en Nouvelle-Zélande.

Chapitre 5

Cléo

— Non, mais c'est une blague ! m'exclamé-je en me redressant sur mon siège.

— En même temps, où voulais-tu qu'on aille ? me demande ma voisine, le doigt pointé sur l'écran situé devant elle. Regarde, on vient de survoler toute l'Australie !

— Mais, je…

J'allume aussitôt mon propre écran pour vérifier ses propos que je peine à croire. Notre avion est bel et bien au-dessus de Sydney et aucune descente ne semble s'amorcer. Nous quittons le territoire australien !

— Je pensais que nous aurions pu atterrir dans un aéroport à proximité… J'en sais rien, à Melbourne ou Brisbane ! À Perth, au pire ! Pas dans un autre pays !

Je suis en panique ! Ce n'est pas du tout ce qui était prévu ! Tout était organisé à la perfection, réglé comme du papier à musique : l'aéroport, la réservation de l'hôtel, les visites touristiques, le taxi, le billet pour… Je regarde furtivement autour de moi à la recherche d'une hôtesse. La seule que j'arrive à apercevoir se trouve à l'autre bout de l'avion et elle est déjà sollicitée de toutes parts par des passagers aux visages furieux. Je baisse les yeux vers ma voisine qui s'est ouvert une nouvelle barre chocolatée. Rien ne semble la perturber. Son impassibilité m'agace. Elle n'est pas capable de la fermer une seconde et voilà qu'elle accepte sans broncher que le ciel nous tombe sur la tête ! Serait-elle plus sage et pondérée que moi ?

Je me rassois et tente de retrouver mon sang-froid. Non, la raison pour laquelle elle se rend en Australie doit certainement être moins importante, plus futile que la mienne, c'est tout ! Alors, réfléchissons, Dunedin et Sydney, ça doit être le même fuseau horaire, non ? Donc on devrait atterrir vers…

— Combien d'heures de vol séparent Dunedin de Sydney ? me demandé-je à voix haute.

— Je sais pas… Je dirais environ trois heures, répond ma voisine avant de porter une bouteille d'eau à ses lèvres. Après c'est pas le même fuseau horaire, je crois…

Merde ! Bon avec un peu de chance, ce sera dans le bon sens et on n'aura quasiment pas perdu de temps… Dans le cas contraire, cette histoire risque de nous couter au moins une demi-journée ! Donc admettons que l'on atterrisse en Nouvelle-Zélande le 16 décembre au lieu du 15, ça me laisse encore quinze jours pour trouver un moyen de retourner en Australie. Tant pis, si je loupe une ou deux visites touristiques… Les palpitations de mon cœur se calment peu à peu. Et puis, la compagnie aérienne aura bien une solution à nous proposer. Ces incendies ne vont pas s'éterniser non plus. Dès qu'ils seront maitrisés, nous pourrons rembarquer sur un de leurs vols.

Je m'enfonce dans mon fauteuil, soulagée et fière d'avoir réussi à me raisonner. Je jette un œil un peu condescendant à ma voisine. Elle n'est pas la seule à ne pas paniquer ! Et Dieu n'a rien à voir là-dedans ! Suffit d'un peu de logique. Je range ma liseuse et attrape ma pochette hygiène. Un rafraichissement me ferait le plus grand bien. Comment elle m'a dit qu'elle s'appelait déjà ? Maureen ? Megan ? Non… Méline ? Ah ! Si seulement je pouvais écouter un peu plus les gens quand ils me parlent… Morgane ? Oui, je crois que c'est ça !

— Morgane ? hésité-je.

Elle tourne la tête vers moi, surprise que je l'appelle par son prénom. Enfin… j'espère que c'est le sien !

— Oui ?

Ouf ! C'est bien ça !

— Je dois… commencé-je en lui montrant ma pochette avec un petit sourire contrit. C'est que je ne voudrais pas avoir à te… bousculer, poursuis-je tandis qu'elle se lève de son fauteuil pour me laisser passer.

Elle ne s'était pas rendu compte que j'étais responsable de sa chute monumentale… Elle me sourit en se massant l'épaule. Je ressens une pointe de culpabilité que je chasse aussitôt : elle n'avait qu'à rester sur son siège au lieu de s'allonger sur le mien… Si elle s'était épilé les aisselles, cela ne serait jamais arrivé ! Et puis, je dois avouer que c'était assez drôle de la voir s'étaler au sol comme une… *Aïe* !

Un passager qui se précipite dans l'allée en sens inverse m'écrase le pied de tout son poids.

— Pardon, mademoiselle ! s'excuse-t-il.

— Y a pas de mal, grommelé-je tandis qu'il continue sa route sans se retourner.

Je le suis des yeux jusqu'à ce qu'il s'arrête deux rangées plus loin.

— Alors ? s'inquiète une femme, depuis son fauteuil.

— Selon les hôtesses, les incendies sont totalement incontrôlables. L'Australie a lancé un appel à l'aide auprès des pays voisins. On risque d'être bloqués des jours en Nouvelle-Zélande, si ce n'est des semaines !

— Quoi ? bredouillé-je, effarée.

J'embrasse du regard l'ensemble de la cabine et ne m'apparaissent que des visages tendus et anxieux. Des bribes de conversations auxquelles je n'avais pas prêté attention me parviennent : « *… aéroports fermés… », « … autorisation d'atterrir… », « … séjour foutu… », « … pas le choix… », « … manque de carburant… », « … hôtels complets… », « … assurance pour le remboursement… », « … taxis pris d'assaut… »*

Oh là là ! Ça ne sent pas bon du tout, ça ! Je rebrousse chemin avant même d'avoir atteint les toilettes et me précipite jusqu'à ma voisine pour lui faire part de ces mauvaises nouvelles.

— Morgane ! Tu as entendu ? Les incendies seraient incontrôlables et on risque de se retrouver bloqués à Dunedin jusqu'à… jusqu'à…

Ce qui se déroule sous mes yeux me réduit au silence. Sur sa tablette, Morgane a étalé des cartes représentant de drôles d'images. Elle en tire d'autres depuis un paquet qu'elle tient, face cachée, dans sa main. *Ne me dites pas qu'elle est en train de nous conter la bonne aventure !*

— Oui je sais, répond-elle sans se détourner de ses cartes. J'ai entendu une hôtesse l'expliquer à des passagers derrière nous. Ce serait peut-être plus simple s'ils faisaient une annonce générale au micro… Là, les gens se battent pour avoir des infos, ça me stresse ! Alors, j'ai pris les devants : au lieu d'attendre des nouvelles, je regarde un peu ce que l'avenir nous réserve...

Oh putain ! C'est vrai ! Elle est en train de tirer les cartes ! Je ne peux m'empêcher de penser à ce film pour lequel ma mère m'avait trainée au ciné quand j'étais gamine... Un type qui se faisait passer pour une voyante dans sa caravane... *Madame Irma*[1], je crois ! J'hésite entre rire et pleurer... Bon, au moins, le positif c'est que ma panique s'est envolée au profit de ma stupéfaction !

— Alors, alors... marmonne-t-elle en tirant une nouvelle carte. Ce renard n'augure rien de bon... Et en l'associant à la montagne, on se rend bien compte que des obstacles se dressent sur notre chemin. À mon avis, ça risque d'être compliqué de les contourner...

Elle pose encore une carte sur la table. Je ne sais pas quoi dire alors je reste muette, plantée au milieu de l'allée. Je prie mentalement pour que les gens ne remarquent pas le manège de Morgane. *Je ne la connais pas cette fille, on ne voyage pas ensemble, je ne suis pas aussi cinglée, croyez-moi !* répété-je en boucle dans ma tête au cas où certains passagers soient doués de télépathie.

---

[1] Film français de Didier Bourdon et Yves Fajnberg, sorti en 2006.

Morgane ramasse les cartes, les mélange et en étale trois, face cachée, devant elle. Elle retourne la première.

— Il semblerait que tous les signes nous indiquent de… OH MON DIEU ! s'exclame-t-elle soudain, horrifiée, lorsqu'elle dévoile une ultime carte.

— Quoi ? Quoi ? Qu'est-ce qu'il se passe ? demandé-je précipitamment tandis que des regards suspicieux se tournent dans notre direction.

— C'est affreux !

— Quoi ? Qu'est-ce que tu as vu, enfin ? m'écrié-je, impatiente.

La curiosité a fini par l'emporter sur ma défiance et j'attends sa réponse autant que je la redoute.

Elle tourne alors vers moi de grands yeux larmoyants et, d'une voix tremblante :

— Les kookaburras, ils sont foutus…

Chapitre 6

Morgane

J'analyse les cartes posées devant moi : oiseau, cercueil, faux. Pile quand je me penche sur l'avenir des kookaburras près de Sydney ! L'oiseau, c'est forcément eux. Cercueil + faux = la mort. Mon Dieu ! J'en suis toute retournée. Je ne parviens pas à répondre à ma voisine qui s'est finalement rassise à côté de moi.

— C'est quoi des kookaburras ? demande-t-elle pour la troisième fois.

Je la regarde. Comment peut-on être aussi ignorante en ornithologie ? Bon OK, ce n'est pas l'espèce la plus courante du monde, mais quand même !

— C'est un oiseau que l'on ne trouve qu'en Australie. J'y allais pour l'étudier.

— C'est ton métier ?

— Si on veut.

Je n'ai pas envie de m'éterniser sur le sujet. J'avais un autre métier avant, qui me passionnait encore plus que l'ornithologie, mais ça c'était avant. Je mélange les cartes à nouveau. Posons des questions précises, pour obtenir des réponses précises. Le tirage général était bien trop flou. *Que se passera-t-il si je fais tout pour rejoindre l'Australie ?* Je mélange, bats les cartes et cinq d'entre elles sautent une par une du tas. Je les dispose en ligne : bateau, souris, montagne, renard, serpent.

— Alors qu'est-ce que ça dit ? demande ma voisine, de plus en plus curieuse.

— Ça dit que je ne dois pas retourner en Australie.

— Et comment tu vois ça ?

— Le bateau c'est un voyage, la souris une carte négative, la montagne représente l'étranger. Le renard et le serpent sont aussi des cartes négatives. Y a pas de doute possible.

— Pfff ! Ce sont des conneries.

Cléo me regarde avec dédain, puis ignore mon tirage. Je m'en fiche, j'ai l'habitude des gens étroits d'esprit. Ça ne me perturbe plus. Je ramasse les cartes, et pose une autre question : *Que se passera-t-il si je reste en Nouvelle-Zélande ?* Là encore, mes cartes sautent comme si elles avaient vivement envie de s'exprimer. Bateau, fille, cigogne, chien, soleil, tour, trèfle.

Cléo, qui regardait par le hublot, glisse une œillade dans ma direction.

— Et là, qu'est-ce que tu vois ? ne peut-elle s'empêcher de demander.

Tiens donc ! Je croyais que ça ne l'intéressait pas…

— Si je reste en Nouvelle-Zélande, je vais me lier d'amitié avec une fille, et c'est plutôt positif, expliqué-je.

— Mmm. Jamais je ne me fierais aux cartes pour prendre une décision !

En tout cas, une chose est sûre, c'est que l'amitié naissante ne sera certainement pas avec elle ! Quelle rabat-joie ! Au lieu de m'ignorer durant le tirage, elle insiste pour me prouver que c'est n'importe quoi.

— Les cartes, ça veut tout et rien dire. Ça peut correspondre à tout le monde !

— Tu veux un tirage ? répliqué-je pour la faire taire.

— Non merci.

— OK.

Je continue et je pose une dernière question : *Dois-je repartir en France ?* Renard, garçon, cœur, faux, chouette. Merci, je sais que mon ex est un connard et que ma relation est finie. Je m'apprête à ranger les cartes quand j'entends Cléo souffler.

— Finalement je veux bien que tu me fasses un tirage… Histoire de confirmer que ce sont bien des conneries !

Je lève les yeux au ciel.

— Il faut que tu sois dans une bonne optique, sinon ça annoncera n'importe quoi.

Elle claque sa langue contre son palais.

— D'accord. Je veux bien un tirage s'il te plait.

— Tu as une question précise ?

— Non.

— OK je te fais un tirage général.

Je mélange les cartes et lui en fais piocher neuf. Je les retourne.

— Alors la carte qui te détermine c'est le bateau. Donc tu es en train de voyager. Bon jusque-là rien de surprenant. La carte centrale est un homme. C'est un homme qui vient de ton passé, ou un homme âgé.

— Comment tu sais ça ?

— Il a la montagne à côté de lui. Mais il a aussi l'enfant, du coup je suppose que c'est un homme avec un enfant. Il y a le livre au-dessus de lui, donc c'est un homme que tu ne connais pas, et la croix montre le destin. Le jardin et le nénuphar se réfèrent à une rencontre sur un lieu de travail. Et l'étoile c'est une carte positive... Ouah tu vas bientôt pécho un vieux !

— Je ne crois pas.

Le visage de Cléo a changé.

— Non, peut-être pas, concédé-je. Effectivement, tu n'as pas pioché le cœur...

— Tu crois que l'étoile, ça peut vouloir dire que

c'est une star ?

— C'est possible, puisqu'elle est à côté du travail. Mais peu probable. Pourquoi tu me demandes ça ?

Cléo me répond par une autre question.

— Tu peux me refaire un résumé s'il te plait ?

Je sens qu'elle est nerveuse.

— Durant ton voyage, tu vas rencontrer un homme âgé — ou de ton passé, ou les deux — qui a un enfant, sur son lieu de travail. Le destin veut que vous soyez réunis. Voilà.

Cléo est blême. Elle ne dit plus que ce sont des conneries. Peut-être que j'ai visé juste !

— Ça te parle ? demandé-je.

— Vaguement.

Elle se tait, et je n'insiste pas. Du coin de l'œil je la vois tripoter un petit médaillon en forme de trèfle à quatre feuilles. Elle, qui soi-disant ne croit pas au pouvoir des cartes, semble toutefois croire en celui de son porte-bonheur. Je range mon tarot et patiente. Je suis invitée à rester en Nouvelle-Zélande. Pour y faire quoi ? L'Australie, c'était sympa comme destination ! Et j'avais tellement envie d'observer des kookaburras en vrai ! Je ne vais pas me baser sur les cartes, non. Bon, ça, je vais éviter de le dire tout haut à Cléo, elle serait trop contente. *S'il vous plait, un signe supplémentaire ne serait pas de refus !* lancé-je à l'Univers. J'attends. Rien ne se passe. Ça ne peut pas marcher à tous les coups. J'essaie de m'assoupir malgré ma voisine de plus en plus tendue. L'annonce de l'hôtesse l'a mise dans tous ses états. Ses poings sont contractés et même lorsque je ne la regarde pas, je sens le stress émaner d'elle. Je tâche de faire barrage à ses émotions. Impossible. J'ouvre les yeux et la dévisage. C'est pire. Je tente de me distraire autrement : je prends mon téléphone et lance une méditation enregistrée. Je parviens à m'apaiser. Lorsqu'elle se termine, je retire mes écouteurs. L'anxiété autour de moi est palpable. C'est mort, je ne reste pas des heures à attendre que les gens se calment. *Laissez-vous porter par le courant de la vie, bordel !* J'enclenche une seconde méditation, bien plus longue. Elle finit par m'endormir, malgré moi.

Je suis réveillée par la voix du commandant de bord qui annonce que nous atterrissons. Parfait. Euh non pas parfait. J'angoisse d'un seul coup. Qu'est-ce que je fais ? Je reprends un vol pour la France ? Je visite la Nouvelle-Zélande ? *Morgane, toi aussi laisse-toi porter par le courant de la vie !*

Cléo a déjà rangé ses affaires, tandis que mon bazar envahit toujours mon espace — et le sien. Je la regarde : son visage est collé au hublot. Je devine qu'elle ne voit rien, perdue dans ses pensées. J'attrape tout mon fouillis et le fourre dans mon sac, détritus et affaires personnelles mélangés. Je ferai le tri plus tard, quand je serai près d'une poubelle.

L'avion est maintenant immobile. Tout le monde se lève de concert. J'attends patiemment mon tour avec la furieuse envie de me dégourdir les jambes. Cléo m'emboite le pas alors que je remonte l'allée centrale. Les hôtesses s'excusent à la sortie. *Comme si elles étaient responsables des incendies d'Australie !* Arrivée à l'aéroport, je suis la foule des passagers. Je marche lentement, pour retarder l'inévitable. Que va-t-il se passer ? Je pensais bêtement que nous allions récupérer nos valises, comme lorsqu'on arrive à destination. Il n'en est rien. On nous conduit dans un grand salon, et les gens, hagards, regardent autour d'eux. Aucune annonce n'est faite et l'ambiance commence à devenir électrique.

Je ne trouve aucune place assise, aussi je décide de faire le tour de la pièce avec mon gros sac à dos. Peut-être y découvrirai-je un signe qui m'aidera à faire le bon choix ? Plus de trace de Cléo depuis la sortie d'avion. Elle a dû gruger tout le monde comme pour l'aller, avec le même résultat : l'obligation de patienter. *N'importe quoi cette fille !*

Après quelques minutes, un agent de l'aéroport grimpe sur un tabouret pour être vu de tous. Il manque de dégringoler et plusieurs personnes pouffent de rire. J'en fais partie. Je m'approche pour écouter ce qu'il a à dire.

— Bonsoir, mesdames et messieurs. Les avions ont l'interdiction d'atterrir en Australie jusqu'à nouvel ordre. Nous vous invitons donc à patienter ici. Vos bagages vous seront réattribués. Des hôtels se trouvent à proximité de l'aéroport et…

Un brouhaha empêche l'homme de continuer. Amusée, je regarde toutes les expressions des faciès alentour : j'y vois de la déception, de la colère, de l'angoisse, de la tristesse. Je dois être le seul visage positif du groupe.

— S'il vous plait, s'il vous plait ! Vous pouvez patienter dans l'aéroport. Sachez toutefois que des hôtels sont à votre disposition à proximité, et des taxis peuvent vous y déposer.

— Est-ce que ça sera pris en charge par la compagnie aérienne ? crie un grand homme à la voix grave.

— Je… je crains que non, puisque ces désagréments ne relèvent pas de la compagnie aérienne, mais de conditions extérieures…

Je n'aimerais pas être à la place du type qui fait l'annonce. Il se fait huer par tous, alors qu'il ne fait que son travail. Il tente d'expliquer ce qui sera organisé, mais plus personne ne lui prête attention.

Une dizaine de personnes faisant partie du personnel nous distribuent des bouteilles d'eau. Nous sommes conduits dans une autre salle, pour récupérer nos valises.

Je cherche des signes autour de moi. Je regarde chaque panneau d'affichage, j'écoute chaque conversation dans l'espoir d'y recevoir un message de l'Univers. Rien ne me saute aux yeux — ou aux oreilles. Les gens se précipitent sur leurs bagages et je m'assois, résignée. J'hésite, et j'allume mon portable que je n'ai pas consulté depuis plus de vingt-quatre heures. Je repense à mon rêve dans l'avion. Je suis partagée entre la peur et l'envie d'avoir un texto de lui. Tremblante, je compose mon code de carte SIM. Mon téléphone se met à biper continuellement pendant au moins trois minutes. J'ai de nombreuses notifications Instagram, Facebook. J'ai également des appels manqués et des messages. Je les parcours. Aucun n'est d'Alexandre. *Quel connard !*

Par réflexe professionnel, je consulte mes mails. J'en ai des tas ! Je les efface un par un sans même les ouvrir, quand l'un d'eux retient mon attention : il vient du comité d'entreprise externalisé. Merde, j'ai oublié de leur dire que je ne faisais plus partie de ma propre start-up ! J'ouvre l'email dans l'intention de leur répondre. Mon œil est attiré par les mots « nouveaux partenaires ». Je *scrolle* et un van envahit mon écran. En dessous, en gras est écrit : « *Remise de 30 % sur les locations de van, camping-car, voiture pour les compagnies suivantes : Sixt, Hertz, Jucy, etc.* ». La liste compte près d'une dizaine d'entreprises. Je n'en reviens pas. Je relis plusieurs fois la même ligne, comme si un bug empêchait mon cerveau de continuer. Soudain, je réalise. Je pousse un cri de joie. Les personnes autour de moi quittent le tapis roulant des yeux pour observer ma danse de la victoire.

— Le voilà mon signe ! dis-je à voix haute en pressant le téléphone contre mon cœur.

Chapitre 7
Cléo

À l'abri des regards et inconfortablement installée sur l'abattant des toilettes, je laisse échapper mes sanglots. Je me sens stupide, mais je ne peux me retenir de pleurer. Les larmes s'écoulent en flots continus jusque dans mon cou. Je renifle bruyamment pour empêcher ma morve de se joindre à elles. *Bon sang, qu'est-ce que je fous là ?* Les yeux embués, je fouille dans mon sac à l'aveugle pour tenter de retrouver mon portable. Je crois que j'ai perdu mes lunettes dans la bataille. Tant pis, je les chercherai plus tard... De toute façon, pour ce qu'elles me servent ! Mon smartphone tout juste rallumé, je reçois une flopée d'appels manqués et de messages de ma mère :

« Bonjour chérie, bien arrivée ? »

« Je viens de voir aux infos que les incendies empêchent les avions de se poser à Sydney ! Où es-tu ? »

« Mon amour, je suis très inquiète, appelle-moi quand tu peux ! »

« Apparemment les avions sont détournés vers l'Indonésie ou la Nouvelle-Zélande, c'est là que tu es ? »

« Appelle-moi Cléo ! »

Il est 19 h 12 sur mon téléphone qui affiche encore l'heure de Paris. Ma mère a dû angoisser toute la journée… J'essuie mes joues et tente de faire reprendre un rythme régulier à ma respiration. Je ne peux tout de même pas lui parler dans cet état… Elle ne comprendrait pas. J'inspire et expire lentement pendant quelques minutes, puis je lance le rappel automatique d'une main tremblante. Elle décroche dès la première sonnerie :

— Cléo Hannigan ! s'exclame-t-elle d'une voix forte dans laquelle je perçois un profond soulagement.

— Salut maman ! claironné-je, faussement enjouée.

— Où es-tu, chérie ? Philippe m'a appelée du boulot ce matin pour me dire ce qu'il se passait en Australie et depuis je suis morte d'inquiétude ! Comment vas-tu ?

— Très bien, ne te fais pas de soucis, la rassuré-je en tâchant de m'en convaincre moi-même, nous avons atterri à Dunedin en Nouvelle-Zélande…

— Ils prévoient quand même de vous transférer en Australie ?

— Je ne sais pas… Apparemment, tous les

aéroports australiens sont fermés… On est bloqués ici pour le moment…

Ma voix se brise malgré moi. Je lève les yeux au ciel et papillonne des cils à toute vitesse pour tenter de réprimer les larmes qui menacent de s'échapper de nouveau.

— Alors, rentre ! ordonne-t-elle soudain.

Je ne suis pas sûre d'avoir bien compris.

— Quoi ?

— Rentre ! répète-t-elle, tu reprends l'avion et tu reviens en France !

— Mais, enfin… bredouillé-je, je ne peux pas…

— Et pourquoi donc ? Tu ne vas pas rester coincée en Nouvelle-Zélande pendant des jours ! Et il est hors de question que tu ailles en Australie dans l'état actuel des choses ! Tu ne vas tout de même pas risquer ta vie pour si peu ! Tes patrons comprendront bien… Tu auras bien de nouvelles occasions de te rendre dans un congrès d'esthétisme… Et si possible, pas à l'autre bout du monde !

Un nœud me serre la gorge et m'empêche de parler. Je songe à ce que m'a dit Morgane dans l'avion. De toute évidence, elle avait tort. C'est ma mère qui a raison. Ma place n'est pas ici.

— Cléo ?

— Oui… parvins-je à articuler.

— On t'attend à la maison. Reviens. Et on fêtera

Noël ensemble, comme c'était prévu ! ajoute-t-elle avec enthousiasme.

— Je dois te laisser, coupé-je précipitamment, les communications coutent cher. Je te tiens au courant.

Je raccroche et m'effondre de nouveau. Ah ! Quand les vannes sont ouvertes... Je ne peux pas croire à ce qu'il m'arrive. Tout était tellement parfait sur le papier... C'est injuste ! Et passer Noël avec Philippe et ses deux fils, non merci ! *En même temps, ai-je vraiment le choix ?* Je me mouche avec un morceau de papier toilette, essuie mes yeux, attrape mon sac à dos posé au sol et sors enfin de la cabine. Je réalise que celle d'à côté est occupée... Tant pis, on m'aura sûrement entendu pleurer ! Je m'approche du lavabo pour me rincer le visage et me brosser les dents quand la porte d'entrée s'ouvre sur le vieux pervers qui me reluquait dans la salle de transit de Dubaï.

— Vous êtes chez les femmes, ici ! lui indiqué-je sèchement.

Il s'excuse et disparait. *Non, mais sérieux, c'est quoi ce mec ?* L'eau fraiche sur ma peau me fait le plus grand bien et aide à me remettre les idées en place. Ma mère a raison. J'aurai bien d'autres occasions de... de me rendre en Australie. Si ce n'est pas pour cette fois-ci, ce sera pour la prochaine...

Après un rapide brossage de dents, je donne un coup de gloss sur mes lèvres et réarrange mon chignon en récupérant les mèches folles qui s'en sont échappées. Je finis par retrouver mes lunettes au fond de mon sac et les glisse sur mon nez. La chasse d'eau retentit, je m'éclipse avant que la femme qui occupait la cabine voisine de la mienne n'en sorte.

Dans l'aéroport, le brouhaha m'oppresse. Il est encore très tôt ici, la vie s'éveille à peine et déjà le tumulte des voyageurs bat son plein. J'essaie de repérer des panneaux indiquant la marche à suivre et découvre un sas pour la récupération des bagages en provenance de mon vol. Sur le tapis roulant, ma valise tourne en solitaire. Je m'en saisis, sans entrain, et tente de me rapprocher d'un guichet d'informations. Une queue interminable s'allonge depuis le comptoir de l'accueil et envahit tout l'espace de la salle d'attente. Je me poste en bout de file et m'assois sur mon bagage, résignée. Je patiente durant une dizaine de minutes avant de réaliser qu'il faut prendre un ticket. En temps normal, je me serais fustigée intérieurement pour mon manque de perspicacité, mais là, à quoi bon ? Plus rien ne presse de toute façon... Je m'approche du distributeur et obtiens le numéro 389. Je jette un coup d'œil au petit écran situé au-dessus de l'accueil que je n'avais pas remarqué de prime abord : 299. Bon, il n'y a plus qu'à prendre mon mal en patience.

Je crois reconnaitre autour de moi quelques

passagers de mon vol. Nous ne sommes pas les seuls à nous retrouver bloqués dans cet aéroport. Selon ma mère, une partie des avions à destination de l'Australie ont été détournés par ici. Ça doit quand même faire un sacré paquet de monde !

Au loin, un flot de touristes fait la queue devant les organismes de location de voitures. À l'extérieur, les taxis déposent et récupèrent de nouveaux passagers dans un ballet continu. L'espace d'un instant, je me demande où est Morgane et ce qu'elle a décidé de faire. D'après ses cartes, rester quelques jours en Nouvelle-Zélande semblait être une bonne solution pour elle. Je soupire en me rasseyant sur ma valise. J'aurais dû lui demander de regarder pour moi aussi...

Épuisée à la fois par mes sombres pensées et par les heures de vol, j'alterne assoupissement et micro-éveil pendant près d'une heure et demie, quand un coup de coude me ramène à la réalité. Une femme qui patientait à côté de moi m'indique le comptoir de l'accueil. Au-dessus, en rouge, brille le numéro 389. Sans prendre le temps de la remercier, je me lève d'un bond et m'élance vers le guichet libre. Je bouscule les quelques voyageurs qui me barrent la route et manque de m'évanouir en arrivant face à l'hôtesse. Je me suis trop précipitée : j'ai des nausées et la tête qui tourne.

— Tout va bien ? me demande-t-elle dans un

anglais où perce un drôle d'accent étranger.

— Euh, je crois, balbutié-je en réprimant mes haut-le-cœur.

— Comment puis-je vous aider ? me presse-t-elle alors en jetant un coup d'œil aux voyageurs qui patientent derrière moi.

— Je voudrais savoir quand part le prochain vol pour…

Ma gorge se serre et des larmes affluent au coin de mes yeux. L'hôtesse me regarde avec insistance : je lui fais perdre son temps ! Je toussote et tâche de reprendre contenance :

— Je voudrais un billet pour Paris. Le plus tôt sera le mieux.

— C'est impossible, madame. Plus aucun avion n'est autorisé à décoller jusqu'à nouvel ordre.

— Pardon ? rétorqué-je d'une voix blanche, comment ça ?

— Les incendies australiens ont créé des nuages de fumée noire rendant l'espace aérien impraticable dans toute l'Océanie. Je suis désolée, nous ne savons pas encore quand les vols pourront reprendre. Des chambres d'hôtel sont à disposition des voyageurs à proximité de l'aéroport ; autrement, vous pouvez patienter ici même.

Sous le choc de l'annonce, je reste paralysée devant le guichet. Mon cerveau s'est figé tandis que mon cœur, lui, bat à tout rompre dans ma poitrine. *Qu'est-ce que je vais faire, bon sang ?*

— Madame, vous bloquez ma file… me fait remarquer l'hôtesse.

D'un geste de la main, elle m'indique de me déplacer sur le côté tandis qu'elle appelle le numéro 390. Je récupère ma valise et me dirige tel un zombie vers le parvis de l'aéroport. Le ciel se colore d'une drôle de teinte orangée qui me fait plisser les yeux. *C'est donc ça, le ciel néo-zélandais ?* De nombreuses personnes attendent un taxi. Voilà, c'est ce que je vais faire aussi ! J'irai à l'hôtel, comme ça je pourrai me reposer et réfléchir calmement.

— Vous avez réservé ? demande alors une voix masculine derrière moi.

Je me retourne et reconnais le visage du pervers de Dubaï. Son épouse et son fils patientent un peu plus loin sur le trottoir. Il renchérit avant que je n'aie le temps de lui répondre :

— Si vous n'avez pas réservé de taxi, ce n'est même pas la peine d'attendre ! Ils ont tous été pris d'assaut. Plus de place avant plusieurs heures. On a eu de la chance, on a eu l'un des derniers… Un certain Tapunui. Avec un prénom dans le genre, c'est sûrement un Maori ! plaisante-t-il.

— Oui… Merci pour l'information… Je vais… je vais tenter de louer un véhicule alors, décidé-je sans grande conviction.

— Oh laissez tomber ! Ça fait des heures qu'ils ont tous été loués aussi ! Et, pour les chambres d'hôtel, c'est la même chose. On a réservé la nôtre à plus d'une heure et demie de route d'ici !

— Oh...

Ce n'est pas vrai, le sort a décidé de s'acharner sur moi ou quoi ?

— Si vous le souhaitez, on peut s'arranger... poursuit-il d'une voix doucereuse. Je ne pense pas que ma femme voie un inconvénient à ce que vous partagiez notre taxi... Et je suis sûr qu'il reste des places dans notre hôtel. Ne seriez-vous pas rassurée d'être avec moi, un homme français, dans ce pays inconnu ? Avec un peu de chance, nous pourrions avoir des chambres communicantes...

Je le dévisage, complètement effarée. *Me prendrait-il pour une prostituée ?* Je crois que cette fois-ci, j'ai touché le fond.

Je cherche à formuler une réponse qui ne soit pas trop vulgaire lorsqu'à mon grand soulagement, le retentissement d'un klaxon vient briser notre échange. Nous nous retournons de concert vers la source de cet éclat sonore. Un gigantesque van bicolore se gare sur la chaussée. Je n'avais encore jamais vu deux couleurs aussi mal assorties. Comment peut-on vraiment envisager de peindre un van en mauve et vert fluo ? Le combo gagnant pour être sûr de ne pas passer inaperçu ! Une inscription sur la portière attire toutefois mon attention : « *Especially if you're lost* ». Ah, bah voilà, c'est ça qu'il me faut ! La fenêtre du conducteur s'abaisse soudain et une voix familière m'interpelle :

— Hey, Cléo ! Je t'emmène ?

Chapitre 8

Morgane

L'ensemble des passagers se rue sur le personnel de l'aéroport pour se plaindre inutilement, dans une lutte perdue d'avance pour contrer le destin. Je préfère laisser cette ambiance délétère derrière moi et sors prendre l'air frais du matin. Je me sens bien, sereine avec ma décision. Je reste en Nouvelle-Zélande. Les cartes m'ont annoncé de belles choses, et j'ai eu un signe. Je n'ai plus qu'à avoir confiance en mes guides.

Je me dirige vers la zone consacrée aux agences de location de véhicules. Mon sac à dos est lourd, bien plus lourd que je ne l'avais imaginé lorsque je l'ai acheté. Pourtant, on m'avait prévenue de prendre un sac à dos adapté à mes capacités, plutôt qu'à tout ce que je voulais embarquer. Cependant, j'avais abandonné déjà tellement de choses pour ce voyage que je ne me voyais pas me délester de mes objets fétiches. Je n'en avais fait qu'à ma tête, comme d'habitude.

Je réajuste les sangles de mon sac tout en parcourant les derniers mètres qui me séparent des entreprises de location. Elles sont toutes alignées, les unes à côté des autres. Leurs noms sont écrits en gros au-dessus des vitrines. Je les lis, un à un. Je jette un œil à mon téléphone, où mon email est toujours visible. Je regarde de nouveau les enseignes. Comment ça, aucune de celles que j'ai en face de moi ne fait partie de l'offre ? Je rêve ou quoi ? Moi qui croyais y voir un signe ! D'un seul coup, je rejoins l'état de panique générale de l'aéroport. *Qu'est-ce que je fous ici ?* Je piétine face à l'hésitation : dois-je faire demi-tour et prendre un billet pour la France ? Dois-je braver les embuches et louer un van malgré tout ?

Toujours indécise, j'avance vers la première vitrine. Les véhicules disponibles, ainsi que leur forfait à la semaine, sont affichés. Peut-être vais-je y voir un 111 ou un 222. Un nombre contenant des chiffres répétitifs serait un signe indiscutable de mes guides ! Je m'approche très près et découvre les prix. 400 dollars ? C'est une blague ? Pour une voiture toute riquiqui ? Alors ça coute combien la location d'un van ?

Je me penche pour lire les lignes d'en dessous. *Gloups.* Je vais revoir mes rêves de *road trip* à la baisse. Je passe à la vitrine voisine, puis la suivante. Les prix sont variables. Jamais dans le bon sens.

1 570 dollars. Qui louerait quelque chose à ce prix-là ? Un hôtel de luxe avec spa, piscine, et plage privée pourquoi pas, mais un camping-car ? Choquée, je reste bloquée sur ce tarif, jusqu'à ce qu'un reflet attire mon attention : ycuJ. Je me retourne : un van Jucy traverse le dépose-minute de l'aéroport, au-delà du parking. Avec ses couleurs orange et violet, on ne peut pas le louper ! Jucy… je suis presque sûre qu'il fait partie des partenaires de l'offre que j'ai reçue ! *Ne t'emballe pas, Morgane, vérifie d'abord !* Je parcours l'email. Oui ! C'est bien ça ! Mon cœur fait un bond. Le signe existe bien, après tout ! Je lève la tête vers le van. Il a disparu. *Merde.* De toute façon je n'aurais jamais réussi à le rattraper. Mais d'où vient-il ? Je regarde aux alentours et ne vois le nom « Jucy » nulle part. Je n'ose pas demander aux concurrents l'adresse de cette entreprise. J'arrête plusieurs passants pour leur poser la question. Ce sont tous des touristes. *Forcément !* Je commence à désespérer.

Le seul moyen que je trouve pour obtenir une réponse satisfaisante est de coller mon téléphone sur la vitre d'une concession afin de capter son wifi. J'essaie de me montrer discrète. Inquiète qu'on me surprenne en flagrant délit, je regarde tout autour de moi. Aucune paire d'yeux ne me fixe. Tout le monde se fiche bien de ce que je fais. Je reporte mon attention sur l'écran de mon portable : un mot de passe m'est demandé. J'abandonne et avance près de la vitrine suivante. Idem. Je continue, encore et encore. Je ne vois que « mot de passe wifi, mot de passe wifi, MOT DE PASSE WIFI » ! *Bordel !*

Exaspérée, je m'assois et j'attends. Je n'attends pas un taxi, non. J'attends un signe. *Un putain de signe.* Car pour l'instant, ce n'est pas très clair !

De nouveau, une voiture portant les couleurs de Jucy roule devant moi. Comme le van, il vient de la droite. Est-ce la réponse que j'attendais ? N'ayant pas d'autre solution, je décide de suivre cette piste.

J'avance, encore et encore, mais rien. Le parking de location de véhicules est désormais très loin. Je ne rencontre plus de touristes, ni de van Jucy. Je commence à me dire que je déraille complètement et que cette entreprise n'existe que dans ma tête. Ou alors elle n'est pas implantée en Nouvelle-Zélande, ce n'est pas possible ! Le van et la voiture bicolores étaient sans doute un mirage pour me conduire dans la mauvaise direction, et je vais mourir de soif sur une route désertique vers la sortie de l'aéroport. En plus, mon dos me fait affreusement souffrir. Après des heures passées assise, enchainer une longue marche avec dix kilos sur les épaules n'est pas de tout repos.

Je m'arrête, pose sur le sol le parpaing qui me fait office de sac, puis me décide. Avec un pincement au cœur et au porte-monnaie — surtout au porte-monnaie —, j'active mes données cellulaires à l'étranger. La 4G se met automatiquement sur un réseau que je ne connais pas. Je tape « Jucy Dunedin » sur Google, en m'attendant limite à un « inconnu à cette adresse ». Je me trompe, Jucy existe bel et bien… à sept kilomètres de là ! Mon soulagement initial d'être certaine de l'existence de Jucy fait place à une énorme exaspération. Sept kilomètres ! En passant par de longues voies, non adaptées aux piétons bien entendu ! Impossible à pied ! Contrariée, je recoupe immédiatement mes données cellulaires et me rassois. *Allez, Morgane, ne te laisse pas démonter par ces contretemps.* J'hésite puis me résigne. Foutu pour foutu, je réactive mes données cellulaires. J'entends le bruit de l'argent qui s'écoule hors de mon compte bancaire, ça me donne le tournis. Je cherche un Uber[2]. Le plus proche annonce cinq minutes d'attente. *Parfait.* Je m'assois et ferme les yeux. Je regarde de nouveau mon téléphone en fronçant les sourcils : l'application annonce toujours cinq minutes. J'actualise la page. Rien ne change. J'attends encore un peu. Les cinq minutes n'ont pas l'air de vouloir se réduire.

— Tu vas fonctionner, putain d'application ?

---

[2] Entreprise américaine qui développe et exploite des applications mobiles de mise en contact d' utilisateurs avec des conducteurs réalisant des services de transport.

Énervée, j'actualise. Cette fois-ci, un grand changement s'opère : la petite voiture dans l'application Uber disparait ! Service annulé ! Il n'y a plus de doute possible, je suis maudite ! Je ne me laisse pas décourager et commande un nouveau véhicule. Celui-ci annule presque aussitôt. Le troisième également. C'est une blague ou quoi ? Je hurle de rage pour évacuer ma tension, puis j'inspire et expire lentement pour me calmer. *Nous sommes encore le matin, j'ai toute la journée pour trouver quelque chose. Tout arrive à point nommé. L'Univers a tout prévu pour moi.* J'inspire et j'expire de nouveau puis reprends mes affirmations positives. *Je trouve immédiatement un véhicule qui me conduit à Jucy.* Me voilà qui psalmodie cette phrase sans m'arrêter. Je veux que ça fonctionne. J'exige que ça fonctionne !

— Madame, puis-je vous aider ?

Je baisse la tête : un taxi est à ma hauteur. Je ne l'avais pas remarqué, car j'avais les yeux rivés vers le ciel.

— Oh oui, merci !

Je m'empresse de lui tendre mon sac à dos qu'il met dans le coffre, et me glisse à l'arrière du véhicule. La clim me fait frissonner. Je ne dis rien. Je suis trop heureuse d'avoir trouvé un taxi. Je suis sereine. Le pire est derrière moi. Il connait l'adresse et je savoure le fait d'être assise sur un siège confortable. *Voilà*

Morgane, ça ne servait à rien de s'inquiéter. Tout finit toujours bien !

Nous arrivons chez Jucy en quelques minutes. Dans les locaux, personne n'attend devant moi. Parfait. Je me dirige vers la jeune femme au comptoir qui m'accueille avec un sourire chaleureux. Elle a été prévenue de la possible affluence des touristes suite aux incendies, et m'explique que j'arrive au bon moment, car peu de véhicules sont encore disponibles. Intérieurement, je me félicite d'avoir suivi mon intuition.

— Maintenant, présentez-moi la traduction de votre permis français, me dit-elle.

— Pardon ?

— Votre permis. Il doit être traduit en anglais. L'avez-vous sur vous ?

Je deviens livide. *C'est ça de partir à l'arrache, Morgane ! Tu ne te renseignes même pas sur les putains d'obligations !*

— Je n'ai pas la traduction du permis, déglutis-je difficilement.

— Ne vous en faites pas, nous allons le demander. Nous devrions le recevoir entre 24 et 48 heures.

— Pardon ?

Ma voix monte dans les aigus. C'est incontrôlable. Rester un à deux jours ici m'occasionnera des frais supplémentaires. Je ne peux pas commencer les vacances dans le rouge.

— Vous pouvez faire la démarche vous-même si vous le désirez, toutefois ça risque de prendre une semaine.

— Non, non, faites-le.

Mon corps est sur le point de lâcher. Je ne me démonte pas. *Tout va bien se passer. TOUT VA BIEN SE PASSER.* La jeune femme emprunte mon permis, je m'assois au fond de la pièce climatisée. J'ai froid, j'ai faim, et je suis déjà ruinée. Que vais-je faire au cours des deux prochains jours ?

Durant mon attente, des clients entrent. Leur entretien est bien plus rapide. Ils récupèrent des clés, puis un homme les accompagne à l'extérieur. Quelques minutes plus tard, ils repartent avec un gros van, la mine réjouie. C'est ça quand on est organisé !

Je me sermonne. Tout est de ma faute ! Si j'avais été plus prévoyante, je n'aurais eu aucun souci, et je serais déjà sur la route avec mon van.

Un couple arrive. Ils ont l'air amoureux. Ils me font penser à mon ancienne moi. Eux aussi repartent avec des clés, et quittent la ville au sein d'une voiture transformée en van. La vie leur sourit. *La vie est injuste !*

Entre deux groupes de clients, je m'approche à nouveau de la femme.

— Serait-il possible de réserver un van ?

— Non, je suis désolée. Vu le contexte, je ne peux pas vous en mettre un de côté sans être certaine de l'obtention de votre permis. D'ailleurs, tenez.

Elle me rend mon carton rose en me souriant. Je n'ose pas être désagréable avec elle. Elle n'y peut rien si j'ai ma ration de merde à bouffer tous les jours. Que suis-je supposée faire ? Je sors prendre l'air. J'appelle un taxi ? Je réserve un hôtel ? Ça va me couter une fortune ! Ou je dors devant Jucy ? Il ne doit pas faire si froid que ça, la nuit. Après tout, c'est bientôt l'été ici !

Je pose mon sac à dos près d'une poubelle, et l'ouvre en grand. Une odeur de détritus envahit mes narines. J'ai vraiment récupéré n'importe quoi dans l'avion ! Je sors mes affaires mises en boule et les secoue avec énergie. Des paquets de gâteaux vides tombent sur le sol ; je les ramasse et les jette. Le chocolat a fondu. J'en ai plein les doigts. Je me les lèche avant d'analyser mes vêtements un à un, pour vérifier qu'ils ne sont pas tachés. Le premier est couvert de miettes, mais propre. Je l'agite, le plie puis m'attelle à faire la même chose pour le reste de mes affaires. Jusqu'à ce que je trouve un pull qui n'est pas à moi. Il est noir et fin. Pas du tout mon genre. Je comprends soudainement ! Ma voisine dans l'avion ! Merde ! Je vérifie qu'il n'a rien. Heureusement, il semble avoir échappé au style « chocolat fondu ».

Je suis en train de le ranger lorsque j'entends une voix derrière moi.

— Madame, Madame !

Je me retourne : l'hôtesse court dans ma direction.

— Nous avons reçu votre permis ! C'est surprenant ! C'est arrivé si vite !

Je n'en crois pas mes oreilles. Je ne bouge plus, me demandant si la femme s'adresse vraiment à moi. C'est le cas ! Elle me rejoint pour me montrer la traduction. C'est la plus belle nouvelle de ma vie ! Plutôt la plus belle nouvelle du mois ! En tout cas la plus belle nouvelle du jour, c'est sûr !

Euphorique, je la suis à l'intérieur. On remplit des papiers, un tas de papiers. Je lui communique ma réduction, elle m'explique que celle-ci ne s'applique qu'aux gros modèles. Je relativise. Je ne vais pas chipoter. J'aurai un gros modèle au prix d'un petit, ce qui est un avantage. Il ne lui reste plus qu'un seul van, qui ressemble davantage à un camping-car avec sa grosse bosse sur le front. Je n'hésite pas, je le prends immédiatement, avant qu'il ne me passe sous le nez. L'hôtesse me souhaite un bon séjour et un homme m'accompagne faire le tour du véhicule.

J'adore déjà mon van aux couleurs criardes. Pendant qu'il m'explique le fonctionnement, je cherche un nom qui conviendrait à mon compagnon de route. Il est violet et vert, comme...

— Du raisin !

— Pardon ? me demande l'homme en me faisant signer les derniers documents de location.

— Non, rien.

Il me tend les clés sans un mot. Je le regarde s'éloigner, puis je caresse la carrosserie.

— Bonjour Raisin, moi c'est Morgane.

Bien entendu, le van ne me répond pas. Pourtant, je suis persuadée qu'il est content d'avoir enfin un prénom.

Je pose mes affaires à l'arrière, sors le pull de Cléo et m'assois sur le siège conducteur.

— C'est parti mon kiki ! lancé-je en démarrant Raisin. On va repasser devant l'aéroport, pour rendre l'objet qui ne m'appartient pas. Sinon, on risque de commencer nos vacances sur de mauvaises vibrations.

Raisin approuve, et nous voilà sur la route qui nous ramène à l'aéroport. Ayant été quasiment seule durant plusieurs heures, je suis surprise de voir que la cohue règne toujours là-bas. Les agences de location de véhicules sont prises d'assaut, et de nombreuses personnes font la queue pour trouver un taxi. Je ralentis et scrute la foule, jusqu'à ce que je l'aperçoive enfin. Coup de chance ! Je n'ai même pas eu besoin de garer Raisin pour partir à sa recherche dans l'aéroport bondé !

Avec ses cheveux roux, elle ne passe pas inaperçue. D'autant plus qu'elle est au bord de la route. J'arrive bientôt à sa hauteur. Ses traits sont sévères, je comprends que c'est dû à l'homme aux œillades lubriques qui murmure à son oreille. J'en ai des frissons rien qu'à le regarder. Je baisse ma vitre lorsqu'elle n'est plus qu'à un mètre de moi.

— Hey ! Cléo, je t'emmène ?

Je n'entends pas sa réponse. Je la vois courir vers moi, trainant une grande valise. Pas pratique pour voyager. Rien d'étonnant quand tu connais un peu sa personnalité. Elle tente de la hisser à l'arrière du véhicule, sans succès. Le sale type qui lui parlait s'avance pour l'aider. *Ah non, pas lui !* Je sors du van, provoquant des bouchons et des coups de Klaxon.

— Oh ça va, deux secondes ! hurlé-je en français aux râleurs anglophones. Et toi, dégage ! ajouté-je à l'attention du pervers.

L'homme recule, étonné de mon ton vindicatif, tandis que Cléo me remercie silencieusement. Nous portons sa valise et nous grimpons à l'avant de Raisin. Je lui tends son pull.

— J'étais venue te rendre ça… J'ai dû le prendre par mégarde tout à l'heure…

— Oh ! Merci… Et merci aussi de m'avoir débarrassée de cet affreux type…

— Je déteste ces mecs relou !

À travers la vitre restée ouverte, je sors mon bras et adresse un geste obscène à l'attention du gros pervers. Cléo pouffe et m'imite aussitôt. Nos rires s'élèvent à l'unisson alors que l'on s'éloigne de l'aéroport. Voilà des vacances qui commencent bien !

Chapitre 9

Cléo

— Et sinon, ils avaient pas plus grand ? demandé-je, amusée.

Je jette un coup d'œil vers l'arrière du véhicule où j'aperçois de larges banquettes, une cuisine équipée ainsi qu'un espace clos qui semble être les sanitaires.

— Pas vraiment eu le choix, me répond Morgane en gardant les yeux fixés sur la route. Mais, je suis certaine que Raisin sera parfait pour ce voyage.

— Raisin ?

— Oui, c'est le nom que j'ai donné à l'âme du van.

— Tu as donné un nom à l'âme du van ? répété-je perplexe.

Sans mauvais jeu de mots, je crois que cette fille a vraiment un grain ! Je l'observe à la dérobée depuis le siège passager. Ses longs cheveux bruns ondulés descendent en cascade jusqu'en dessous de ses épaules, tandis qu'une frange épaisse lui mange la moitié du visage. Je me demande comment elle parvient encore à voir la route avec ce rideau de cheveux ! Et son teint est si pâle qu'en comparaison je me trouverais presque bronzée… Bon, elle est peut-être tordue, mais elle m'a sortie d'une belle galère tout à l'heure. Je décide de changer de sujet.

— Pas trop compliqué de conduire à gauche ?

— J'ai vécu quelques mois en Irlande pour mes études donc ce n'est pas la première fois pour moi… Faut juste que je reprenne l'habitude !

— Oh, c'est drôle, j'ai de la famille en Irlande, du côté de ma mère !

Merde, qu'est-ce que je fous ? Me voilà en train de parler de ma vie privée… Autant donner le bâton pour me faire battre ! Morgane se tourne vers moi, visiblement intéressée. *Bien joué !* J'ai titillé sa curiosité, déjà qu'il lui en faut peu !

— Ah bon ? Trop cool ! C'est de là que tu as hérité de tes cheveux roux alors, non ? Moi, j'ai vécu essentiellement à Dublin, elle est de quel coin, ta famille ?

— Je ne sais pas… On n'a pas de contact, lâché-je de façon évasive.

Ce qui n'est pas tout à fait faux d'ailleurs. J'ai des ancêtres du côté de Cork, mais mon grand-père s'est toujours montré très discret sur ses origines irlandaises. Avec ma mère, on a bien essayé de retrouver des cousins sur Facebook. C'est carrément impossible : je crois que la moitié de l'Irlande s'appelle Hannigan ! Le regard de Morgane pèse sur moi. Vaudrait peut-être mieux qu'elle se concentre sur la route plutôt que sur ma vie, celle-là !

— Je pourrai te relayer si tu veux, proposé-je en désignant la chaussée devant nous, j'avais fait faire la traduction de mon permis de conduire avant de partir.

— Ah ! ricane-t-elle sans que je comprenne pourquoi, tu avais prévu de louer une voiture en Australie ?

— Non, mais je m'étais dit que ça pourrait toujours servir…

Elle ne répond rien, mais je l'entends marmonner dans sa barbe. Je prends le temps d'observer le défilé du paysage à travers l'immense pare-brise. Nous avons quitté la zone aéroportuaire depuis quelques minutes et déjà, dans le soleil éclatant de ce début de journée, apparaissent les pourtours d'une grande ville à la circulation dense. C'est drôle, j'imaginais la Nouvelle-Zélande comme un pays plus axé nature. C'est pas là qu'ils avaient tourné *Le Seigneur des Anneaux*[3] ? Bon en même temps, je ne vais pas m'en plaindre : la nature et moi, ça fait deux. Je tolère

---

[3] Trilogie cinématographique américano-néo-zélandaise de fantasy réalisée par Peter Jackson et fondée sur le roman du même nom de J.R.R. Tolkien.

seulement les espaces verts dégagés pour mes sessions de running.

— Où est-ce que tu comptes aller ? demandé-je à ma conductrice.

— À Dunedin. J'aimerais trouver un guide des sites touristiques avec un plan de la Nouvelle-Zélande pour être sûre de ne pas louper des trucs à visiter sur la route. Tu crois qu'ils ont des offices du tourisme ici ?

— Aucune idée, dis-je en haussant les épaules. Y a pas un GPS fourni avec le van ?

— Moi vivante, jamais ! Tu peux me dire quel est l'intérêt de voyager en suivant bêtement les directives d'un robot ?

— Je ne sais pas... Aller à l'essentiel ? Gagner du temps ?

Morgane me regarde comme si j'étais cinglée puis lève les yeux au ciel avant de les poser de nouveau sur la route.

— Je préfère me fier à mon instinct, quitte à me perdre en chemin.

Je réprime un sourire. Apparemment, je suis aussi chelou pour elle qu'elle ne l'est pour moi ! Pas grave, de toute façon, je ne vais pas m'éterniser dans son van. Elle est partie pour un *road trip* néo-zélandais et moi... bah moi, je saute dans le prochain avion qui me ramène en France et puis voilà quoi ! Je prendrai une chambre d'hôtel à Dunedin et je croiserai les doigts pour que les incendies australiens ne prennent pas fin dans un mois... Enfin, s'ils pouvaient durer juste assez pour m'empêcher de rentrer pour Noël, ce ne serait pas plus mal, en fait !

— Si tu veux, je rallume ma 4G pour au moins entrer l'adresse d'un office du tourisme, proposé-je à contrecœur en songeant au dépassement de forfait que cela allait occasionner. Tu as vu la taille de cette ville ? On risque de mettre une éternité à trouver ce qu'on cherche...

Morgane plisse les yeux en rapprochant son visage du tableau de bord avant de s'exclamer, triomphante :

— Garde ton forfait ! J'ai repéré un Mac Do, on va se servir du wifi gratuit !

En effet, deux cents mètres plus loin, j'aperçois le fameux M jaune sur sa base rouge, reconnaissable entre mille. Là, tout de suite, je me sens un peu chez moi.

Morgane galère à s'engager sur le parking. L'entrée est à moitié bloquée par un zodiaque tracté par un véhicule stationné sur le bas-côté. En fait, je ne suis même pas certaine qu'on ait le droit de se garer là, mais l'heure matinale nous permet de trouver facilement une place sans gêner qui que ce soit. Peu nombreux sont les clients du Mac Do à 10 h 30 du matin. J'ai du mal à réaliser qu'il n'est que cette heure-là : j'ai l'impression d'avoir déjà une longue journée dans les pattes et je crève de fatigue ! Vite qu'on trouve ce foutu office du tourisme et que Morgane me dépose dans l'hôtel le plus proche ! Je pense passer les prochaines vingt-quatre heures à dormir sans discontinuer...

Le restaurant est quasi vide. De légers effluves de friture font frétiller mes narines. Mon estomac pousse un rugissement féroce lorsque je réalise que mon dernier repas remonte à plusieurs heures.

— Je crois qu'il faut consommer pour avoir le code du wifi, murmure Morgane à mes côtés concentrée sur l'écran de son smartphone.

Je ne me le fais pas dire deux fois et m'insère dans l'unique file d'attente.

— Qu'est-ce que tu prends ? demandé-je en me tournant vers elle.

Elle me regarde avec de grands yeux surpris.

— Tu m'invites ?

Son étonnement me vexe. Ai-je vraiment l'air d'être aussi malpolie ? Je peux quand même bien payer un Big Mac à celle qui m'a offert son aide quand j'en ai eu besoin...

— Si je te le propose ! m'agacé-je.

— Je veux bien un wrap végétarien alors, merci !

Robe à fleurs, aisselles poilues, amoureuse des oiseaux, tireuse de cartes qui donne un nom à l'âme

90

des objets… Oui, végétarienne, c'est bien ce qu'il manquait au tableau !

Je passe commande et rejoins Morgane. Elle est installée à une petite table contre la baie vitrée. Je salive d'avance en ouvrant l'emballage de mon Double Cheese. Les odeurs de steak haché grillé et de fromage fondu finissent par achever mon estomac qui pousse un dernier hurlement d'agonie.

Morgane, jusqu'alors penchée sur son téléphone, lève la tête vers moi, le ticket de caisse avec le code wifi dans une main. Je lui réponds par un haussement d'épaules avant de croquer à pleines dents dans mon burger. *Oh putain, que c'est bon ! Si Dieu existe, il est forcément derrière les fourneaux d'un Mac Do !* Je me retiens de pousser un gémissement de bonheur afin de ne pas importuner Morgane. Elle pianote à toute vitesse sur l'écran de son téléphone, sans aucun signe d'intérêt pour son wrap. *Et l'âme de la bouffe, elle s'en fout par contre ?*

— J'ai trouvé ! s'écrie-t-elle soudain, y a un office du tourisme à deux rues d'ici ! On pourrait même y aller à pied, si ça te dit ? Comme ça, on n'a pas besoin de bouger Raisin…

J'acquiesce d'un hochement de tête. Ça ne me fera pas de mal de marcher un peu après ces longues heures passées assise dans l'avion. Mon corps n'a pas l'habitude de rester aussi longtemps sans activité physique. En plus, ça me permettra de repérer les lieux et les éventuels hôtels implantés à proximité. Mon burger dévoré, je profite également du wifi pour connecter mon portable en attendant que Morgane termine son déjeuner. Je survole le message de ma mère qui me demande à quelle heure est mon avion et si je préfère manger de la viande ou du poisson à Noël. J'ai envie de mourir. Sentant ma gorge se serrer de nouveau, je décide d'ignorer ses questions et de lui répondre plus tard. Elle n'est pas à quelques heures près et j'ai besoin de ce moment de répit. Lorsque je lève la tête de mon écran, je surprends le regard de Morgane posé sur moi.

— Et toi, qu'est-ce que tu comptes faire ? me demande-t-elle comme si nous n'avions pas été coupées dans notre conversation amorcée dans le van.

— Je pense rester dans le coin, déclaré-je. Dès que les conditions seront favorables à la reprise des vols, je rentre à Marseille.

Je fais mon maximum pour paraitre sûre de moi. Morgane fronce les sourcils.

— Je ne comprends pas. Je croyais que tu tenais absolument à te rendre en Australie ?

— Tu vois bien que c'est impossible ! répliqué-je un peu plus sèchement que je ne l'aurais voulu.

— Oui, mais lorsque les conditions seront favorables pour rentrer en France, elles devraient l'être aussi pour aller en Australie, hein !

Je mordille ma lèvre inférieure. Elle n'a pas tort. Je ne sais pas pourquoi, ces incendies sont venus ébranler mes certitudes, étouffer ma détermination. À moins que ce ne soit ma mère ?

— Enfin, reprend-elle en se levant, peut-être que la raison pour laquelle tu devais te rendre en Australie n'est pas si importante que ça, finalement ! Tu devais y faire quoi ?

— Assister à un congrès international d'esthétisme…

Je la suis à l'extérieur du restaurant, d'un pas précipité.

— Je suis esthéticienne, crois-je utile de préciser.

Je surprends un petit sourire narquois sur ses lèvres tandis qu'elle laisse échapper un « C'est ce que je disais ! ». En temps normal, je me serais offusquée de ce manque de considération affiché pour ma profession, mais là, perdue dans mes réflexions, je n'ai pas du tout la tête à ça. Peut-être, en effet, que ce n'était pas si important que ça ? Peut-être que ce n'était pas… le bon moment ? Me laissant guider par Morgane, je ne réalise pas tout de suite que nous arrivons à l'office du tourisme de Dunedin. Sur le trottoir, devant l'entrée, il y a un jeune garçon qui joue dans une flaque d'eau avec un petit bateau en plastique. *Tiens ! Les enfants d'ici troquent les petites voitures pour des bateaux miniatures ?*

Morgane est déjà à l'intérieur. Je lui emboite le pas. Elle se dirige aussitôt vers l'hôtesse d'accueil. Je décide de flâner le long des présentoirs aux multiples brochures, éparpillés un peu partout dans la pièce. Plusieurs personnes feuillettent les cartes et prospectus publicitaires. Je ne peux m'empêcher de me demander s'ils sont là de leur plein gré, ravis de visiter la Nouvelle-Zélande ou bien, comme moi, contraints et forcés par la situation aérienne actuelle. Un couple passe près de moi tandis que je laisse courir mon regard sur diverses réclames et je surprends quelques bribes de leur conversation :

— C'est vraiment la meilleure façon de voyager, s'enthousiasme la femme.

— J'étais sûr que ça te plairait ! s'exclame l'homme ravi.

— En même temps, tu peux me dire à qui une croisière ne plairait pas ?

Croisière ? Ce mot-là résonne étrangement en moi. Ma main droite se tend alors mécaniquement pour saisir une brochure de découverte de la baie de Dunedin en bateau. *En bateau ?* J'ai soudain l'impression que mon cerveau se met en branle pour tenter de me faire comprendre quelque chose. Du lien, du lien, il cherche à créer du lien… *Mais quel lien ?* Des images furtives traversent mon esprit : la femme à la croisière, l'enfant au bateau en plastique, le zodiaque planté devant le Mac Do, et tout à coup, au-dessus de tout ça, apparait plus nettement que jamais la carte du tarot de Morgane : un grand voilier jaune sur fond rouge. « Le bateau, c'est le voyage », avait-elle dit.

— C'est bon, j'ai tout ce qu'il me faut ! s'exclame Morgane en revenant jusqu'à moi, les bras chargés de cartes et guides touristiques. J'ai discuté avec un groupe de *vanlifers*[4] qui m'ont conseillé de télécharger l'appli CamperMate pour le voyage. J'ai essayé de me connecter ici, mais ça ne fonctionne pas… Ça ne t'embête pas qu'on refasse un tour au Mac Do ? Tu as gardé le code du wifi ?

— Le bateau, c'est le voyage, répété-je tout bas.

— Pardon ?

— Je sais ! m'écrié-je soudain la faisant sursauter. On va y aller en bateau !

---

[4] Personnes voyageant grâce à un van (ou tout autre véhicule qui sert également le logement).

Chapitre 10

Morgane

Je reste interdite face au soudain engouement de Cléo. J'attends qu'elle poursuive, mais elle se contente de sourire sans rien dire, comme si je lisais dans ses pensées.

— Comment ça, « On va y aller en bateau » ? On va aller où en bateau ?

— En Australie bien sûr ! Il existe sûrement des lignes entre la Nouvelle-Zélande et l'Australie ! Attends-moi, je vais profiter du fait qu'on est ici pour me renseigner.

Elle se dirige vers le comptoir de l'office du tourisme, me laissant hébétée. Elle veut traverser en bateau ? Elle est folle ! Il doit y avoir des jours et des jours de voyage !

Elle revient la mine défaite.

— Impossible... Il n'y a que les cargos de transport de marchandises qui effectuent ces traversées...

Il n'y a rien d'étonnant à cela, mais je me garde bien de le lui dire. Je ne souhaite pas briser davantage le court espoir qu'elle a eu.

— Et que comptes-tu faire ? lui demandé-je par politesse.

— Je ne sais pas...

J'ai l'impression qu'elle va se mettre à pleurer. Elle se ressaisit soudainement.

— Je vais prendre un cargo, annonce-t-elle plus déterminée que jamais.

Je crois avoir mal entendu.

— Quoi ?!

— Je vais embarquer dans un cargo, répète-t-elle.

— Ils n'acceptent sûrement pas de touristes !

— Peu importe, je sais me montrer persuasive.

Je suis dubitative, mais je ne dis rien. *Qu'elle voyage comme une marchandise si elle veut, moi je compte bien profiter de ce que la Nouvelle-Zélande a à m'offrir !*

Nous remontons la rue vers le Mac Do. Le soleil commence à taper. Cléo s'arrête devant un distributeur KiwiBank que je n'avais même pas remarqué. Elle me jette un petit regard condescendant avant de sortir sa carte bleue :

— Nous risquons d'être bloquées plusieurs jours, mieux vaut anticiper.

Je lève les yeux au ciel.

— Tu sais que, de nos jours, on peut payer par carte presque partout dans le monde ?

— Je sais. Mais je préfère avoir une solution de repli, au cas où. Des impondérables, ça arrive. La preuve : nous sommes ici au lieu d'être à Sydney !

Ça me fait mal au cœur de le reconnaître, mais *Madame Parfaite* n'a pas tout à fait tort… J'attends qu'elle me cède sa place et retire plusieurs dizaines de dollars néo-zélandais.

Nous poursuivons notre chemin jusqu'au fastfood en silence puis nous nous installons sur la terrasse extérieure sans rien commander.

Cléo pianote furieusement sur son téléphone. J'en profite pour *checker* le mien. Aucun message d'Alexandre. *Oublie-le, Morgane. Oublie-le.*

— J'essaie ! protesté-je à voix haute.

— De quoi ? demande Cléo qui ne relève même pas le nez de son téléphone.

— Non, rien.

Je chasse Alexandre de mon esprit et me concentre sur ce voyage. C'est bien pour ça que je suis là, non ? Profiter du dépaysement. J'installe CamperMate et cherche sur les sites de voyages les autres applications indispensables. J'ai presque terminé de les télécharger que Cléo est toujours sur son portable.

— C'est bon, j'ai trouvé ! s'exclame-t-elle enfin.

— Ravie pour toi.

— La femme de l'office du tourisme m'a vraiment dit n'importe quoi ! On peut se rendre en Australie en cargo, c'est juste que les places sont très limitées…

— D'accord.

Je me fiche totalement de ce qu'elle est en train de me raconter. J'ai prévu ma prochaine étape et je ne souhaite qu'une chose, me mettre en route. Après avoir fait un pipi au Mac Do, bien entendu.

— Visiblement, il y a des départs depuis Invercargill.

— C'est où ça ?

— Tout au sud de l'ile. Pas très loin d'ici en fait.

— Super.

— Du coup, le trajet se fera rapidement, vu que nous sommes en van.

Nous ? Comment ça, *nous ?* Si elle croit que je vais faire son taxi, elle rêve ! J'essaie tout de même de la ménager, et de lui signaler le fond de ma pensée avec un peu plus de tact.

— J'AI prévu de visiter les Moeraki Boulders tout près d'ici avant de partir pour les Fiords et non, JE ne prévois pas de passer par Invercargill.

J'avoue, ce n'est peut-être pas si subtil que ça. Cléo a l'air peinée, et je me sens coupable. Après tout, est-ce vraiment un si gros effort pour moi de l'aider ? Qu'est-ce qui me prend d'être si peu serviable envers mon prochain ? En plus, ça me permettrait de découvrir de nouveaux lieux.

— Bon, me résigné-je, montre-moi où est cette ville.

Elle me tend son téléphone. Je survole la carte des yeux : y aller m'obligerait à faire un détour, mais pas si grand que ça. Je soupire. Si je peux l'aider, je dois le faire.

— Allez… c'est d'accord. Mais je te préviens, je fais quand même un arrêt à cette plage ! Tu vas perdre peut-être une journée !

J'exagère un peu, dans l'espoir que cela la dissuade, cependant elle semble ravie.

— Merci ! Je te revaudrai ça !

Je marmonne entre mes dents.

— Dis-toi que je vais payer la moitié de l'essence, ce qui est un sacré avantage, non ?

Elle n'a pas tort. C'est vrai qu'elle peut être persuasive comme fille !

— Bon, on y va ? Il faut qu'on aille visiter tes… machins !

Cléo se dirige d'un pas assuré vers le van, comme si elle était dorénavant la cheffe des opérations. Elle ne manque pas de culot ! Ma mâchoire se contracte malgré moi alors que j'avance dans son sillage. Je n'ai pas quitté mon entreprise où j'étais la patronne, pour me laisser commander par une esthéticienne psychorigide.

— Prépare tout ce qu'il faut pour la route, je vais aux toilettes.

Eh oui, ce n'est pas toi qui décides. Je reprends les rênes de notre duo.

— Bonne idée, je te suis !

Moi qui pensais avoir le dernier mot…

Nous nous dirigeons vers le fond de la salle. Installée sur le siège des toilettes, mon cerveau se met en branle. Est-il vraiment raisonnable de partir avec elle ? Voyager en *road trip* est compliqué, même pour des personnes proches, alors avec une parfaite inconnue, je n'ose imaginer ! Mon esprit dérive sur mon dernier voyage en van avec Alexandre. On s'était disputé de nombreuses fois, malgré notre bonne entente générale à la maison.

Soudain mon ventre se serre. Est-ce le fait de penser à ma relation, ou est-ce l'appréhension de partir avec Cléo ?

Au fond de moi, je connais la réponse. Il n'y a aucune raison que je m'inquiète pour mon voyage avec Cléo, puisqu'on ne va se côtoyer que deux ou trois jours maximum. Il n'y a pas de quoi fouetter un chat.

Nous regagnons le van. Cléo sort une carte, tandis que je règle les rétroviseurs. Nous nous éloignons de la ville. La route défile. Nous nous arrêtons dans un supermarché pour acheter de la nourriture, puis nous repartons presque aussitôt. Nous parlons peu, admirant le littoral néo-zélandais. Je me sens calme, comme si j'étais parfaitement à ma place.

Après une heure de trajet, nous arrivons à destination. J'ai vu des photos sur internet, et j'ai hâte de découvrir ces rochers bien ronds disposés sur leur plage déserte.

Je me gare sur le parking le plus proche. L'air iodé de ce début d'après-midi s'infiltre dans mes narines dès que j'ouvre la portière. Il fait chaud, j'ai de plus en plus de mal à supporter ma longue robe.

— Attends, je me change ! dis-je à Cléo.

Je monte à l'arrière du véhicule pour enfiler un short de sport moulant noir acheté juste avant de partir. J'avais adoré ses fleurs rouge et rose sur les poches. Je passe un tee-shirt aux couleurs assorties et fais coulisser la porte qui donne sur le parking. Cléo est déjà en train de prendre des photos avec un reflex perfectionné.

— Il a l'air chouette ! Je voulais m'en offrir un avant mon départ, mais je n'ai pas eu le temps.

— Tu comptais te lancer dans l'observation des oiseaux sans véritable appareil photo ? s'étonne-t-elle.

Je hausse les épaules. Je devine ses pensées. Moi-même j'ai du mal à me comprendre parfois. Ma désorganisation totale m'exaspère souvent.

— J'en achèterai un ici.

— Je t'enverrai les photos qu'on fera.

Je suis dubitative sur l'utilité de me les envoyer. Pourtant, lorsqu'elle me montre l'écran de son appareil, je suis admirative. Raisin ressemble à un cheval de course, et moi à une star de cinéma sur le tapis rouge. Je n'avais même pas vu qu'elle m'avait photographiée !

— Elles sont magnifiques !

— Merci, j'aime bien prendre des photos, ça me détend…

Tu devrais en prendre plus souvent alors.

Nous avançons vers la plage lorsqu'un bus débarque. Une nuée de Chinois en descend, leur téléphone au bout d'une perche. Ils envahissent le parking. Le dégorgement de l'immense véhicule ne semble jamais vouloir se terminer. J'essaie de me maitriser, mais une boule d'angoisse se niche malgré tout au creux de mon estomac.

— Vite, dépêche-toi ! crié-je à Cléo en lui tirant la main.

Elle est dans une totale incrédulité.

— Quoi ?

— Les Chinois ! dis-je, comme si ce simple mot était porteur d'une signification suffisante.

— Quoi, les Chinois ?

Elle ne comprend rien. *Logique !*

— Viens !

Je la traine vers la plage. Je pense avoir un sursis, mais ce n'est pas le cas : l'étendue sableuse est envahie de touristes.

— Qu'est-ce qu'ils font là, eux ? m'énervé-je à voix haute.

— Sûrement la même chose que nous.

Grrr. Cléo m'insupporte encore plus lorsqu'elle a raison.

— On est en décembre ! Personne ne travaille donc ?

Elle ne se donne pas la peine de répondre.

Je suis déçue du lieu. Je m'attendais tellement à un endroit désertique, une pleine communion avec la nature, à...

— Allez, viens ! me dit-elle, me tirant de ma désillusion.

Nous nous enfonçons dans le sable de la plage et nous approchons des fameux Moerakis Boulders. Des tas de touristes les entourent. Certains les monopolisent, faisant des photos instagrammables, sans laisser la place aux autres. Quel manque de politesse !

Cléo a l'œil collé à son appareil photo. Moi, je fais la queue vers le plus beau rocher. Il m'attire irrésistiblement. Avec ses fissures, il me fait penser à une carapace de tortue.

Je fais de ce rocher ma propriété. Dès qu'il est libéré de ces vacanciers irrespectueux, je m'assois dessus et appelle ma compagne de voyage.

Elle me prend en photo sous toutes les coutures.

— À toi !

— Non… je n'aime pas être prise en photo… et je ne suis pas venue pour visiter de toute façon.

— Allez, ça te fera des souvenirs !

Je ne lui laisse pas le choix. J'en prends quelques-unes et me hâte de retourner près de mon Drogon[5].

— Ces rochers sont là depuis tellement d'années, murmuré-je, imagine que ce sont en fait des œufs de dragon qui n'attendaient que moi pour éclore…

Mon imagination s'emballe. Je rêve d'être une célèbre reine.

— Toi, tu as trop regardé *Game Of Thrones*[6] !

— Ah ! Tu connais la série ?

— Oui, bien sûr, comme tout le monde, non ?

Je suis étonnée. Je la voyais plutôt suivre *The Crown*[7] ou des documentaires historiques.

------

[5] Nom de l'un des dragons du personnage de Daenerys dans la série télévisée *Game of Thrones*, créée par David Benioff et D. B. Weiss.
[6] Série télévisée de fantasy créée par David Benioff et D. B. Weiss.

— Et t'as aimé ?

— J'ai adoré ! C'est qui ton personnage préféré ?

Nous partons dans une longue discussion qui se poursuit dans le van. Finalement, je suis soulagée de constater que nous avons quelques points communs !

Nous quittons les lieux et prenons la route en sens inverse. Nous repassons Dunedin. Je ne conduis que depuis quarante-cinq minutes, pourtant j'ai l'impression d'avoir roulé quinze heures. L'excitation de mon arrivée en Nouvelle-Zélande a permis à mon corps d'être parfaitement réveillé jusqu'ici, mais Morphée me rappelle à lui. Depuis combien de temps n'ai-je pas dormi ? Mon cerveau réagit de moins en moins. La route se poursuit inexorablement. Mes paupières se ferment une première fois. Je les rouvre immédiatement. Il faut que je fasse une pause. Mes yeux se ferment de nouveau. Je ne sens pas Raisin dériver lentement vers la gauche, jusqu'à ce que le cri de Cléo m'envoie un coup d'adrénaline :

— ATTENTION !

---

⁷ Série télévisée américano-britannique sur la vie de la reine Élisabeth II, créée par Peter Morgan.

Chapitre 11

Cléo

Morgane redresse le volant et manque de nous envoyer dans le décor. Mon Dieu, heureusement que personne ne circulait en sens inverse, autrement on se le prenait en pleine face !

— Gare-toi ! ordonné-je d'une voix blanche.

— Je... je suis désolée, balbutie-t-elle en se déportant sur le bas-côté.

Contact coupé, nous restons un moment silencieuses, le cœur battant, en songeant à ce qui aurait pu arriver si... Je jette un regard vers Morgane : ses mains sont toujours crispées sur le volant et son visage a perdu le peu de couleurs qui l'animent habituellement.

— Je crois que je me suis endormie, avoue-t-elle d'une voix tremblante. Si tu n'avais pas été là...

— Tes vacances auraient été foutues ! complété-je avec humour, pour tâcher de détendre un peu l'atmosphère.

Morgane sourit faiblement en se tournant vers moi. De larges cernes s'étalent sous ses grands yeux noirs.

— Je vais prendre ta place. Regarde sur ton appli si on peut trouver un coin tranquille pour se reposer quelques heures avant de repartir… Je crois qu'on en a besoin toutes les deux !

— OK, acquiesce-t-elle soulagée, tu sauras conduire à gauche ?

Je hausse les épaules tandis que nous échangeons nos places. Je n'ai jamais conduit d'automatique. Ça ne doit pas être trop compliqué : juste rester concentrée sur la route et se montrer vigilante aux intersections ! Morgane lance son application et trouve un point de chute à quelques kilomètres de là où nous nous sommes arrêtées. Le spot est en bord de route, à la lisière d'une forêt. Pour ce que nous nous apprêtons à y faire, ce sera largement suffisant. J'ai tout juste le temps de couper le moteur que Morgane est déjà en train d'escalader les sièges pour passer à l'arrière.

— C'est compliqué, tu crois, pour installer le lit ? demande-t-elle en désignant les banquettes.

— Aucune idée.

J'ouvre la portière et descends faire quelques pas à l'extérieur. L'aire de stationnement est un peu plus vaste que ce que j'avais imaginé au départ. Elle s'étale en contrebas en une large zone non boisée que l'on ne distingue pas depuis la route. Je me demande si nous ne serions d'ailleurs pas mieux installées par là-bas. Il n'y a certes pas énormément de circulation, mais bon, autant s'éloigner de la chaussée...

Je fais coulisser la portière latérale du van pour suggérer à Morgane de descendre nous garer un peu plus loin. Le rythme régulier d'un ronflement m'accueille avant même que je n'aperçoive ma co-voyageuse, recroquevillée sur l'une des banquettes qu'elle n'a pas pris la peine de déplier. Je souris malgré moi. Bah ! Finalement, on est aussi bien par ici. Je monte dans le van et ferme délicatement la porte derrière moi afin de ne pas la réveiller. J'en profite alors pour faire un rapide tour du propriétaire. Je suis soulagée de constater que la cabine fermée comporte un W.-C. et un pommeau de douche. Je ne sais pas encore très bien si, à l'heure actuelle, j'ai davantage besoin de dormir ou de me savonner de la tête aux pieds. Vu la grandeur de l'habitacle, la seconde option me parait trop bruyante pour se concilier avec la sieste de Morgane... En face des sanitaires, il y a un meuble de cuisine avec un évier, un petit réfrigérateur et surtout, deux plaques de cuisson ! Après les minis sandwich de pain au lait et la box de salade que nous avons achetés un peu plus tôt, je rêve de manger un bon steak-frites ! J'ouvre le frigo et pose ma main à l'intérieur. Il est froid, mais sans plus. Nous n'aurons pas intérêt à consommer des produits frais sensibles… Dommage pour le steak !

Je lève les yeux : au-dessus de l'espace table-banquettes où s'est endormie Morgane, je découvre avec bonheur, un lit mezzanine situé juste sous le toit du van. Je récupère mon sac à dos, une carte de la Nouvelle-Zélande que Morgane a laissé trainer sur le siège passager et escalade comme je peux pour me hisser jusqu'à mon lit. La position assise est compliquée à maintenir. Le sommet de mon crâne frotte contre le plafond. Je m'allonge sur le ventre et attrape mon téléphone qui se balade au fond de mon sac : 17 heures. Ma mère doit être folle d'inquiétude. Je me retourne sur le dos et saisis la carte de Morgane. Je repère rapidement Dunedin dans le sud de l'ile ainsi que la plage des Moeraki Boulders, un peu plus haut. Cette escapade touristique nous a fait faire un détour en remontant vers le nord, mais je dois reconnaitre que c'était plutôt sympa. Je suis la côte du doigt jusqu'à Invercargill. Ce n'est pas la porte à côté, mais si nous ne perdons pas trop de temps sur la route, nous pourrions y être demain avant midi. Mon cœur s'emballe. Demain, peut-être, je serai en mer pour l'Australie !

Je récupère mon smartphone et lorsque j'active la 4G, une salve de petites sonneries retentit. *Merde, j'aurais dû éteindre le son !* J'entends Morgane qui soupire dans son sommeil. Je me pétrifie, l'oreille aux aguets. Ses ronflements reprennent leur rythme régulier. Je ne prends pas le temps de lire les textos inquiets de ma mère et lui envoie rapidement un message que j'espère rassurant avant de couper et de sombrer à mon tour.

Je suis tirée du pays des songes par ce qui me semble être un éclat lumineux. Je me redresse brusquement et manque de m'assommer contre le plafond du van. J'ouvre les yeux et l'obscurité m'engloutit tout entière. Je tâtonne autour de moi à l'aveuglette pour retrouver mes repères quand soudain mes mains plongent dans le vide. Je bondis en arrière en poussant un petit cri : il s'en est fallu de peu que je tombe de la mezzanine !

— Morgane ? appelé-je, apeurée.

Le silence règne à l'intérieur du van. Le silence et la nuit. *Quelle heure peut-il bien être pour qu'il fasse si sombre ?* Je repars à la recherche de mon téléphone abandonné quelque part sur le lit et finis par le trouver après ce qui me semble une éternité d'exploration du matelas. Il est 22 h 7. À l'extérieur, aucune lumière ne vient fendre la noirceur de ce début de soirée. Moi qui ai l'habitude de la ville où les réverbères restent éclairés toute la nuit, je me sens complètement oppressée. *Ça existe la claustrophobie de l'obscurité ?* J'allume la lampe torche de mon portable pour descendre prudemment de mon perchoir.

— Morgane ? répété-je en balayant mon faisceau lumineux vers les banquettes.

Je découvre ma co-voyageuse toujours assoupie dans une position abracadabrante : les pieds sur la table, la tête sur la banquette et les fesses dans le vide entre les deux ! Le soulagement de la savoir là atténue quelque peu ma sensation d'étouffement. Cela reste insuffisant. Je fais coulisser la portière et aussitôt le souffle frais de la nuit me rend le mien. Vues d'ici, les ténèbres sont encore plus terrifiantes. J'ose, malgré tout, avancer de quelques pas sur la terre meuble qui s'étend à la descente du van. Comme dit ma mère, la peur c'est dans la tête ! Et puis, de toute façon, que pourrait-il bien arriver, en pleine nuit et en pleine nature ? À part nous, il ne doit pas y avoir grand monde d'assez fou pour venir mettre son nez dehors par ici ! Des animaux, peut-être... *Y a des loups en Nouvelle-Zélande ?*

À force d'accoutumance, mes yeux parviennent peu à peu à discerner l'environnement qui nous entoure. Je distingue la départementale que nous avons prise pour arriver jusque-là et la lisière de la forêt qui s'étend sur le bas-côté opposé au nôtre. Je lève les yeux vers le ciel et devine l'amoncellement de nuages si épais qu'il retient la lumière de la lune et des étoiles. Voilà donc qui explique la profonde obscurité de cette soirée... Un léger craquement me fait de nouveau tourner la tête vers le bois qui nous fait face. Je ne vois rien, pourtant un autre bruit de brindille qui craque se fait entendre au même endroit. Partagée entre la crainte et la curiosité, j'avance d'un pas en direction de la source sonore, tout en veillant à garder une distance raisonnable de la porte du van restée ouverte. J'ai soudain l'impression que deux points lumineux se sont éclairés au ras du sol, sous les fougères. D'un geste rapide, je braque le faisceau de lumière de mon portable vers eux. Aussitôt une bête surgit des fourrés et court à toute vitesse dans ma direction !

— Aaaaaaaahhhh !   Aaaaaahhh !   Aaaaaaahh ! hurlé-je en piquant un sprint jusqu'au van.

Je me jette sur le plancher et m'éclate le tibia au passage. Les mains tremblantes, je tente de refermer la porte coulissante. Je réalise être toujours en train de crier lorsque mes hurlements sont rejoints par ceux de Morgane réveillée en sursaut.

— Quoi ?   Quoi ?   Qu'est-ce   qui   se   passe ? s'époumone-t-elle pour se faire entendre.

Je finis par me taire. Les soubresauts d'angoisse qui assaillent ma poitrine m'empêchent de parler. Morgane me secoue par les épaules.

— Enfin Cléo, qu'est-ce qu'il y a ??

— Une bête, une bête, parvins-je à articuler en pointant un doigt vers la porte.

— Quelle bête ?

— Je sais pas, glissé-je dans un sanglot avant de bondir vers la banquette que Morgane vient de quitter.

Elle allume le plafonnier dont la faible lumière lui donne un teint cadavérique et fait mine d'ouvrir la portière.

— Noooon ! hurlé-je aussitôt en plaquant mes mains sur mon visage.

— Arrête Cléo, tu es ridicule ! s'exclame-t-elle sur un ton faussement assuré.

Elle ouvre la porte. Inquiète, je la regarde descendre. Je résiste à l'envie de ronger mes ongles fraichement vernis, tandis qu'elle disparait de mon champ de vision. Elle revient au bout de quelques minutes.

— Je n'ai rien vu de particulier, explique-t-elle avant de refermer prestement derrière elle. T'as dû rêver, ma vieille !

Je m'apprête à répliquer que non, je n'ai pas rêvé, que cette bête est bien réelle quand trois coups frappés contre la taule du van retentissent dans la nuit.

— C'est la bête ! m'écrié-je en me recroquevillant davantage sur la banquette.

— Mais non, assure Morgane.

Je ne vois pas son visage, mais je ne la sens pas aussi confiante que ce qu'elle voudrait me laisser croire. Je cache mes yeux tandis que j'entends la portière coulisser de nouveau.

— *Holà* ! Est-ce que tout va bien par ici ? s'inquiète alors une voix teintée d'un fort accent espagnol.

— Oh ! C'est mon amie qui a cru voir une bête, explique Morgane avec un petit rire gêné.

— Ah oui, ça ne m'étonne pas, répond une seconde voix aux intonations françaises, les bordures de forêts sont remplies d'opossums en quête de nourriture.

— Des opossums ?

— Des petits rongeurs ! Totalement inoffensifs même s'ils font de gros dégâts sur la biodiversité... Ça fait des années que la Nouvelle-Zélande cherche à éliminer cette vermine !

Morgane se tourne vers moi, moqueuse :

— Des rongeurs ! répète-t-elle à mon intention.

Je mentirais si je disais ne pas avoir eu honte en cet instant. L'Espagnol reprend aussitôt la parole, ne me laissant pas la possibilité de m'expliquer :

— On a un campement installé un peu plus bas… Vous avez déjà sûrement mangé, mais ça vous dit de vous joindre à nous ? On va se faire griller quelques bricoles au barbecue !

— Ah oui ! Super ! On prépare des affaires et on vous rejoint, s'enthousiasme Morgane à mon grand désespoir.

— Tu es sûre que c'est une bonne idée ? lui demandé-je, une fois le français et son pote espagnol retournés à leur van. On les connait pas ces types…

— Oh ! Quel mal veux-tu qu'ils nous fassent ? Ce sont des *vanlifers* comme nous ! Tu connais l'état d'esprit de ces gens-là ? Entraide, générosité, partage… Allez, viens, ajoute-t-elle en attrapant un paquet de chips et ses restes de barres chocolatées.

Avant de plonger dans l'obscurité extérieure, elle se tourne vers moi et me lance, l'air goguenard :

— À moins que tu aies peur des opossums ?

Furieuse, je lui emboite le pas. Nous avançons toutes deux à tâtons à la lueur de nos smartphones. Trois vans se sont installés en contrebas de notre place de parking. Étant restée à proximité du nôtre, je ne les ai pas remarqués lorsque je suis sortie tout à l'heure. En y réfléchissant, c'est peut-être la lumière de leurs phares qui m'a tirée du sommeil un peu plus tôt ! Leurs occupants sont tous assis en cercle autour d'une planche de gril posée entre deux grosses briques. L'un d'entre eux tente d'allumer un feu. Nous sommes chaleureusement accueillies par ces drôles de compagnons de voyage qui se font une joie de nous raconter leurs aventures. José, Maria et Fernando, une bande d'amis argentins, ont à peu près notre âge. Maria, les cheveux courts noirs très frisés, rit à gorge déployée à une blague de Fernando. Celui-ci, très grand et mince, contraste avec José, plus petit et plus épais. Les trois comparses étaient déjà dans l'ile du Sud depuis dix jours lorsqu'ils ont croisé la route de Louis et Sébastien, les Français, et ont décidé de poursuivre leur voyage ensemble. Ely et Jason, les Australiens, débutent leur lune de miel et ne comptent faire qu'une partie du chemin avec eux, avant de rejoindre l'ile du Nord. Morgane semble boire leurs paroles. Je le vois dans ses yeux : elle aussi rêve d'aventures ! Elle pose des questions, elle plaisante, elle renchérit... Elle est tout à fait à sa place au sein d'une équipe de « *vanlifers* », comme elle les appelle ! Peut-être que lorsque j'aurai embarqué sur mon cargo, elle les rejoindra à son tour ?

Quant à moi, je ne me suis jamais sentie à l'aise dans un groupe. Je suis la fille qui ne pipe mot, bien planquée derrière sa paire de lunettes, et dont personne ne se rappelle la présence. Je me souviens des soirées avec Mathieu et son club de running. Une vraie torture. Mathieu ne comprenait pas que passer du temps avec des gens qui partagent la même passion que moi m'exaspère. C'est pourtant simple : c'est la course que j'aime, pas ceux qui la pratiquent ! Avec Lucas, je n'avais pas été confrontée à ce problème puisque nous étions deux âmes esseulées. Bon, notre relation n'a pas fonctionné pour autant... Trop esseulées, peut-être ?

Le feu prend enfin sous les hourras de l'assemblée. L'Australien ressort de son van avec un plateau qui déborde de saucisses et de petites côtelettes.

— Tu n'as rien dit de la soirée, est-ce qu'on t'ennuie ? demande Sébastien.

Il s'assoit près de moi. Je me maudis d'avoir oublié mes lunettes.

— Je suis seulement un peu fatiguée du voyage...

— Je comprends. Et puis être confrontée à des opossums quand on ne s'y attend pas, ça reste perturbant ! se moque-t-il gentiment.

Je lui jette un regard offensé. S'il croit que j'ai envie de plaisanter avec lui, il se met le doigt dans l'œil jusqu'au coude !

— C'est vrai. Je pense d'ailleurs aller me coucher, dis-je les lèvres pincées.

Je me lève. Il m'attrape aussitôt le poignet pour me forcer à me rasseoir :

— Attends un peu, les saucisses seront cuites d'une minute à l'autre.

En effet, l'odeur de viande grillée vient chatouiller mes narines et me donne l'eau à la bouche.

— Saucisses party ! s'exclame José.

— Allez, je te prépare un sandwich pour me faire pardonner, tente de m'amadouer Sébastien.

Après tout, je ne suis pas à un sandwich à la saucisse près. En plus, j'ai tellement faim ! Je mange un morceau et je me casse !

Les crissements de pneus d'une voiture qui se gare au-dessus de nous jettent soudain un froid sur l'assemblée. Les portières claquent. Des voix d'hommes nous parviennent. Mes partenaires se taisent, saucisse en main. La tension est palpable.

— Merde, les gardes ! s'exclame Louis à voix basse.

Aussitôt Sébastien balance un seau d'eau sur le feu et la viande qui grille, tandis que les autres s'activent à ranger tout ce qui traine autour du barbecue improvisé.

— Qu'est-ce qu'il se passe ? demande Morgane, alarmée.

— Les gardes forestiers, explique précipitamment José. On n'a pas le droit d'allumer de feu…

On entend leur chien aboyer avant de les voir apparaitre. Ils sont deux, précédés d'une grosse bête aux dents acérées qui ressemble davantage à un ours qu'à un chien. Ils nous toisent avec cette supériorité de ceux qui ont surpris des gosses en flagrant délit. Le plus grand des deux acolytes jette un regard sur les braises encore fumantes de notre festin avorté.

Il lisse délicatement sa moustache entre le pouce et l'index avant de briser le silence de sa voix caverneuse :

— Eh bien, eh bien, eh bien, on dirait que ces braves gens vont nous suivre jusqu'au poste…

Chapitre 12

Morgane

Mon cœur bat à 100 000. Je ne sais pas pourquoi, j'ai toujours eu peur de l'autorité. À tel point que j'aurais fait un infarctus si j'avais dû avoir un patron sur le dos toute la journée. Alors deux hommes habillés en uniforme, la mine sévère, dans un pays étranger à l'autre bout du monde, me causent presque une crise d'angoisse ! Je regarde Cléo qui est aussi apeurée que moi. On est loin l'une de l'autre. J'ai soudainement envie de lui tenir la main.

Le moustachu s'approche un peu plus du groupe hétéroclite que nous formons. Les garçons qui nous ont invitées semblent sereins, ce qui me rassure quelque peu.

J'ai du mal à croire qu'on puisse nous arrêter pour un feu. Ce n'est pas comme si on avait tué une espèce protégée !

Cependant, les gardes forestiers n'ont pas l'air de plaisanter. Ils nous somment de regagner nos véhicules et de les suivre. Leurs gyrophares éclaboussent la végétation d'un blanc lumineux. L'opossum qu'a vu Cléo un peu plus tôt dans la soirée a dû s'enfuir depuis longtemps.

Je m'assois du côté conducteur, fébrile. Mes mains tremblent tellement que j'ai du mal à insérer la clé dans la serrure. Cléo, à côté de moi, ne dit rien. Elle me regarde, inquiète. Je tente de la rassurer d'un sourire.

— Cesse d'avoir peur pour rien ! C'est hyper fun de se faire arrêter dès le premier soir !

Je me moque d'elle dans l'espoir de faire baisser la tension. Cela n'a pas l'effet escompté.

— C'est ça, marre-toi ! De toute façon tu t'en fous de tout ! On dirait que rien ne t'atteint ! Tu passes ta journée sous ecstasy ou quoi ?

Je suis surprise par la véhémence de ses propos. Je ne m'attendais pas à une telle réaction et je me sermonne. *N'y suis-je pas allée un peu fort ?*

— Je flippe aussi, osé-je ajouter après un temps.

— Sérieux ?

Je suis loin de rassurer Cléo.

— Oui, un peu, atténué-je, dans l'espoir de me dépêtrer du bourbier dans lequel je me suis mise.

Elle reste silencieuse, tandis que nous suivons le véhicule des gardes. Je les imaginais nous conduire jusqu'à une cabane en bois à la Hagrid[8], perdue dans la forêt. Aussi suis-je surprise lorsque nous rejoignons la route nationale. Le trajet de cinq kilomètres me parait interminable. Soudain, nous tournons tous à droite et arrivons face à un bâtiment quelque peu vétuste. Nous sommes invités à entrer. Les lieux ne ressemblent en rien à ce que j'avais en tête : avec des bureaux en bois blanc laqué et des posters de paysages sur les murs, ils me font davantage penser à une agence de tourisme qu'à un poste de police. Je sais qu'il ne s'agit pas de la police, mais j'ignore pourquoi, j'associe tous les uniformes à cette profession.

On nous fait patienter sur des chaises inconfortables. Le couple d'Australiens tire une gueule d'enterrement. Les Argentins sont calmes alors que les Français semblent énervés.

— Tu crois qu'il va se passer quoi ? me chuchote Cléo.

Je hausse les épaules en guise de réponse.

— Ils ne vont pas nous confisquer notre passeport tout de même ?

— Non, pas pour quelque chose d'aussi anodin.

---

[8] Personnage de la saga *Harry Potter*, écrite par J.K. Rowling. Demi-géant, connu pour être le « gardien des clés et des lieux à Poudlard », il est aussi professeur et garde forestier.

Je n'y avais pas pensé avant que Cléo me le demande. Maintenant je doute. *Ils ne vont pas aller aussi loin pour un stupide feu sauvage, si ?*

Les deux gardes s'installent chacun à un bureau. L'un appelle le couple, l'autre les Argentins. Nous observons la scène méticuleusement. Il n'y a aucun secret professionnel ici, aucune porte pour les isoler des curieux que nous sommes. Je focalise mon attention sur les Argentins. Ils discutent pendant que le garde tape sur son clavier d'ordinateur qui semble dater de l'Antiquité. L'imprimante se met en branle. Son bruit saccadé fait trembler le meuble sur lequel elle est installée. Je me demande même si elle ne fait pas tressauter tout le bâtiment.

Les Argentins signent la déposition, paient en cash et se lèvent pour partir. Le garde face à eux nous fait signe d'approcher. Nous n'en menons pas large avec Cléo. Nous nous asseyons, pleines d'appréhension face à la sentence irrévocable.

— C'est bon, vous pouvez vous en aller. Vos amis m'ont expliqué que vous veniez de les rejoindre, et que vous n'aviez rien à voir avec le feu. La prochaine fois, faites attention aux interdictions indiquées sur les panneaux. Nous souhaitons préserver la richesse de la faune et de la flore locales.

Nous restons immobiles comme des lapins piégés dans les phares d'une voiture. Nous ne comprenons pas. L'homme répète lentement, en articulant exagérément, comme si nous étions demeurées. En même temps, le pauvre ignore que nous sommes bilingues toutes les deux.

— Oui, lui réponds-je en me levant.

— Merci, ajoute Cléo.

Nous sommes soulagées et guillerettes d'avoir échappé à la contravention. Mes dépenses ont explosé mon budget initial depuis que j'ai foulé le territoire néo-zélandais. Je suis bien contente d'éviter une amende qui aurait dépouillé mon portefeuille…

À l'autre bureau, ce n'est pas la même émotion qui domine. Les deux Français sont en colère. La tension monte au sein de la structure. Ils refusent de payer. Je me sens tout à coup honteuse d'avoir un lien, ne serait-ce que ténu, avec ces deux hommes-là.

— Allez, payez ! On va pas en faire toute une histoire ! lancé-je en français.

— Mais ferme-la, toi ! me lance Louis avec un regard noir.

Je suis abasourdie. Notre garde forestier, voyant que la situation s'envenime, rejoint son collègue.

Avant même que je ne m'en aperçoive, une bagarre éclate. Les chaises sur lesquelles les Français étaient assis s'abattent sur le carrelage dans un bruit métallique. Je bondis en arrière, mais trop lentement : je me prends un coup perdu sur l'épaule qui me fait basculer au sol. Je lève les yeux vers la bagarre qui continue. Je n'ai pas le temps de me redresser que l'un des mecs s'écrase sur mes jambes. Je hurle de douleur. Louis est immédiatement ramassé par le garde qui le menotte, tandis que Sébastien s'est immobilisé. En moins de temps qu'il n'en faut pour le dire, ils sont balancés dans une pièce que les gardes ferment à clé.

Sous le choc, je n'ai pas encore bougé. Cléo s'accroupit vers moi, paniquée.

— Ça va, tu n'as rien ?

— Si, j'ai super mal à la cheville !

— Tu crois que tu peux te lever ?

Je tente d'appuyer mon pied sur le sol. Impossible. La douleur est trop forte. Je ne peux m'empêcher de crier une nouvelle fois. José et Fernando m'aident à me relever, et m'assoient sur une chaise. L'un des gardes s'approche et examine attentivement ma cheville comme s'il était médecin.

— Je crois qu'elle est cassée.

Effectivement, ma cheville droite a doublé de volume par rapport à celle de gauche. Elle a pris une teinte de ciel au crépuscule.

Tout, mais pas ça ! Je ne peux pas me retrouver coincée à l'autre bout du monde avec un pied dans le plâtre ! Je ne sais même pas si j'ai une assurance spécifique ! Comment ça marche, ici ? Pourquoi ce n'est pas arrivé à Cléo ? C'est sûr que *Madame Parfaite* a dû souscrire une formule pour bénéficier de tous les soins possibles et inimaginables dans le monde entier « juste au cas où ».

Paniquée, je ne parviens qu'à répondre un « *No, no broken* ». Il insiste pour que je voie un médecin. Je secoue la tête. C'est bien trop cher ! Et ma cheville va très bien ! C'est juste un coup ! Ça va passer ! Pour me le prouver, je pose une nouvelle fois mon pied au sol et tente de me lever. Hélas, ma cheville s'y oppose. Elle m'envoie une décharge électrique qui remonte jusqu'au genou. Je crie et me rassois, résignée.

— Arrête de faire l'enfant, Morgane ! Un médecin doit t'ausculter pour voir si tout va bien !

— Ce n'est rien ! Ça serait bien plus gonflé si c'était cassé ! On attend cinq minutes et on part.

— Tu comptes aller où avec une cheville dans cet état ?

Cléo claque la langue en signe de mécontentement et se relève. Elle parle avec les gardes à voix basse. Les Argentins sont toujours là, à me tenir compagnie. Le couple, quant à lui, a quitté les lieux depuis longtemps. Je les comprends. Passer une lune de miel enfermés ici, ça ne fait pas rêver.

Le garde est au téléphone. José et Maria qui discutent m'empêchent de percevoir le contenu de l'échange.

Cléo se rassoit à côté de moi sans ajouter un mot. Elle est irritable. Moi aussi.

C'est le milieu de la matinée en France. Nos compatriotes ont eu une nuit réparatrice. Nous, nous n'avons fait qu'un somme de deux ou trois heures depuis notre atterrissage, nous sommes épuisées.

Malgré ma douleur lancinante, je m'assoupis. Je suis réveillée par un courant d'air froid provenant de la porte entrouverte. Un homme est entré. Il tient une mallette à la main, avec une croix dessinée dessus. Il est en pleine discussion avec un garde qui pointe un doigt dans ma direction. L'homme se retourne, regarde ma cheville et s'avance vers moi.

— Bonjour, je suis le médecin de garde. Que vous arrive-t-il ?

Je lui résume la situation. Soudainement, je ne suis plus énervée contre Cléo d'avoir comploté dans mon dos pour appeler un docteur. Il est beau, avec ses cheveux blonds parfaitement laqués et ses yeux noisette pétillants. Il me sourit. Une fossette apparait sur sa joue droite. En d'autres circonstances, il m'aurait plu. Je le regarde examiner ma cheville. Je suis gênée de la promiscuité du Néo-Zélandais au charme ravageur. Je me tourne vers Cléo, qui me fixe d'un air entendu. Je me sens rougir. Je m'oriente de nouveau vers le médecin.

— Votre cheville n'est pas cassée, mais vous avez une petite entorse !

Il sort de sa mallette une crème qu'il étale délicatement sur ma foulure. J'ai des frissons incontrôlables, j'espère que ça ne se voit pas. C'est très étrange de sentir le contact de mains inconnues sur sa peau. Toutes les parcelles de mon corps sont en alerte. Il met en place une attelle, puis serre un bandage tout en continuant ses observations :

— Vous ne devez pas vous appuyer dessus pendant une semaine. Laissez-la bien se reposer.

— Je peux conduire ?

— Non. Ne faites rien qui puisse aggraver la situation, et tout ira bien.

Le montant de la consultation est bien inférieur à ce que j'avais imaginé. Cléo lui donne la monnaie de mon sac à dos, et complète avec ses propres billets. Je la remercie en silence.

Le médecin griffonne une ordonnance, salue les gardes et nous quitte. Je reste assise sans bouger, pour reprendre mes esprits. Les Argentins sont partis. Nous sommes seules. Cléo se lève et m'offre son bras sur lequel s'appuyer.

— Allez, on a passé assez de temps ici.

J'approuve. Je marche en claudiquant. Cléo vacille sous mon poids, mais tient bon.

— Je n'ai pas le droit de conduire, dis-je lorsqu'on arrive près du van.

— Je sais. J'ai entendu, précise-t-elle, contrariée.

Elle m'aide à grimper côté passager, et prend les rênes de Raisin.

— Où va-t-on maintenant ?

— Je ne sais pas, roule. On verra.

Cléo démarre et nous rejoignons la route goudronnée.

— Ça serait bien que tu mettes le GPS.

— OK.

J'en ai pas envie, mais je ne chipote pas. Je n'ai pas le courage de me battre. Soudain, j'aperçois une pancarte qui indique une aire de camping sur la gauche.

— Vas-y, tourne ! crié-je.

Cléo pile et braque. Le cul de Raisin glisse sur le bitume. Toutefois, nous parvenons à emprunter le chemin de terre.

— T'es malade de me prévenir au dernier moment comme ça ! On aurait pu avoir un accident !

Je m'excuse pour la forme.

— Où est-ce que tu m'emmènes là ?

Effectivement, je me pose la même question. Le sentier est de plus en plus escarpé. Raisin est secoué dans tous les sens, et nous aussi. Tous les objets non fixés se heurtent aux parois, j'ai l'impression d'être à l'intérieur d'une cloche le jour de la messe. Je me retourne pour vérifier que Raisin ne se disloque pas sous l'effet des multiples nids-de-poule.

— T'es sûre que le GPS indique cette direction ?

Je réponds d'un « mmm » vague, car en réalité je n'ai pas eu le temps de l'allumer. Je préfère qu'elle l'ignore pour le moment.

À mon grand soulagement, la voie aboutit sur un parking sablonneux. Des voitures et un van y sont déjà stationnés. Cléo se gare sur l'unique place restante. Elle passe à l'arrière pour préparer les lits.

Je reste silencieuse, observant les horizons. Le parking peut recevoir huit véhicules maximum. Malgré la profondeur de la nuit, je distingue un chemin qui sépare deux grosses dunes. Je sors prendre l'air. Je clopine. Cléo ouvre la porte latérale.

— Tu viens te coucher ?

— Je meurs de faim, dis-je pour toute réponse.

— Moi aussi, mais j'ai la flemme de cuisiner.

— Je m'en occupe si tu veux.

Je n'en ai pas envie, mais je suis si affamée que mon estomac me brule. Je n'arriverai jamais à dormir tenaillée par la faim. Je risque de mourir d'inanition. Cléo hésite puis hoche la tête.

— Attention à ne pas réveiller les autres.

Je prépare des pâtes, cet aliment basique qui fait toujours plaisir. Je salive rien qu'à l'idée d'en manger.

Pendant ce temps, Cléo range les affaires que nous avons déjà éparpillées partout. Son côté organisé se réveille.

Nous mangeons — ou plutôt nous dévorons — en silence. Ensuite, nous nous relayons : tandis que l'une prend une douche, l'autre se brosse les dents.

Me laver avec une attelle est loin d'être aisé. Lorsque c'est mon tour, je tends au maximum ma cheville à l'extérieur de la douche et lève la jambe pour éviter que des gouttes ne glissent sur le bandage. Je laisse couler un filet d'eau sur ma peau. Mon Dieu que c'est difficile de se savonner en restant sur un seul pied ! Je sens que ma cuisse va bientôt lâcher à force d'être contractée. Je me dépêche, me rince grossièrement et prends ma serviette. J'examine ma cheville : le bandage est intact. Je m'en sors plutôt bien.

Lorsque nous sommes enfin prêtes à aller nous coucher, je remarque que le ciel change de couleur.

— Le soleil va se lever !

— Génial, nous avons fait une nuit blanche, se plaint Cléo.

— Viens, allons à la plage.

— Non merci, je veux dormir.

— Moi aussi, mais nous ne sommes plus à une heure près.

— Le sommeil c'est important.

— Le soleil aussi. Combien de fois auras-tu l'occasion de le voir se lever sur l'Océan Pacifique ?

Cléo marmonne. Elle perd cette joute verbale et elle le sait.

— T'es chiante, valide-t-elle.

Nous nous couvrons d'un polaire bien chaud, et nous sortons dans l'air frais de la nuit. Ça me saoule de marcher à cloche-pied. J'appuie ma jambe blessée sur le sol. Je me fais aussitôt réprimander.

— Le médecin a dit de ne pas poser le pied pendant une semaine ! Pas pendant une heure ! chuchote furieusement Cléo.

Elle passe un bras sous moi et m'aide à avancer dans le sable. Nous avons l'air de deux éclopées. L'exercice est difficile. Quelle idée ai-je eu de vouloir me balader, alors que nous n'avons pas eu de véritable nuit de sommeil depuis quarante-huit heures !

Une fois les dunes traversées, nous atterrissons sur une immense plage. Le fracas des vagues chante une puissante mélodie qui m'apaise. L'air iodé me revigore. La lune, à gauche, éclaire un petit groupe de campeurs allongé dans le sable. Nous les ignorons et avançons vers l'eau, jusqu'à ce qu'une voix nous interpelle :

— Cléo ! Morgane !

Nous nous retournons de concert et reconnaissons le visage de Maria qui court vers nous.

— Tu vas mieux ?

Je hoche la tête. Elle nous invite à les rejoindre. Les deux garçons avec qui elle voyage dorment. Leurs couvertures sont assez grandes pour abriter deux personnes supplémentaires.

Cléo m'aide à m'installer puis se place à côté de moi. Nous restons assises en tailleur, dans le silence, tandis que Maria s'allonge près de ses amis. Les couleurs du ciel sont en constante évolution. Du violet apparait, suivi d'un rouge intense qui vire à l'orangé. Le lever de soleil est imminent.

— Je me suis demandé cinquante fois pourquoi je suis partie avec toi aujourd'hui, murmure Cléo d'une voix éraillée.

Je la regarde. Les teintes orangées éclairent faiblement son visage. Des cernes soulignent ses yeux noisette et je me sens coupable. Cependant, je ne peux m'empêcher de me défendre comme je peux.

— C'est un concours de circonstances, ce qui nous arrive ! Je ne suis responsable ni du feu, ni de notre convocation chez les gardes forestiers, ni de mon entorse.

— Je sais.

— Et dis-toi que tu auras des choses à raconter à tes enfants à propos de ce voyage ! Dès le premier jour, direction poste de gardes forestiers, bagarre, médecin canon, et lever de soleil sur la plage ! Elle n'est pas excitante, la vie ?

Cléo sourit. Je crois que je fais mouche. Je lui souris en retour.

— D'ailleurs, en parlant du médecin canon... Il t'a bien plu on dirait ? me taquine-t-elle.

— Mmm, moyen.

— Menteuse.

— Je ne suis pas prête à rencontrer quelqu'un.

La phrase sort de ma bouche de façon plus abrupte que je ne l'aurais voulu. Le Néo-Zélandais m'a peut-être fait un peu d'effet, mais je n'ai pas envie d'homme. Plus jamais. Jusqu'à la fin de ma vie.

La tristesse m'envahit. Cette sensation de vide que j'essaie de combler avec mon voyage reste présente. Elle m'accompagne quoi que je fasse, comme une fidèle amie. Je me sens obligée d'expliquer la situation à Cléo, qui fronce les sourcils depuis ma répartie cinglante.

— Je... Je sors d'une longue histoire. En ce moment je déteste tout ce qui a un zizi et qui parle.

Cléo rit à ma blague et je me joins à elle. Malgré nous, nous réveillons les Argentins. Ils se redressent, se frottent les yeux, s'étirent. Ils ne semblent pas fâchés ou perturbés par notre présence. Ils s'assoient face à la mer à nos côtés.

Cléo et moi nous taisons, et regardons l'horizon chatoyant. Une énorme boule rouge brulante s'élève au-dessus des flots. L'aube est magnifique. Je savoure autant le panorama que le spectacle des mines réjouies face au soleil. Ma tristesse s'envole. Je suis bien. Je suis là où je dois être.

Chapitre 13

Cléo

Je commence à percevoir des bruits indistincts. Mon cerveau s'efforce de les refourguer dans une dimension parallèle de ma conscience pour préserver mon sommeil. Il faut dire que celui-ci a été perturbé ces derniers jours... J'alterne des phases d'éveil et d'endormissement jusqu'à ce qu'un éclat de rire plus puissant que les autres me tire du pays des songes. J'entrouvre les paupières. Des pastilles orange dansent devant mes yeux. Ces drôles de couleurs correspondent au vernis que j'ai apposé sur mes ongles avant le début du voyage. Ou du moins ce qu'il en reste... Je n'ai pas eu le temps de me faire un semi-permanent et il commence à s'écailler de toutes parts ! Je me félicite d'avoir pensé à emporter mon *top coat*[9]. Dès que j'aurai retrouvé la force de me redresser, je m'accorde une séance manucure ! Je lève la tête afin d'élargir mon champ de vision : une vaste étendue de sable s'étale face à moi. D'une position en

---

[9] Vernis transparent qui vient sublimer une manucure.

chien de fusil, je m'allonge sur le dos en étirant mes bras au-dessus de la tête. Le soleil, déjà haut dans le ciel, m'éblouit. Il semblerait que j'ai passé ma nuit — de jour — sur cette plage, enfouie sous cette couverture polaire qui ne m'appartient pas ! Un rire éclate à nouveau non loin de là. On dirait celui de Morgane. Je me redresse. Ce que j'aperçois me sidère ! Cette dinde barbote, en compagnie des Argentins, dans les vagues naissantes du Pacifique comme si de rien n'était ! Comme si les recommandations du médecin à propos de sa putain de cheville n'étaient pas claires ! Je me lève d'un bond et m'élance vers elle, furibonde :

— Putain, Morgane, tu fous quoi, là ? m'époumoné-je les pieds enfoncés dans le sable humide.

Elle ne m'avait pas vue arriver et tourne vers moi un visage où se mêlent perplexité et amusement.

— Cléo, t'inquiète, je n'appuie pas le pied par terre, dit-elle en faisant dépasser le bout de ses orteils de la surface de l'eau. Aïe !

Son acrobatie lui fait perdre l'équilibre et Fernando la rattrape de justesse avant qu'elle ne finisse par basculer dans la mer. Elle s'accroche à lui et éclate d'un rire tonitruant. Je secoue la tête, blasée par son comportement puéril.

— Et ton attelle ?

Elle désigne du doigt un point situé sur ma droite. Je découvre la fameuse attelle à moitié enfouie sous le sable.

— Hey *chica* ! Viens te baigner avec nous ! me hèle José tout en m'encourageant à les rejoindre avec de grands signes de la main.

— Oui, Cléo, viens, elle est trop bonne ! renchérit Morgane hilare.

Qu'est-ce qui lui prend aujourd'hui, elle est défoncée ou quoi ? Je ne me donne pas la peine de leur répondre, récupère l'attelle de Morgane et furieuse, remonte la plage jusqu'au van. Tout à mon énervement, je n'entends pas les pas qui se rapprochent de moi tandis que j'avance dans le sable. Lorsque je tourne la tête vers cette ombre qui me rattrape, c'est trop tard. Fernando me saisit par la taille et me jette sur son épaule imposante.

— Ahhhh ! Lâche-moi !! hurlé-je en tapant des poings et des pieds pour me libérer de son étreinte.

Il se dirige vers la mer en petites foulées sans tenir compte de mes vociférations. C'est peine perdue, je suis balancée à l'eau comme un vulgaire sac poubelle. Mon corps s'enfonce dans l'océan jusqu'au sol sableux qui en tapisse le fond. L'eau n'est pas froide. Toutefois, le changement brutal de température me saisit la cage thoracique lorsqu'elle s'infiltre sous mes vêtements, dans mes cheveux, mon nez et ma bouche. Je donne un coup de reins pour remonter à la surface et tousse à pleins poumons pour évacuer cette onde salée qui me brule la gorge. J'entends les rires de Morgane et des garçons tandis que je me frotte les yeux. Je relève les mèches de cheveux collées sur mon front.

— Vous êtes des gamins ! craché-je la voix tremblante de fureur.

Je jette au visage de Morgane son attelle que je tenais toujours dans la main et fais demi-tour.

— Allez Cléo, c'était pour rigoler ! tente d'apaiser José.

Je ne réponds pas. Mes vêtements me collent à la peau et entravent mes mouvements. Je manque de chuter à plusieurs reprises avant de parvenir à atteindre la plage. Les rires semblent s'être tus. Je ne me retourne pas pour vérifier l'expression de leurs visages et me dirige directement jusqu'au parking. Je remarque Maria qui s'affaire à l'extérieur de son van.

— Complètement débiles tes potes ! lui lancé-je en français.

J'ai tout juste le temps d'apercevoir son air surpris avant de m'enfermer à l'abri des regards. Aussitôt, je fonds en larmes. Pourtant, je ne ressens ni tristesse ni accablement. Ce qui m'anime à l'instant, c'est de la colère, de la rage ! Ce voyage est un véritable fiasco ! Les galères ne cessent de s'accumuler depuis que...

depuis que Morgane est entrée dans ma vie ! Voilà ! Les incendies, l'avion détourné, le presque accident, l'attaque de l'opossum, l'arrestation... et maintenant cette putain de cheville qui va certainement me faire manquer le cargo pour l'Australie ! Je retire mes vêtements et les balance par terre en un tas disgracieux. Tant pis, je m'occuperai d'eux plus tard ! Je me faufile dans la cabine de douche et me prépare à recevoir son jet d'eau froide qui m'avait tant surprise la nuit dernière. Pourtant, lorsque je tourne le robinet, seul un maigre filet d'eau s'échappe du pommeau, avant de se tarir complètement au bout de quelques secondes. *Eh, merde.* C'est tellement désespérant que ça en devient risible ! Je m'enroule dans une serviette éponge, choisis une tenue propre dans ma valise et descends du van. Je prie pour que Maria ne soit pas partie rejoindre ses compatriotes. Par chance, elle s'est installée sur une chaise longue à l'ombre de son véhicule et feuillette un magazine. Je m'avance vers elle, penaude.

— Maria, est-ce que je pourrais utiliser votre douche ? osé-je demander.

Elle bondit de son fauteuil. Je dois faire pitié avec mes yeux rougis et mes cheveux poisseux, nue sous ma serviette éponge.

— Bien sûr !

Elle m'enjoint à la suivre à l'intérieur de son van. Je ne peux m'empêcher de constater que les Argentins sont beaucoup mieux organisés que nous. Tous les objets sont rangés à la place où ils doivent être. Rien n'est laissé au hasard. J'ai l'impression d'entrer au sein même de ma valise ! Je crois que j'adorerais vivre ici et… *Ô joie !* Ils ont l'eau chaude !

Lorsque je sors de la douche, Maria a dressé une petite table sur laquelle repose une grande assiette garnie de charcuterie, fromages et tomates coupées en fines tranches.

— C'est pour toi, dit-elle en souriant, nous avons déjà mangé nous autres.

Mon estomac crie aussitôt sa reconnaissance, tandis que je prends place et remercie chaleureusement l'Argentine.

— Quelle heure est-il ? J'ai dormi si longtemps que ça ?

— Bientôt 15 heures, répond-elle en tirant une chaise pour s'asseoir près de moi. Il faut que je te dise aussi…

— Quoi ? demandé-je, intriguée par sa soudaine hésitation.

— Ils n'ont pas fait que manger, avoue-t-elle.

Elle montre du doigt des restants de pétards entassés dans un cendrier. Je ne sais pas comment réagir à cette révélation. Je ne suis pas surprise. Cela explique en partie le comportement de Morgane. D'un autre côté, je ne comprends pas qu'elle ait pu être aussi idiote pour se mettre en danger de cette façon ! Dans son état actuel et avec des gens qu'elle vient de rencontrer ! Je réalise que je ne connais pas du tout cette fille et peut-être est-ce moi qui suis inconsciente de faire route avec elle !

Je n'ai plus faim tout à coup. Je m'excuse auprès de Maria et remonte dans notre van. Je m'assois côté conducteur. Les clés sont restées sur le contact. *Et si… ?* Ce serait tellement plus simple ! Je n'aurais qu'à partir, là, tout de suite. À moi, la liberté ! J'allumerais le GPS, en deux heures je serais à Invercargill, dans quatre heures j'embarquerais direction l'Australie ! *Ciao* Morgane, bon vent ! Et pourquoi pas ? Après tout, je ne lui dois rien, non… ? Bon, ce n'est pas tout à fait vrai. Je lui dois d'avoir pu échapper au gros pervers de l'aéroport. Et ça, ce n'est pas rien, non. Mise à part de la culpabilité, qu'est-ce qui m'empêcherait de l'abandonner ici ? Enfin, abandonner, c'est un bien grand mot. Je suis certaine que les Argentins l'accueilleraient sans problème. Et puis, il faut dire ce qui est, nous n'avons pas grand-chose en commun. À part d'avoir pris ce même fichu vol. Et peut-être aussi un penchant pour la série *Game of Thrones*. Et pour les médecins craquants. Enfin, bref, on ne se manquera pas, quoi ! *Allez, allez,*

Cléo, décide-toi ! Dans la dernière saison de *How I Met You Mother*[10], Tracy conseillait à Robin, qui cherchait à fuir son mariage, de toujours prendre trois grandes inspirations avant de faire un choix important. Je décide de lui faire confiance. Je ferme les yeux et inspire profondément. UN. *Non, je ne peux pas faire ça.* DEUX. *Je peux faire ça ?* TROIS. *Allez !* J'ouvre les yeux, prête à allumer le contact. Agrippée au bras de José, Morgane me dévisage à travers la fenêtre ouverte de la portière passager. Je sursaute telle une enfant prise en faute.

— Euh… hésite-t-elle, Maria m'a dit qu'on n'avait plus d'eau. Les garçons se proposent de nous aider à recharger Raisin avant de repartir.

— OK, acquiescé-je sans la regarder, les mains toujours crispées sur le volant.

Ils commencent à s'éloigner lorsque Morgane marque un temps d'arrêt. Elle se retourne vers moi :

— Tu comptais partir sans moi ?

Je me force à me tourner vers elle. Son euphorie semble passée. L'effet du joint a dû s'estomper et des signes d'inquiétude sillonnent désormais son visage. Est-ce que je serais partie sans elle ?

— Je t'attends, assuré-je sèchement, dépêchez-vous.

---

[10] Série télévisée créée par Carter Bays et Craig Thomas.

Après plusieurs dizaines de minutes dédiées à la logistique de réapprovisionnement du van, nous saluons nos brefs compagnons de route. Morgane les enlace affectueusement tous les trois tandis que je me contente d'un signe de la main depuis le siège conducteur que je n'ai pas quitté. Fernando aide Morgane à s'asseoir à côté de moi et je démarre. Un silence pesant s'installe dans l'habitacle. Concentrée sur ma conduite, je ne serai, de toute façon, pas celle qui fera le premier pas. Je n'ai pas à attendre longtemps pour que Morgane se décide à ouvrir la bouche :

— Je suis désolée pour tout à l'heure.

Tu peux l'être ! Devant mon mutisme, Morgane tente à tout prix de se justifier :

— J'avais vraiment très mal à la cheville. Je ne savais plus quoi faire pour me soulager. Les mecs m'ont portée jusqu'à la mer pour que l'eau froide atténue la douleur. Ce n'était pas suffisant. José a alors pensé à... la marijuana thérapeutique. J'étais pas chaude au début, ajoute-t-elle précipitamment sous mon regard noir, mais... je crois que ça a eu de l'effet. Un peu trop même...

— Tu parles ! T'étais complément *stone* ! grogné-je soudain.

— J'ai pas réalisé... Je suis désolée Cléo, on voulait pas te blesser... On pensait pas à mal, vraiment !

Je ne réponds pas. Un flot de colère s'agite toujours au fond de ma poitrine.

— Avant d'embarquer sur ton cargo, tu pourras garer Raisin sur une aire de camping-car ? demande-t-elle, l'air abattu. J'ai regardé sur CamperMate, y en a des sympas à Invercargill. Je pourrai y passer ma semaine de convalescence comme ça…

J'acquiesce en silence, puis ni elle ni moi n'ouvrons la bouche jusqu'à Invercargill que nous traversons sans même prêter attention au charme de ses infrastructures. Le GPS nous conduit sur le parking le plus proche de la zone d'embarquement portuaire. Je me gare face aux quais. Nous restons quelques instants à observer les badauds qui s'agitent devant nous.

— Tu devrais y aller avant que le guichet ne ferme, me suggère Morgane sans un regard.

Je choisis de suivre son conseil. Je récupère ma valise au cas où le départ en cargo serait immédiat. Je vérifie que mes lunettes soient bien en place sur le bout de mon nez. Je descends du van puis claque la porte. J'adresse un bref salut à Morgane. Elle regarde dans une autre direction alors je n'insiste pas et m'éloigne du véhicule.

J'ignore où dénicher les renseignements que je recherche : les panneaux publicitaires installés sur les quais semblent tous faire la réclame de croisières à la journée, avec promesse d'observation des grands cétacés, le long des côtes d'Invercargill. Je m'avance un peu au hasard sur la berge. J'admire au passage les différentes embarcations qui y sont amarrées. On y trouve indifféremment des barques de pêcheurs comme des voiliers ou encore des yachts… Il y en a pour tous les gouts ! En revanche, aucune trace de cargo. Mon cœur s'emballe. Me serais-je trompée ? J'aperçois au loin ce qui semble être la capitainerie et accélère le pas. Là-bas, ils auront certainement les réponses à mes questions ! Par chance, l'office est vide lorsque j'y pénètre.

— On ferme dans cinq minutes, m'annonce alors une femme à l'air sévère, installée dernière un grand bureau de bois blanc.

— Oh ! D'accord, bredouillé-je, quelque peu désarçonnée par cet accueil. Je… je cherche à partir en Australie. J'ai vu sur internet qu'un cargo…

— Un cargo, ce n'est pas un bateau de plaisance, mademoiselle, me coupe-t-elle sèchement.

— Oui, je sais bien, mais je pensais que…

— Vous êtes véhiculée ?

— Oui. Enfin, non…

— Oui ou non ?

Son air revêche commence à m'agacer.

— Non, je ne suis pas véhiculée, répété-je fermement. Pouvez-vous me dire si c'est ici que je dois acheter mon billet ?

Elle me toise avec dédain pendant de longues secondes avant de répondre :

— Vous avez de la chance, un cargo passe par Invercargill demain après-midi.

Elle se tourne vers un écran d'ordinateur situé dans le coin gauche de son bureau et commence à pianoter rapidement sur le clavier.

— À son départ de Lima, il restait encore deux cabines de libres. Je vous en réserve une ?

J'ai les jambes qui flageolent et les mains qui tremblent. Je ne comprends pas pourquoi ! C'est ce que je voulais, c'est ce pour quoi j'ai fait route jusqu'ici ! Alors pourquoi, est-ce que je me sens si... mal ? Certainement qu'après toutes les galères de ces derniers jours, je ne pensais pas que ce serait aussi simple, aussi... rapide !

— Euh... Pour dans une semaine, ce serait possible ? demandé-je, d'une voix mal assurée.

L'officière de port éclate d'un rire sans joie qui me hérisse le poil.

— Mais bien sûr, et une cabine avec petit déjeuner et vue sur la mer, tant qu'on y est, non ? ricane-t-elle avant de trancher froidement : ce sera demain ou le mois prochain. À vous de faire votre choix !

Un choix ? Quel choix ? Cette connasse se rend-elle compte de la situation dans laquelle je me trouve ? Peut-on vraiment parler de choix ? Parce que là franchement, ce n'est pas l'impression que j'ai ! Je repense au tirage de Morgane. Si elle avait raison… Suis-je prête à renoncer à ça ? Dire adieu à ce nouvel avenir qui se dessine ou passer pour un monstre, tu parles d'un choix ! *Oh, arrête de faire ta victime, je te rappelle que tu étais disposée à l'abandonner sur cette plage !* murmure une petite voix dans ma tête…

— Bon, alors, vous avez décidé ?

Chapitre 14

Morgane

Je regarde Cléo s'éloigner, trainant sa valise sur le parking désert. Mon cœur se serre à l'idée de me retrouver seule. Je ne comprends pas pourquoi. N'est-ce pas ce que je désirais ? L'accalmie de la solitude après les tempêtes que je viens de traverser…

J'y réfléchis, tandis que je me couche sur la banquette. Il est encore trop tôt pour dormir. Je suis totalement décalée ! Je m'allonge et fixe le plafond. Mon esprit a besoin de repos, toutefois ma cheville l'en empêche. Elle me lance douloureusement. Je tente de l'ignorer, mais impossible. J'abdique. Je n'ai pas le courage de me battre contre elle. Je me lève pour chercher mon attelle et la retrouve abandonnée dans un coin du van. Bien sûr, elle est trempée. Je suis tellement énervée que j'ai envie de la jeter par la fenêtre. Je sais, pourtant, que je ne peux en vouloir qu'à moi-même. J'allume le moteur, monte le chauffage à fond, et pose l'attelle dessus.

Le souffle chaud me procure un bien fou. J'avais froid et je ne m'en étais pas rendu compte. Je refuse de prendre une douche glacée, alors je me débarbouille au lavabo pour éliminer le plus gros du sel.

Cette fin d'année est un désastre. Elle avait pourtant si bien commencé ! Avec Alexandre, nous formions un couple épanoui, notre entreprise prospérait, nous avions un magnifique appartement et de nombreux projets. Beaucoup de monde nous enviait. Comment ai-je pu en arriver là ?

Je touche mon attelle. Elle est encore humide. *Merde.* Je retourne toutes mes affaires à la recherche de mes bandages. Rien ! Aucune trace d'eux !

— Ce n'est pas possible, ils sont bien quelque part ! m'énervé-je.

Je suis excédée, à bout. *Où peuvent être ces putains de bandages ?*

Je hurle de rage. Je sais que c'est idiot, mais je ne peux pas m'en empêcher. Je serre les poings et donne quelques coups contre le dossier d'un siège.

Une fois ma colère évacuée, je me trouve ridicule. *Morgane, qu'est-ce qui te prend ?* Je pense que j'ai réellement besoin de faire le vide.

Je repasse le film des derniers jours, dont les évènements m'ont conduite seule sur un parking minable au fin fond de la Nouvelle-Zélande. Je réfléchis à cette entorse, qui paralyse mes projets. Pourquoi me suis-je blessé la cheville ? Quelle peut en être la raison ? Piquée par la curiosité, je regarde sur internet, comme à chaque fois que j'ai une douleur. Par chance, je parviens à capter le réseau wifi du port.

Je tape « signification entorse cheville droite » dans le moteur de recherche, puis découvre la réponse du premier site qui apparait : « Les membres inférieurs, lorsqu'ils se réveillent, essaient de nous mettre face à face avec nos difficultés relationnelles. Avec quelqu'un en particulier ? Ou avec le monde entier ? Vous seul le savez vraiment, mais ce qui est flagrant, c'est votre incapacité à avancer ou à reculer dans le cadre de vos relations proches ou éloignées.[11] » Je n'en reviens pas. Ça colle bien à ma situation. Avide d'en savoir plus, je clique sur un autre onglet. « En tenant compte du fait que les ligaments représentent nos liens, ce à quoi nous sommes attachés, mais aussi nos engagements, on peut comprendre que d'une façon générale les entorses parlent de ce dont on voudrait se séparer, se défaire, se libérer.

Une entorse peut se manifester lorsque, ce qui nous retient, nous empêche d'avancer, ce qui nous bloque, tels que des engagements, des principes,

---

[11]https://toulouseosteopathe.com/cheville-symbolisme-signification.

l'autorité ou une situation présente sont mal vécus et que l'on aimerait s'en défaire, nous libérer sans savoir comment s'y prendre.[12] »

C'est totalement ça ! Je réalise soudain que j'ai beau être partie loin, mes soucis n'ont pas disparu pour autant. Le fil qui me relie à eux s'est allongé, sans se rompre. Je me mens à moi-même depuis le début. Ma vie s'est effondrée, comme la carte de la tour dans le tarot, et je n'ai pas réussi à me relever. Pas encore.

Je suis en train de réfléchir à la façon dont je vais m'y prendre pour remonter à la surface de mon existence, quand soudain quelqu'un frappe à la porte de Raisin, puis l'ouvre sans attendre.

Cléo grimpe plus chargée qu'elle n'était partie. Elle pose lourdement sa valise à l'intérieur, des béquilles et un sachet plastique avant de refermer derrière elle.

Elle ne dit mot devant mon regard ahuri et ouvre le sac comme si tout était normal.

— Je suis passée à la pharmacie. Je t'ai acheté des antalgiques, des bandages, une crème pour les bleus. J'ai également pris une trousse de secours, car visiblement, tu te fourres toujours dans de sacrés pétrins.

---

[12]https://www.estelledaves.com/pages/maladies-et-symptomes/e/entorse.html.

Je reste silencieuse, n'en revenant toujours pas. Cléo soulève ma jambe et pose ma cheville sur sa cuisse.

— Que... commencé-je.

— Il fait chaud ici, ou c'est moi ?

— Oui, j'avais froid... Et je fais sécher mon attelle.

Je la récupère et coupe le moteur. Cléo me la prend des mains et reproduit les gestes du médecin. Je n'ose pas intervenir par peur qu'elle réalise qu'elle devrait être ailleurs.

C'est elle qui brise le silence.

— Tu me fais un peu penser à ma mère.

— Euh... merci.

— Ce n'est pas un compliment.

— Ah ! dis-je gênée. Tu ne t'entends pas avec elle ?

— Si. Parce que je le veux bien. Elle a un sacré paquet de défauts incompatibles avec l'idée qu'on se fait d'une bonne mère... J'ai dû me débrouiller seule, très tôt.

Je ne sais que répondre à ces aveux alors je préfère me taire.

— Je n'étais pas désirée. Ma mère, lorsqu'elle était jeune, était tellement en manque d'affection qu'elle batifolait avec chaque homme qui voulait d'elle. Autant te dire qu'elle en a connu un sacré nombre. Et ni les années supplémentaires ni ma naissance ne l'ont freinée dans cette quête insensée de l'amour.

— Et ton père ?

Cléo remonte ses lunettes. Ses mains tremblent un peu.

— Je ne l'ai jamais connu. Maintenant j'ai un beau-père. Il est sympa, bien plus que tous les autres qui ramenaient de l'alcool ou des joints tels que celui que tu as fumé cette nuit.

Je perçois le jugement derrière cette phrase. J'hésite à répliquer, mais je comprends que Cléo a besoin de se décharger. Je préfère la laisser finir.

— Ma mère adorait être dans un état second. Elle sortait beaucoup, revenait tard — ou ne revenait pas. Voilà la raison pour laquelle j'ai dû apprendre très tôt à être autonome. L'avantage, dit-elle en montrant mon attelle parfaitement en place, c'est que je me suis perfectionnée dans de nombreux domaines.

— Je vois ça. Merci. Je suis désolée que tu aies eu une enfance difficile… Mais je ne suis pas du tout comme ta mère.

Cléo fait une moue dubitative.

— Je suis consciente que les apparences sont contre moi. Tu sais, être spontanée et croire en la spiritualité ne font pas de moi une fille instable, perchée et droguée, loin de là. Bien sûr, j'ai mes défauts, mais je suis une personne droite, intègre, sur qui on peut s'appuyer. Je sais m'occuper de mon entourage et surtout, je n'ai pas besoin que tu m'aides autant.

— On ne dirait pas.

— Je ne prends peut-être pas les décisions que tu aurais prises, mais ce n'est pas pour autant que je ne sais pas m'assumer. Tu n'as pas à porter le fardeau des autres.

Contre toute attente, Cléo fond en larmes. Surprise, je la serre contre moi.

Au début réticente, elle se laisse finalement aller, jusqu'à ce que le torrent se tarisse.

Je suis à nouveau trempée, à croire que la Nouvelle-Zélande est le pays de l'élément Eau. *Remarque, c'est peut-être le cas, vu que c'est une ile.* Je me concentre sur Cléo et reprends la conversation.

— Et en ce qui concerne les joints, je n'en fume jamais. J'ai déjà tiré une ou deux lattes durant mes soirées étudiantes. Ça n'a jamais été plus loin. Je n'en ressens pas le besoin et l'alcool me fait de plus en plus mal au ventre, donc tu vois, un esprit sain dans un corps sain !

Comme pour répondre à mon affirmation, mon estomac se met à gargouiller.

Nous rions.

— Moi aussi, je meurs de faim ! s'exclame Cléo.

— Un resto, ça te dit ? Je t'invite !

— Il n'en est pas question !

— Attends, je te dois de l'argent pour le médecin, plus les bandages, les béquilles et...

J'ouvre le sac.

— Sans oublier les antalgiques ! Merci, mon Dieu !

J'embrasse la boite et Cléo explose de rire.

— D'accord pour l'invitation au resto, accepte-t-elle.

— Parfait ! Je regarde ce qu'il y a dans le coin !

Je prends mon téléphone et fais défiler les pages dans l'espoir de trouver un restaurant italien, en vain. Je suis quelque peu déçue.

— Il n'y a pas grand-chose... À part un mexicain, qui est très bien noté ! La déco a l'air sympa, regarde !

Je tends mon portable à Cléo qui approuve.

— Magnifique ! Et les commentaires sont élogieux. Ça me va !

Nous nous couvrons avant de sortir. J'utilise mes béquilles, tandis que Cléo prend le sac à dos contenant nos affaires personnelles. Marcher avec des béquilles est loin d'être aussi facile que je l'imaginais. Je les trouve vraiment inconfortables. Je ne dis rien pour ne pas vexer Cléo.

— Tu as déjà mangé mexicain ? lancé-je.

— Non, jamais ! Et toi ?

— Ça m'est arrivé une ou deux fois.

— Ça pique, non ?

— Oui, mais si tu ne demandes pas trop épicé, ça va ! Dis, Cléo… Pourquoi n'es-tu pas partie en Australie ?

— Le bateau accoste demain.

— Ah.

Je ne sais pas quoi répondre. Contre toute attente, je suis un peu déçue.

Le restaurant se trouve à deux rues du parking. Nous y arrivons assez rapidement. Il est pourvu d'une terrasse extérieure remplie de monde. Nous attendons à la porte qu'un serveur vienne nous chercher. Il nous installe dans un coin de la salle intérieure. Les tables voisines sont libres, hormis un homme qui mange seul. Il doit avoir dans la vingtaine et ne fait pas attention à nous, plongé dans son téléphone.

L'ambiance légère du lieu déteint sur nous. Nous nous amusons beaucoup, à relater certaines anecdotes de nos vies.

— Je ne comprends rien au menu, m'avoue Cléo.

— Moi non plus. Nous n'avons qu'à poser la question au serveur.

Comme d'habitude, je demande le moins épicé possible. Je lui précise que je ne mange pas de viande. Le serveur nous propose des fajitas à préparer soi-même à l'aide de multiples ingrédients. Je valide d'un hochement de tête. Il amène l'eau, le pain, puis revient un quart d'heure plus tard avec un plateau. Il installe devant nous de nombreux bols. Nous avons l'embarras du choix niveau garniture !

— Ça a l'air trop bon ! J'ai hâte de gouter à tout ça !

Je n'ai pas le temps de joindre le geste à la parole que Cléo a déjà recouvert sa fajita de tout ce qu'il y avait sur la table. Elle ouvre sa bouche en grand et croque son repas à pleines dents.

Je ne me presse pas pour choisir mes ingrédients et les étale sur ma fajita quand j'entends Cléo tousser. Je lève la tête : son visage vire au rouge écarlate. J'ai peur qu'elle soit en train de s'étouffer.

— Ça va ?

Elle avale ce qu'elle a dans la bouche.

— Ça pique !

Je pouffe en voyant ses yeux se mettre à pleurer tout seuls.

— Au secours ! me dit-elle.

J'explose de rire, tandis qu'elle boit goulument son eau. Elle ouvre grand la bouche et respire bruyamment.

— C'est pire ! Ça pique encore plus !

Des torrents de larmes dégoulinent de ses yeux, et je ne peux pas m'arrêter de rigoler. Elle se joint à moi, malgré sa gêne, ce qui ne fait qu'augmenter mon hilarité. Même les clients les plus éloignés du restaurant se tournent vers nous pour comprendre ce qui se passe.

Notre voisin ne fait pas exception. Ses yeux bleus fixent la scène, tandis qu'un sourire malicieux éclaire son joli minois.

— Excusez-moi, mademoiselle ! L'eau ne va pas vous aider. Le pain est plus efficace, explique-t-il à Cléo.

Je ne croyais pas cela possible, mais mon amie rougit encore plus. Elle glisse une mèche de cheveux derrière son oreille et comme par magie, sa bouche ne lui pique plus.

Je me penche vers elle et lui chuchote :

— Ce mec te plait.

Elle écarquille les yeux et repousse ses lunettes au plus près de ses longs cils.

— N'importe quoi !

— Arrête de mentir ! Parle-lui.

— Tais-toi, il peut nous entendre !

— Quelle est la probabilité qu'il comprenne le français, sérieusement ?

J'attends quelques secondes puis continue.

— Parle-lui, allez ! On n'a qu'une vie !

— Non.

— Tu connais la série *How I Met Your Mother* ?

— Bien sûr ! J'adore ! Toi aussi tu l'as déjà vue ? On a vraiment les mêmes gouts en…

— Oui c'est ça, la coupé-je. Alors, regarde bien.

Je tapote l'épaule de notre voisin, et lui lance :

— « *Have you met* Cléo ?[13] »

Je me lève aussitôt et m'éclipse aussi vite que me le permettent mes béquilles, à la recherche des toilettes. Je n'ose pas regarder ma partenaire qui doit être furieuse. Je me marre en y pensant, et accélère le pas. Dans les sanitaires, je rigole toute seule. J'attends un moment, fais pipi puis me passe de l'eau sur le visage. J'entrouvre la porte qui donne sur la salle. Les deux tourtereaux sont en pleine conversation. Je patiente encore un peu. Je trouve le temps long.

Finalement, je retourne à ma place, comme si rien de particulier n'était arrivé. Cléo me fait les gros yeux, genre « je vais te faire ta fête plus tard ». Malgré tout, elle sourit. Son nouvel ami a l'air très sympa.

Par politesse, ils m'incluent dans leur conversation, toutefois je n'y prends pas part. Je les laisse se chercher, tandis que je croque dans ma fajita allégée. J'ai mis le moins d'ingrédients possible, je ne souhaite pas avoir le palais en feu comme Cléo.

Celle-ci freine le dialogue, elle semble gênée par le trio. Je lui donne un coup de pied sous la table pour l'encourager, car elle n'ose pas entrer dans le jeu de séduction de l'inconnu.

---

[13] Référence à la réplique culte du personnage de Barney Stinson dans la série *How I Met Your Mother* : « Have you met Ted ? ».

— Tu parles français ? demandé-je au jeune homme en français.

— Désolé, je ne comprends pas, me répond-il en anglais.

Je me tourne vers Cléo.

— Bon, Cléo. Tu lui plais, il te plait, vas-y !

Je sais que je ne manque pas de culot. S'il parle français, je suis dans la merde. Cléo me regarde, honteuse.

— Ça ne va pas ?! Avec un parfait inconnu ?

Je me tourne vers l'homme :

— *Do you have your ID[14] ?*

L'homme, étonné, me répond que oui, et me montre sa carte d'identité. Je la prends en photo et range le téléphone dans ma poche.

— Voilà, ce n'est plus un inconnu. Maintenant, donne-moi ton portable, que j'y ajoute l'application « Mes amis ».

Je ne lui laisse pas le temps de refuser et le lui prends. Le temps que l'application se télécharge, je me fais sonner pour obtenir son numéro et l'enregistre. Je réitère l'opération sur son smartphone et le lui tends. Sur l'écran s'affiche une carte, où deux points rouges clignotent.

---

[14] « As-tu ta carte d'identité ? ».

— Là c'est toi, lui expliqué-je en lui montrant l'un des points, là c'est moi. Grâce à ça, je saurai constamment où tu es, et inversement. Tant pis pour le forfait. Il ne va rien t'arriver. Je reste sur le parking.

Je me lève. Je laisse un gros billet avec l'espoir que cela suffise et m'en vais. Cléo n'a pas le temps de dire quoi que ce soit.

Me trainer avec mes béquilles n'est pas facile, et j'espère que Cléo ne va pas en profiter pour me rattraper. Dans la rue, je jette un œil derrière moi : pas de trace de la belle chevelure rousse. *Parfait*. J'avance péniblement jusqu'au van et m'engouffre à l'intérieur. Je ne m'enferme pas à clé au cas où. Il est 23 heures, heure locale. Je suis fatiguée. Je vais peut-être enfin prendre le rythme d'ici !

Je me couche en gardant mon téléphone près de moi. Malgré ce que j'ai dit à Cléo, je ne suis pas si rassurée que ça. Je ne sais pas si je vais pouvoir m'endormir… Je cherche la liseuse de Cléo et survole sa bibliothèque d'e-books. Elle n'a pratiquement que des romans d'amour. *Génial*. J'allais sélectionner l'un d'entre eux quand un éclair zèbre le plafond, m'éblouissant au passage. Mon téléphone a un message. Je l'ouvre :

« Tout va bien. Je rentre pas tout de suite. »
Je réponds immédiatement :
« Prouve-moi que c'est toi qui écris. »

Nouveau flash lumineux.

« MDR t'es con. Œuf de dragon, joint, Raisin. Cinglée ! »

Je souris, rassurée, et m'endors aussitôt. Je suis réveillée au lever du jour par la porte coulissante. Cléo entre et passe la tête à l'étage où je suis toujours couchée.

— Tu dors ? me demande-t-elle inutilement.

Je me tourne sur le ventre pour la regarder. Elle est toute décoiffée et affiche une mine radieuse que je ne lui connais pas. Je pose mes poings sous mon menton, avide de détails croustillants sur ses ébats nocturnes.

— Alooooors ?

— Alors, regarde ce que j'ai ! me dit-elle tout sourire.

Elle me tend deux billets, où sont représentées de magnifiques montagnes verdoyantes plongeant dans une vaste étendue d'eau limpide.

— Joshua travaille pour le tourisme de Fiordland et nous a offert deux places à bord d'un bateau pour les visiter !

Elle est tellement heureuse que je ne la reconnais pas.

— Joshuaaaa ? répété-je en souriant.

— Oui, Joshua, rougit-elle. Ça te dit ?

— Moi, carrément. Mais tu n'es pas censée partir aujourd'hui ?

— Si.

Sa mine s'assombrit.

— Rien ne t'y oblige, lui dis-je.

— Je sais.

— Tu as le droit de changer tes plans, comme tu as le droit de retourner en Australie. On est libre dans la vie, bien plus qu'on ne le croit. Tu dois prendre cette décision pour toi. Ne te préoccupe ni de moi, ni de Joshua, ni de personne d'autre. Mais ne reste pas non plus figée dans ton organisation à cause de la peur de l'inconnu.

Elle écoute ma diatribe en fixant les billets.

— Du coup, qu'est-ce que tu fais ? Tu pars ou tu restes ?

Cléo prend le temps de réfléchir, me regarde puis sourit.

— Je reste.

Chapitre 15

Cléo

Morgane est dans la salle de bains, enfin c'est comme ça qu'on a décidé d'appeler la cabine de douche W.-C., seul endroit du van qui nous permet d'avoir un peu d'intimité. J'en profite pour sortir de mon sac la carte d'embarquement. Le cargo est censé repartir aujourd'hui à 18 heures. Je ne sais pas pourquoi, mais je pense faire le bon choix. Quelque chose semble me retenir ici. Quelque chose ou quelqu'un. Mes yeux tombent sur les billets pour les fiords offerts par Joshua. Je me mordille la lèvre en songeant à la nuit que je viens de passer. Jamais je ne me serais crue capable de me livrer autant à un parfait inconnu. La Nouvelle-Zélande serait-elle en train de me changer ? J'espère seulement qu'elle ne me fera pas devenir comme ma mère... *Putain, ma mère !* Il faut absolument que je l'appelle avant qu'elle ne me déshérite pour ingratitude ! Je tente de capter le wifi du port comme j'ai vu Morgane le faire hier soir et lance un appel WhatsApp. Lorsque résonne la première sonnerie, je réalise qu'il est le milieu de la nuit en France. J'hésite à couper la communication quand une voix rugit de l'autre côté du fil :

— Cléo Hannigan ! J'espère pour toi que tu es à l'article de la mort, sinon je ne donne pas cher de ta peau !

J'envisage une demi-seconde de me faire passer pour une agente de chambre mortuaire et de lui annoncer mon décès, mais quelque chose me dit que ce ne serait pas une très bonne idée...

— Maman, je ne te réveille pas ? hésité-je d'une voix penaude.

— Comment oses-tu me demander ça ? Moi qui ne dors plus depuis ton départ ! Tu crois que je peux me contenter de tes stupides messages « Tout va bien, je t'embrasse » ! Tu réalises le sang d'encre que je me fais depuis trois jours !

— Je suis désolée, maman...

— Tu as de la chance que ces maudits incendies m'empêchent de prendre l'avion pour venir te botter les fesses !

Je me tais. Cette façon de m'infantiliser m'agace. Avant Philippe, c'est moi qui restais des nuits entières à me faire du souci pour elle. *Les rôles s'inversent enfin*, pensé-je amèrement.

— Où es-tu ? Quand est-ce que tu rentres ? s'enquit-elle alors.

— On a bougé un peu, on est à Invercargill, l'informé-je en ignorant sa seconde question.

— On a bougé ? Tu n'es pas seule ?

— Non, je suis dans un van avec Morgane. On était assises à côté dans l'avion, on a quitté l'aéroport ensemble.

Morgane choisit cet instant pour sortir de la salle de bains et m'adresse un petit signe encourageant. Sans doute, a-t-elle dû percevoir les cris de ma mère à travers la fine paroi de la cabine. Je lui souris. Je crois que finalement, je l'aime bien cette fille. On est aux antipodes, elle et moi, et pourtant, je ne sais pas, c'est comme si je trouvais un certain équilibre quand je suis avec elle. Comme si, elle me complétait en quelque sorte… C'est une sensation surprenante pour moi qui n'ai jamais vraiment eu de relations amicales avec quiconque auparavant… Je baisse les yeux vers les billets de Joshua. Et si c'était elle qui me retenait ici ? Et si j'avais besoin… d'une amie ?

Je réalise que je n'ai pas saisi le moindre mot du monologue moralisateur de ma mère qui se poursuit à travers le haut-parleur du téléphone. Je me recentre sur ce qu'elle raconte :

— Et ton séminaire alors ? Il n'y a aucun autre moyen de te rendre en Australie ?

Je songe au billet précieusement enfoui au fond de mon sac. Il est censé m'ouvrir les portes d'un monde dont j'ai toujours rêvé. Pourtant, la carte d'embarquement que je tiens dans ma main me fait douter. Et si je me mettais à vivre au lieu de rêver ?

— Non, aucun, affirmé-je avant de déchirer avec soin mon unique porte de sortie.

Morgane m'a suppliée de ne pas mettre le GPS pour, je cite, « *nous laisser guider par notre instinct* ». Mais, alors que nous quittons le littoral, là, tout de suite, mon instinct ne me dit rien qui vaille ! J'ai l'impression d'avancer dans les terres néo-zélandaises comme on s'enfonce dans l'épaisseur d'un brouillard de montagne. Je jette un œil à Morgane. Elle parait confiante et s'émerveille devant le paysage qui s'offre à nous. Je décide de faire taire mes élans d'inquiétude pour m'intéresser davantage aux environs.

Je ne suis pas une grande fan de tout ce qui est nature, forêt, etc., mais je dois reconnaitre que la vue est à couper le souffle... J'observe les vastes étendues de prairies verdoyantes où broutent çà et là, des brebis, des vaches ou encore des biches, avec en fond de toile de longues chaines de montagnes aux sommets éternellement enneigés. J'ai la sensation d'être plongée au cœur d'un film de fantasy dans lequel un elfe chevauchant un dragon pourrait, à tout moment, venir percer l'immensité bleutée du ciel. Mon regard s'accroche alors sur mes doigts enserrant le volant et notamment sur le vernis émaillé de mes ongles. Cette affreuse découverte m'extrait de ma contemplation. Je peine à croire que j'ai pu fréquenter un homme avec des ongles dans cet état !

— Faut qu'on s'arrête, dis-je.

— Ah ouais, je serais pas contre un petit déj, répond Morgane en jetant un coup d'œil à sa montre, ou plutôt un brunch, vu l'heure…

— C'est pas ça… J'ai besoin d'une manucure avant d'arriver à Te Anau…

— Quoi ?

Morgane me contemple, incrédule.

— Regarde l'état de mes ongles !

Je lui colle la preuve sous le nez.

— On s'en fout Cléo, non ? demande-t-elle, toujours aussi perplexe. On est au beau milieu du trou du cul du monde et toi tu… Ahhhh !

Son visage s'éclaire.

— C'est pour Joshua que tu veux te faire belle, c'est ça ?

— Pas du tout, répliqué-je en rougissant. C'est juste que c'est important pour soi-même de se sentir bien dans son corps.

— Alors là, je suis tout à fait d'accord. Puis, pour Joshua c'est un peu trop tard de toute façon… et c'est pas tes ongles pourraves qui ont dû réfréner ses ardeurs…

— Et se sentir bien, c'est aussi avoir une belle manucure, une belle épilation, poursuis-je en faisant comme si je ne l'avais pas entendue. D'ailleurs, on peut s'improviser une séance soins esthétiques. J'ai tout ce qu'il faut dans ma valise…

— Bof, ça me tente pas trop…

— Allez, ça peut être chouette ! insisté-je avec entrain.

Puis, tu en as bien besoin, toi aussi, continué-je en mon for intérieur en songeant à ses aisselles poilues.

— Si tu veux… abdique-t-elle avec lassitude. Mais avant, on s'arrête acheter de quoi manger !

Je me gare dans une petite station-service sur le bord de la nationale et me procure quelques brioches et jus de fruits à l'épicerie attenante. Morgane m'attend dans le van. Nous aurions perdu trop de temps s'il avait fallu qu'elle se déplace jusqu'au magasin avec ses béquilles. Par précaution, je décide de compléter le réservoir d'essence avant de repartir. Vu l'endroit où nous nous rendons, on n'est jamais trop prudent…

— La carte montre un spot sympa pour se poser, pas très loin d'ici, m'annonce Morgane lorsque je me réinstalle au volant, les bras chargés de viennoiseries.

Je suis ses indications et nous quittons rapidement la route principale pour nous enfoncer dans une sombre forêt.

— T'es sûre que c'est le bon chemin ?

Elle n'a pas le temps de répondre que déjà une clairière nous révèle un petit emplacement terreux juste assez grand pour pouvoir nous y garer. Depuis ce parking sauvage, un étroit sentier caillouteux et semé de racines semble se faufiler entre les arbres. Ça risque d'être compliqué pour Morgane de parvenir à l'emprunter. Je devine à son air dépité qu'elle pense la même chose que moi.

— On peut rester déjeuner ici, suggéré-je.

— Oh non, c'est trop dommage, le spot est super bien noté, faut absolument qu'on aille voir ça !

— Mais, Morgane, ta cheville...

— Ça va le faire, assure-t-elle avec un sourire en descendant du van avec ses béquilles. N'oublie pas ton appareil photo !

Je la laisse passer devant pour pouvoir la rattraper au cas où elle se prendrait les béquilles dans une racine ou un rocher. Rapidement, nous percevons la course effrénée d'un torrent tout proche. Mon amie accélère le pas et manque de glisser sur les cailloux recouverts de mousse humide.

— Fais attention ! grondé-je.

Je passe mon bras sous son épaule pour la forcer à ralentir l'allure. Le chemin est moins long qu'il n'y parait. Après avoir traversé cinq cents mètres de parcelle boisée sans trop d'embuches, nous débouchons sur une petite plage de galets contre laquelle s'écrase avec fracas l'eau bouillonnante d'une cascade naturelle.

— C'est magnifique, lâche Morgane, émerveillée.

Les arbres autour de la chute d'eau forment comme une oasis de nature sauvage au sein de laquelle se déploie une énergie très particulière, presque… divine. Je ne saurais pas l'expliquer. J'ai la sensation qu'ici rien ne peut nous arriver, que nous sommes sous la protection de quelque chose qui nous dépasse. Ce sentiment m'effraie autant qu'il m'apaise. Je me tourne vers Morgane pour chercher confirmation que je ne suis pas en train de dérailler. Elle s'est assise par terre, la jambe gauche repliée sous ses fesses, la droite positionnée vers l'avant, son pied blessé précautionneusement posé sur ses béquilles. Ses yeux sont fermés et un sourire serein étire ses lèvres closes. Bon, elle aussi semble avoir ressenti un truc à cet endroit…

Je prends quelques clichés pour immortaliser l'instant, puis retourne vers le van au pas de course afin de récupérer les brioches et ma trousse de manucure. Le parking est toujours désert. La magie de la cascade retombée, je ne suis pas très rassurée de me trouver seule au milieu de nulle part. Je n'ai jamais eu l'habitude d'évoluer dans des endroits aussi… peu citadins.

Je suis une fille de la ville. La nature pour moi, ce sont les parcs municipaux. Éventuellement les jardins botaniques. Ici, je me sens un peu comme débarquée pour une saison de Koh-Lanta[15] ! Je récupère rapidement mes affaires et cours retrouver la sérénité de la plage de galets. Toutefois, lorsque j'arrive devant la cascade, je constate avec effroi que Morgane n'est plus là. Sans m'en rendre compte, je lâche tout ce que j'avais dans les mains :

— Morgane ! Morgane ! appelé-je, la voix serrée par l'angoisse.

Je jette des regards furtifs tout autour de moi.

Elle n'a pas pu disparaitre comme ça ! Et puis avec ses béquilles, elle n'a pas pu aller bien loin ! À moins qu'elle ne se soit fait enlever ? Mon cœur s'emballe plus fort dans ma poitrine. Non impossible : nous n'avons vu personne depuis que nous sommes arrivées et aucun autre véhicule n'était garé à côté de notre van… J'agrippe fermement mon reflex accroché autour de mon cou. Si quelqu'un veut m'agresser, je lui tire aussitôt son portrait. Ça laissera une preuve irréfutable pour la police ! Mouais, enfin… Encore faut-il que le mec soit assez con pour abandonner l'appareil photo avec sa tronche à l'intérieur sur les lieux du crime… Je crois que je vrille !

---

[15] Émission de téléréalité où des candidats, échoués sur une ile déserte, doivent survivre dans les conditions de rescapés.

— Morgane ! Morgane !

Mon regard se perd sur les volutes de vapeur qui s'échappent depuis la surface de la rivière, là où se jette la cascade. Et si elle s'était noyée ? Je m'approche prudemment, pour sonder des yeux les profondeurs du cours d'eau. Je discerne les pierres qui en tapissent le fond, à seulement une cinquantaine de centimètres en dessous de moi. Aurait-elle vraiment pu se noyer ici ? Je m'apprête à faire demi-tour pour rejoindre la plage quand ce que j'aperçois flottant à la surface me glace le sang. Sans réfléchir, je me jette dans le torrent et empoigne la béquille de mon amie.

— Morgaaaane ! hurlé-je avec l'énergie du désespoir.

De l'eau jusqu'aux genoux, je remonte la rivière dans la direction opposée au courant qui a entrainé la béquille jusqu'à moi, dans l'espoir d'y retrouver sa propriétaire. *Elle ne peut pas être morte, elle ne peut pas être morte*, me répété-je en boucle. La vie ne peut pas m'avoir donné une amie pour me la reprendre aussitôt, non ?

À mesure que j'avance, l'intensité sonore de la cascade devient assourdissante. Je tente de nouveau d'appeler Morgane, mais c'est tout juste si je parviens à percevoir ma propre voix. Enfin, au détour d'un amas de roches, je reconnais sa silhouette au milieu de la rivière. Debout sur son pied gauche et me tournant le dos, elle semble vouloir récupérer quelque chose au fond de l'eau à l'aide de sa béquille restante. Je suis tellement soulagée de la retrouver vivante que je laisse échapper un petit rire nerveux. Je la rejoins sans attendre.

— Morgane, appelé-je doucement en lui touchant l'épaule.

Elle ne m'a pas entendue arriver et pivote vers moi dans un sursaut. Je m'apprêtais à lui reprocher son imprudence et son manque de considération à mon égard, quand je remarque ses yeux rouges et ses joues humides.

— Qu'est-ce qu'il se passe ? demandé-je alarmée. Pourquoi tu t'es éloignée ? J'étais morte de trouille !

Je lui montre la béquille que j'ai repêchée comme preuve légitime de mon inquiétude.

— Je suis désolée Cléo, je... j'essaie de récupérer ce truc, balbutie-t-elle en pointant le fond de l'eau, mais avec cette putain de cheville...

Morgane fond alors en larmes. Déconcertée, je suis des yeux la direction qu'elle a indiquée et découvre une bouteille en plastique qui danse sur la mousse au rythme du courant.

— Tu te rends compte Cléo, même ici, sanglote-t-elle, même ici...

Sans un mot, je ramasse la bouteille, passe mon bras sous son épaule et la ramène vers la berge. Je cherche un emplacement au soleil où nous pourrions nous réchauffer et faire sécher nos vêtements. Je croise les doigts pour que mon appareil photo n'ait pas trop souffert au passage... Nous nous asseyons sur les galets et je laisse Morgane pleurer, évacuer son chagrin, jusqu'à ce que ses larmes se tarissent d'elles-mêmes. Lorsque sa respiration s'apaise, je lui tends la bouteille en plastique. Elle s'en saisit machinalement et commence à gratter son étiquette du bout de l'ongle.

— Parfois, j'ai l'impression d'être dans *Game of Thrones*, lâche-t-elle soudain, la voix rauque.

Je ne réponds pas et attends qu'elle développe cette étrange théorie.

— Trahisons, tromperies, manipulations... Tout le monde ne pense qu'à sa gueule et ne vise qu'à poser son cul sur ce putain de trône sans réaliser que la plus grande des menaces les tuera tous.

Morgane renifle avec dédain avant de poursuivre :

— Ça ne te rappelle rien ?

Elle me secoue la bouteille en plastique sous le nez.

— Ils sont là, nos marcheurs blancs[16], Cléo ! Tu comprends ? Si même dans des lieux aussi reculés et magnifiques qu'ici, on trouve ces putains de bouteilles

---

[16] Créatures légendaires et mythiques qui représentent une menace surnaturelle pour les habitants de Westeros (*Game of Thrones*).

en plastique, je me dis qu'ils ne sont pas loin derrière nous…

Je ne sais pas quoi répondre. Je n'avais jamais vu les choses sous cet angle. Alors bien sûr, je fais un peu de tri sélectif, j'évite de prendre des bains, je fais gaffe d'éteindre la lumière en partant et, en ville, je privilégie les transports en commun. Un peu comme tout le monde, quoi ! Davantage par habitude que par conscience environnementale… Je balaie la plage du regard. Aussitôt me sautent aux yeux, ici un emballage de biscuit, là un bouchon de bouteille, là encore un mégot coincé entre deux galets…

— L'environnement, le développement durable, les produits écoresponsables, c'était toute ma vie, confie Morgane.

Deux larmes viennent se perdre au creux de ses lèvres tremblantes.

— Et il a tout gâché…

Chapitre 16

Morgane

Malgré moi, un flot ininterrompu se déverse de ma bouche pour tenter d'exorciser mon passé et les émotions négatives qui y sont attachées. Celles qui n'ont pas disparu depuis que je suis ici, loin de là...

— J'ai fait des études de commerce international. Durant ma première année de licence, j'ai rencontré mon copain, Alexandre. C'était mon âme sœur, mon amant, mon meilleur ami. Nous étions inséparables. À tel point qu'on nous appelait les « AM ». Ça résonnait en moi, puisque « AM » « âme » tu comprends ?

Cléo hoche la tête, mais je ne sais pas si elle a réellement compris. Elle me fixe, osant à peine cligner des yeux, comme si le simple fait de battre des cils allait mettre fin à ma séquence confidences.

— Nous n'étions pas ce genre de couple relou à toujours être collés l'un à l'autre, non. Disons qu'il y avait une symbiose entre nous, ce qui a permis à notre relation de se consolider malgré nos évolutions personnelles. Nous avions la même vision du monde, la même vision de notre avenir commun, et nous étions certains de finir notre vie ensemble. En tout cas, je l'étais.

Je regarde Cléo pour voir si elle n'a pas décroché. Elle est suspendue à mes lèvres, ma vie pourrie la passionne.

— Nous avons préparé notre travail de fin d'études tous les deux, sur l'idée d'une start-up écologique. Nous étions tellement bien avancés dans notre projet que nous l'avons ouverte sitôt le diplôme en poche. Nous avions développé des produits 100 % naturels et locaux. Nous avons commencé par un shampoing, puis nous avons étendu la gamme au fur et à mesure. Tu as peut-être entendu parler de « Le Produit Français » ?

Cléo secoue la tête.

— C'est peut-être normal, vu que tu viens de Marseille. Mais dans le nord de la France, nous avions un grand succès. Nous étions en train de nous développer sur tout le territoire, et puis...

— Quoi ? me presse Cléo. Ton entreprise a coulé ?

— Pire que ça. J'ai découvert qu'Alexandre avait une liaison avec notre secrétaire ! Le cliché !

Cléo est bouche bée.

— Non, mais quel connard !

Je suis surprise de son ton vindicatif et j'esquisse un sourire.

— Comme tu dis, quel connard ! J'étais tellement choquée, tu n'imagines même pas... Il parait que ça se sent quand quelqu'un te trompe... Tu parles ! Je n'ai rien vu venir !

— Comment tu l'as su ?

— Tout bêtement... Alexandre avait un entrainement de foot tous les mardis soir. Et j'avais oublié quelque chose au bureau... C'est à ce moment-là que je les ai surpris.

— C'est pas vrai... Et qu'est-ce que tu as fait ? Tu as retourné le bureau ?

Cléo se passionne pour mon histoire comme s'il s'agissait d'un feuilleton télévisé.

— Non, malheureusement. Je suis partie et j'ai pleuré dans la voiture. J'ai fait mes valises et j'ai quitté le domicile conjugal.

— Quoi ?! Sans aucune explication ?

— Je n'ai pas réussi. Je déteste les disputes, je préfère prendre la fuite.

— Très constructif, ironise Cléo.

— Je sais. Mais dans la vie, on fait comme on peut.

— C'est arrivé quand ?

— Il y a trois semaines. J'ai logé chez une amie, et j'ai pris mes billets pour l'Australie sans le dire à personne.

— Et ton entreprise ? Et Alexandre ? Comment a-t-il réagi ?

— J'en sais rien, je suis partie en laissant tout derrière moi… Alexandre a cherché à me joindre au début, mais je n'ai pas eu la force de lui répondre…

— Donc tu es partie en Australie pour… pour oublier tout ça ?

— Exactement. Je ne me voyais pas assister au repas de Noël dans ma famille, avec ma sœur « parfaite » et mes parents qui me demandent pourquoi j'ai rompu avec Alexandre. Ils le considèrent comme leur fils et je crois bien qu'ils lui téléphonent encore plus qu'à moi. Alex a déjà dû leur inventer une histoire à l'heure actuelle. J'ai envoyé un SMS pour dire que je partais quelques jours en vacances et je les ai bloqués. J'ai envie d'être tranquille, loin d'eux, loin de tout.

— Et ça te fait du bien ?

— Pas vraiment…

Mes émotions forment une boule dans la gorge qui m'empêche de déglutir.

— Je… je croyais que ces vacances changeraient tout ! Mais non, je pense tout le temps à lui. Ai-je bien fait de partir sans lui laisser une chance de s'expliquer ? Ai-je bien fait de faire une croix sur mon passé ? Je n'en sais rien !

Je pleure, me cachant dans mes jambes repliées contre moi. Je sens le bras de Cléo dans mon dos.

— Bien sûr que tu as bien fait ! C'est un goujat !

Je souris faiblement à ce mot désuet que je n'utilise jamais. Je me calme et essuie mes larmes.

— Tu sais, ajouté-je, à chaque fois qu'il y a du wifi, je regarde s'il m'a envoyé un message… mais il ne l'a pas fait depuis bien longtemps. Notre secrétaire a certainement emménagé chez nous, et il doit être occupé dans sa nouvelle vie ! Si ça se trouve…

Ma voix se brise.

— Il ne m'a jamais aimée !

Je recommence à pleurer de plus belle. Je me sens idiote, à me décharger sur Cléo, alors qu'elle ne pourra pas arranger mon passé. Je gâche de surcroit la quiétude de ce lieu paradisiaque.

— Ne regrette pas ces belles années avec lui. Il t'a sûrement aimée, et toi aussi, mais l'amour n'est pas éternel…

— J'espère bien que tu te trompes !

— J'en doute, me rétorque Cléo en se levant. L'amour dure trois ans, tu ne connais pas le dicton ?

— Si, mais c'est n'importe quoi.

— Ça s'est vérifié pour moi.

Elle part chercher sa trousse de manucure.

— Tu connaissais le dicton avant tes histoires d'amour ?

— Oui… Pourquoi ?

— Parce que ta façon de voir le monde conditionne ta vie. Si tu crois que l'amour dure trois ans, alors il ne se concrétisera jamais au-delà de cette période.

Cléo lève les yeux au ciel. Elle s'assoit et ne dit rien. Je m'en veux un peu de faire ma madame-je-sais-tout. En même temps je sais que j'ai raison.

— Tu sais ce qu'il te faudrait ? me dit Cléo.

— Non ?

— Du changement ! Allez, donne-moi tes mains !

Je les lui tends.

— Quelle couleur souhaites-tu ?

— Vert, comme l'amour.

— « Vert comme l'amour » ? me répète-t-elle, incrédule.

— Oui, c'est la couleur du chakra cœur et il doit être soigné.

— Mmm. Va falloir que tu développes !

Je ne me fais pas prier, ravie qu'on change de sujet. Et puis, je pourrais parler des heures de ma passion ! Je lui explique ce que sont les chakras, ces centres énergétiques que nous avons en nous, et les lui décris un à un.

— Par exemple, tu as choisi un vernis orange. C'est la couleur du chakra sacré. Il est le siège de la sexualité…

Cléo rougit.

— De la créativité, des émotions, de l'amour familial. Il contient l'émotionnel de ton enfance. C'est ton enfant intérieur quoi ! Celui qui a été blessé, et avec cette couleur, tu essaies peut-être de l'aider à se sentir mieux...

Cléo écarquille les yeux.

— T'es vraiment une sorcière, ma parole !

— Quoi ? Je suis tombée juste ?

— Peut-être, élude Cléo.

Je souris, fière de moi. C'est que je m'améliore en spiritualité ! Cléo me lime les ongles, étale une première couche de vernis, puis une deuxième en restant silencieuse.

J'apprécie ce moment de déconnexion totale, où on prend soin de moi et où j'écoute le bruit de l'eau. Je pourrais presque m'endormir...

— Attention ! me dit Cléo. Ton vernis n'est pas sec !

Je me redresse et ne bouge plus.

Une fois nos vernis séchés, nous rejoignons Raisin. Je glisse la bouteille en plastique dans la poubelle « à recycler » de notre van, puis je m'installe côté passager. Cléo se débarrasse à son tour des quelques déchets qu'elle a ramassés sur la plage et prend place au volant.

Ça m'embête de ne pas pouvoir conduire. Moi qui adore la liberté, je me sens prise au piège, totalement dépendante de la bonne volonté de Cléo. Je déteste ce sentiment. Je me demande si je ne vais pas enlever mon attelle plus tôt que prévu. De toute façon, je n'ai plus mal, alors je ne vois pas à quoi elle me sert.

Cléo insiste pour mettre le GPS cette fois-ci.

— Bon, d'accord, mais on s'arrête dès que c'est joli ! Et on dort sur la route sans se presser !

— Marché conclu.

Oh ! Je suis presque déçue de ne pas avoir à négocier. Mais c'est mieux comme ça, nous sommes de plus en plus sur la même longueur d'onde. Nous faisons la première partie du trajet en silence, puis je branche mon téléphone sur la prise USB. Je ne suis pas organisée pour la paperasse, en revanche pour la musique, je ne pars jamais sans des playlists préparées à l'avance.

J'active Spotify[17] et lance la première sélection, que j'ai intitulée « Ambiance-toi dans ta caisse ». C'est Céline Dion qui a l'honneur d'ouvrir le bal, avec *Pour que tu m'aimes encore*. Génial ! Encore un coup de la loi de l'attraction ! Il suffit que nous parlions d'Alexandre pour que se joue dans l'habitacle une musique sur un amour perdu...

La voix de Cléo me fait alors sortir de mes pensées. Elle chantonne à voix basse :

---

[17] Plateforme de distribution numérique permettant une écoute quasi instantanée de fichiers musicaux.

— J'ai compris tous les mots, j'ai bien compris, merciiiiii[18]...

Elle me regarde pour voir si je l'ai entendue. Je la fixe, surprise. Elle ne se démonte pas pour autant. Elle poursuit :

— Raisonnable et nouveau, c'est ainsi par iciiiiii...

Je connais cette chanson sur le bout des doigts. Normal, elle fait partie de ma playlist. J'augmente le volume de l'autoradio et je chante en chœur avec Cléo et Céline.

— Que les choses ont changé, que les fleurs ont fané, que le temps d'avant, c'était le temps d'avaaaant...

Je crois que c'est la première fois que je considère vraiment les paroles de cette musique. L'émotion me gagne. Je n'arrive pas à déterminer ce que c'est. De la tristesse ? De la nostalgie ? De la joie de parcourir ces contrées sauvages avec une nouvelle amie ? Peut-être un mélange des trois.

Des larmes floutent ma vision. En réponse, je chante encore plus fort. Je me sens mal, bien, perturbée, heureuse !

Nous roulons tout le reste de l'après-midi, alternant les arrêts-photos et le karaoké ambulant.

---

[18] Paroles de la chanson *Pour que tu m'aimes encore*, interprétée par Céline Dion.

Je suis agréablement surprise que mon acolyte connaisse aussi bien le répertoire français. Je m'éclate ! Finalement, c'est plutôt sympa d'être accompagnée !

Nous gagnons la ville de Te Anau en fin de journée. L'office du tourisme est au bord d'un grand lac. Nous en profitons pour aller aux toilettes et prendre des renseignements sur les visites dans le coin.

Comme à l'accoutumée, nous activons immédiatement notre wifi. Cléo appelle sa mère. Pendant ce temps, j'ouvre mes mails, je n'ai reçu que des publicités. Mes messages sur les différents réseaux sociaux arrivent peu à peu. J'hésite à poster une photo de la Nouvelle-Zélande pour narguer tout le monde, et surtout pour montrer à Alexandre que je vis mieux sans lui. Ma curiosité, qui me titille depuis le début du voyage, est devenue trop forte. Je clique sur son profil Instagram. Son *feed* ne contient aucune nouvelle photo. Par contre, il a effacé celles où je suis présente. Il m'a rayée de sa vie comme on raye une liste de course. Je n'étais rien pour lui ?! Je sens la colère gronder en moi.

— T'es vraiment un gamin ! craché-je à sa photo de profil.

Puis je remarque le contour orangé de celle-ci, qui indique la présence d'une story. J'hésite. Je clique ? Je ne clique pas ? Si je clique, il va voir que j'ai regardé sa story, et du coup que je m'intéresse à lui. Si je ne clique pas, je ne saurai jamais ce qu'il a mis ! *Mon Dieu quel dilemme !* Je suis sortie de ce mauvais pas par Cléo qui a raccroché et me rejoint.

— Qu'est-ce que tu fais ?

Elle penche sa tête et scrute mon téléphone. Elle comprend tout de suite.

— Attends, c'est le profil de ton ex que tu regardes ?

Je suis prise en flagrant délit.

— Oui.

— Donne-moi ça.

— Non !

— Donne-le-moi !

Elle attrape mon portable et s'enfuit au bord du lac. Je souhaite courir à sa poursuite, mais je ne peux pas.

— Je m'en fous ! crié-je.

Des personnes se tournent vers moi. Je me demande s'ils se disent que, décidément, les Français sont un peuple de malpolis.

Cléo revient vers moi, le téléphone en l'air. Je fais genre de ne pas m'en préoccuper, puis saute sur elle pour tenter de le récupérer.

— Oh non ! crie-t-elle.

Elle fixe l'écran de mon portable en mettant une main devant sa bouche.

— Quoi, qu'est-ce qu'il y a ?

Je suis inquiète. Avons-nous cassé mon seul moyen de communication ?

— J'ai cliqué sur la story sans faire exprès !

Mon cœur s'emballe. Je tente de garder un air détaché.

— Ah ! Et qu'est-ce que tu vois ?

— Rien. Lui au restaurant.

— Montre !

Je lui prends le téléphone des mains et fais un retour sur les stories, jusqu'à ce que je tombe sur la sienne. Effectivement, il est au restaurant. Dans NOTRE restaurant. Celui dans lequel nous allions souvent, car leurs gnocchis gorgonzola sont à tomber. Je regarde son assiette. Il a choisi du poulet ? *DU POULET ?* Il n'est pas censé être végétarien ? D'un seul coup je doute. Qui est cet homme ? Je ne le reconnais plus !

J'ai toujours mon doigt appuyé sur l'écran pour éviter de passer à une autre story. Je ne peux détacher mes yeux de la photo. Il a l'air heureux. J'aperçois le plat de la personne qui l'a pris en photo. Du poulet également. *Original.* Du champagne à table ? Une vision d'horreur m'assaille : devant l'objectif, sur la flute de champagne, une trace de rouge à lèvres. *De rouge à lèvres !* Un rouge bien intense en plus ! Genre pompier-tape-à-l'œil !

— Non, mais je rêve ! Il est avec sa pouffiasse !

— Morgane, déconne pas !

Cléo croit que je vais faire une bêtise. Elle se trompe. Je n'ai pas l'intention de me venger. Seulement de gagner la guerre des ex.

— Ne t'inquiète pas, je compte juste mettre une super belle photo de la Nouvelle-Zélande pour montrer que je vis ma meilleure vie !

Je vais dans l'album photo de mon téléphone. Je glisse mon index de plus en plus vite vers la droite et Cléo observe avec moi le défilé de clichés flous.

— Mmm… Ce n'est pas comme ça que tu vas vendre du rêve ! Par contre, avec mon appareil photo, si !

— Et comment on va faire pour mettre ça sur internet ? demandé-je d'un ton quelque peu dédaigneux.

— J'ai mon ordinateur, bêta. Enfin un petit, mais suffisant pour décharger toutes mes photos sur mon disque dur externe.

— Ah oui, t'es partie avec ta maison en fait, me moqué-je.

— Et tu vas t'en plaindre ?

Certainement pas. Une fois dans le van, elle me montre la façon dont elle sauvegarde les photos, son logiciel de retouche, et le résultat final.

— Ouah ! C'est époustouflant !

Je suis sincère. Les photographies de notre voyage pourraient figurer sur le site officiel du tourisme en Nouvelle-Zélande. J'ai de quoi éblouir tous mes abonnés.

— Voilà le matos de ta vengeance ! annonce fièrement Cléo.

Nous emportons l'ordinateur près de l'office du tourisme pour que je me connecte au réseau. J'ouvre mon Instagram. Je choisis la photo de moi aux Moerakis Boulders, celle où je suis près de Raisin. Elle est encore plus sublime que lorsque Cléo me l'a montrée la première fois. Je la poste sans hashtag. Bah oui, les hashtags c'est pour les gens qui veulent s'exhiber. Puis je la repartage en story. Je n'efface pas les photos d'Alexandre, pour lui signifier que je me fiche totalement de lui. *Ou alors faudrait-il que je fasse l'inverse ?*

Je décide d'y réfléchir plus tard, car la température commence à se rafraichir et Cléo en a un peu marre de poireauter.

Nous éteignons l'ordinateur et je jette un dernier regard sur mon portable. J'ai déjà reçu des notifications alors qu'il est très tôt en France. Les gens sont vraiment accros à leur téléphone, c'est fou ! J'ouvre Instagram et découvre les commentaires. J'y vois celui de ma sœur jumelle sous la photographie :

« Qu'est-ce que tu fous en Nouvelle-Zélande ? Les parents sont au courant au moins ? ».

Oups.

Chapitre 17

Cléo

Lorsque j'ouvre les yeux, je comprends à la respiration régulière de Morgane tout près de moi, qu'elle est encore endormie. Le lit-mezzanine est assez grand pour nous deux et on avait la flemme d'installer celui du bas. C'est toute une manip à faire… Faut enlever la table, tirer la banquette… Bref, on a préféré choisir la facilité ! Il est tout juste 7 h 30 à mon téléphone et pourtant, je me sens en pleine forme ! Je crois que c'est la première nuit tranquille que je passe depuis le début du voyage. Bon, celle partagée avec Joshua n'était pas déplaisante, mais je ne peux pas dire qu'elle était de tout repos… Je me surprends à rougir tandis qu'une sensation désagréable me comprime le ventre. Je dois le revoir aujourd'hui… Et s'il m'avait déjà oubliée ?

Je me faufile hors du lit en tâchant de faire le moins de bruit possible. L'intérieur du van est baigné par la douceur des premiers rayons du soleil. À l'extérieur tout est calme et apaisant. La vie n'a pas encore repris son rythme effréné à Te Anau. Je profiterais bien de cet instant de paix pour boire un bon café dans ce silence matinal, mais je crains de réveiller Morgane. La soirée a été difficile pour elle avec la découverte de l'infidélité assumée de son ex. En la voyant comme ça, on ne dirait pas que cette fille a morflé. Psychologiquement, je veux dire. Elle parait si souriante, joviale et optimiste… Ça me fait de la peine. Je songe à ma liseuse et mes romans d'amour. Quand l'ex est un connard infidèle, l'héroïne finit toujours par rencontrer un homme parfait qui lui fera oublier tous ses tourments et soignera ses intimes blessures… C'est peut-être ce qui va se passer pour Morgane ?

Des bruits sourds et réguliers résonnent dans le calme environnant et me sortent de mes pensées. J'ai tout juste le temps de me pencher vers le pare-brise pour apercevoir une joggeuse filer sur le trottoir juste à côté de là où nous sommes garées. Mes jambes se mettent à frétiller. Ça fait combien de jours que je n'ai pas couru ? J'enlève mon pyjama et m'habille à la hâte. Mes baskets sont encore humides de leur baignade improvisée de la veille, mais ça devrait le faire. Je sors du van et fais glisser la porte derrière moi le plus silencieusement possible. L'air vivifiant termine de me réveiller. J'inspire un grand coup et démarre ma course. Je ne sais pas trop quelle direction prendre, alors je suis le chemin emprunté peu avant par la joggeuse.

Le parking débouche sur un petit sentier qui semble faire le tour du lac. Je m'y engage et savoure ce contact de mes pieds qui accrochent le sol à chaque enjambée. Le vent fouette mon visage, ma respiration s'accélère. Mes battements cardiaques aussi. Là, je me sens pleinement vivante ! Je force la cadence, mes cuisses protestent. Je m'en fiche, j'en ai besoin. Je veux sentir mon corps endurer cette souffrance salvatrice, cette douleur qui m'apaise, cette torture délicieuse. Je ne tarde pas à rattraper la joggeuse qui s'est arrêtée faire des étirements contre un banc. Elle m'adresse un signe du menton lorsque je la dépasse. Je lui réponds à peine. Quand je cours, j'aime être seule. Même avec Mathieu, nous n'organisions pas nos sessions running ensemble. Lui préférait les nocturnes avec son club, moi les matinales en solitaire. Si nous ne nous étions pas trouvés en même temps au rayon chaussures de course à pied du Décathlon, je crois que nous ne nous serions jamais rencontrés... C'est fou comme ça se joue à rien : si j'avais attendu le lendemain pour aller m'acheter ces putains de baskets, je n'aurais pas perdu trois années de mon existence. Je ralentis le pas. L'amertume m'empêche de respirer correctement. Pourtant ce n'est pas la faute de

Mathieu. Ni la mienne. Il n'a jamais été question d'infidélité ou autres coups tordus entre nous. C'est juste que notre relation avait atteint sa date de péremption. C'est la vie. Je m'y étais préparée avec Lucas. Je ne suis pas destinée à vivre des histoires d'amour qui durent dans le temps… Je repense à ce que m'a dit Morgane. Est-ce qu'être persuadée que l'amour s'étiole au bout de trois ans me condamnerait à n'avoir que de brèves histoires ? Ça semble un peu tiré par les cheveux… Je n'avais pas d'attentes particulières avec Lucas et c'est pourtant ce qu'il s'est passé. Je me demande même comment on a fait pour rester ensemble aussi longtemps…

Je n'ai jamais cherché à savoir ce qu'ils étaient devenus. L'idée ne m'a pas effleurée d'aller espionner leur compte Facebook ou Instagram… Non pas que je trouve cela incorrect, mais je n'y vois aucun intérêt. Repenser à l'état dans lequel s'est mise Morgane hier soir, ça ne me donne pas envie… Bon après, nos situations sont sûrement différentes. Morgane aimait sincèrement son ex. J'ignore encore si c'était mon cas… Je finis par m'arrêter pour reprendre mon souffle. Le changement d'hémisphère altère mon endurance : j'ai la cage thoracique en feu ! Je fais quelques pas pour permettre à mes jambes de récupérer en douceur. La joggeuse de tout à l'heure me double à son tour et me lance un regard moqueur.

Je ne l'avais même pas entendue courir derrière moi ! Il faut dire aussi que mes oreilles bourdonnent tellement qu'il me semble avoir un essaim d'abeilles dans les tympans… Je repère un banc à quelques mètres et marche à petits pas jusqu'à lui. Comme ma concurrente fortuite, j'entreprends d'étirer mes mollets et mes ischio. Je songe à Joshua et aux hommes qui suivront. Est-ce que l'un d'eux me fera découvrir ce qu'est le véritable amour ? Celui qui fait vibrer, qui rend fou, qui donne ce sentiment de complétude absolue ? Celui, tellement fort, qu'il vous fait partir à l'autre bout du monde pour essayer de l'oublier ?

Les rayons du soleil commencent à me chauffer le dos. Je ne sais pas l'heure qu'il est, mais la matinée semble bien amorcée. Je fais demi-tour pour rejoindre le van. En prenant appui sur le mobilier, Morgane arrive à se hisser jusqu'au lit malgré sa cheville foulée. Pour descendre, ce n'est pas la même histoire… J'espère qu'elle n'est pas en train de m'attendre, bloquée sur son perchoir ! Lorsque je pousse la porte, le silence règne dans l'habitacle. Rassurée, je commence à me déshabiller pour filer à la douche quand des reniflements successifs suspendent mes gestes. Je passe la tête à l'étage et découvre Morgane, tapie au fond du lit. La luminosité de son téléphone se reflète sur son visage baigné de larmes.

— Il s'est désabonné, sanglote-t-elle.

— Pardon ?

— Il a vu ma story et il s'est désabonné de mon compte…

— Tu captes le wifi ? m'étonné-je, pragmatique.

— Nooonn ! J'ai rallumé la 4G pour ce connard et voilà ! gémit-elle en tournant l'écran de son smartphone vers moi. Et il ne m'a même pas supprimée de ses contacts ! En gros c'est « J'en ai rien à foutre de ta vie ! Regarde comme moi je suis heureux ! ». Ça me dégoute…

Son chagrin me touche, mais me dépasse… Non décidément, je n'ai jamais été amoureuse.

— Allez, Morgane, tu te fais du mal pour rien, laisse tomber, il n'en vaut pas la peine…

— Ah bah c'est pas tellement l'avis de ma sœur, tu vois, rétorque-t-elle avec un petit rire nerveux. Regarde ce qu'elle m'envoie…

Elle balance son téléphone que je rattrape au vol. Son écran est allumé sur une conversation WhatsApp avec une certaine Marion : « Au lieu de te pavaner en Nouvelle-Zélande, tu ferais mieux de te bouger pour récupérer ton mec. Je te rappelle que tu ne vaux pas grand-chose sans lui. »

J'en reste bouche bée, sidérée par la violence de ces propos. Comment peut-on dire ça à sa propre sœur ? Je lève les yeux vers Morgane qui me scrute, soucieuse de ma réaction. Ce qu'elle lit sur mon visage doit correspondre à ses attentes puisqu'elle précise, avec aigreur :

— Le pire, c'est que je suis persuadée que mes parents doivent tenir mot pour mot le même discours…

Je ne sais que répondre. J'ai beau me plaindre de ma mère, de son immaturité et de son côté nympho, jamais elle ne m'aurait rabaissée et humiliée de la sorte. Au contraire, elle m'a encouragée et soutenue dans chacun de mes choix et s'est toujours montrée fière de celle que je suis. J'agrippe par réflexe le petit médaillon en forme de trèfle à quatre feuilles qu'elle m'a offert à mon douzième anniversaire et que je n'ai jamais plus quitté. Mon prénom y est gravé au dos. « C'est en toi que tu dois croire et en rien d'autre, m'avait-elle dit. Ta chance, c'est toi. » Je ne réalisais pas que ma chance, c'était aussi de l'avoir, elle. Avec ses défauts, mais surtout avec son amour et son soutien inconditionnels.

— Ce n'est pas vrai, assuré-je fermement.

— Quoi ? renifle-t-elle.

— Ce n'est pas vrai, tu vaux beaucoup, avec ou sans lui.

Morgane me regarde avec étonnement. Je poursuis ma litanie, le cœur battant, une colère sourde dans la voix :

— Tu es forte, drôle et courageuse ; à la fois indépendante et sensible. Et bien que maladroite et… parfois un peu cinglée, tu es une sympathique compagne de voyage. Alors oui, je n'aurais jamais imaginé dire ça il y a quelques jours, mais plus j'apprends à te connaitre, plus je suis convaincue que tu te suffis largement à toi-même. Tu n'as pas besoin d'un homme et encore moins de ce connard, pour te rendre meilleure personne que tu n'es déjà. Et selon moi, ceux qui ne comprennent pas ça ne méritent pas de faire partie de ta vie !

Je réalise que j'ai presque crié sur les derniers mots. Les yeux de Morgane s'embuent de nouveau. Un ange passe.

— Merci, Cléo, murmure-t-elle en essuyant ses larmes.

— Allez, sors de là, bougonné-je, il fait un temps magnifique. Ce n'est pas une journée à se morfondre !

Morgane sourit en s'agrippant à mon épaule pour descendre de la mezzanine.

— Je t'attendais, je te signale, hein ! T'étais où d'ailleurs ? C'est Joshua qui t'a donné un rendez-vous secret aux aurores ?

— Pfff n'importe quoi !

— T'as dormi là au moins ? insiste-t-elle.

— Bah oui j'ai dormi là ! Je suis allée courir en me levant...

— Ouais bah ça se sent... N'oublie pas de te doucher avant ton rencard !

Lorsque nous quittons le van après avoir déjeuné et nous être préparées, je me sens fébrile. Morgane a insisté pour que j'enfile un de ses shorts en jean au lieu de mes tenues de fitness habituelles qu'elle trouve — je cite — « trop sobres, pas assez sexys ».

— Attends, j'ai oublié mes lunettes ! m'écrié-je en amorçant un demi-tour.

— C'est bon, Cléo, laisse tomber, je sais bien qu'elles te servent à rien, rétorque Morgane en continuant d'avancer péniblement avec ses béquilles.

— Comment ça ? m'offusqué-je aussitôt en sentant le rouge me monter aux joues.

— J'ai bien remarqué que tu ne les mettais qu'une fois sur trois et particulièrement dans les endroits où on est susceptibles de croiser du monde. Tu es capable de lire sans, de conduire sans, et même de voir des opossums dans le noir sans... C'est quoi ton truc ? Tu essaies de te donner un petit air de secrétaire cochonne ? Parce que je te le dis tout de suite, avec des joggings de sport, ça le fait moyen...

— T'es con...

— J'ai tort ?

Je souffle, elle m'agace. Je n'ai pas envie de reconnaitre qu'elle m'a percée à jour. Elle insiste, la garce :

— Alors ?

— Oui, tu as tort ! Je ne veux pas me donner un air de secrétaire cochonne… C'est juste que, derrière mes lunettes, je me sens… moins exposée aux regards des gens, plus facilement oubliée…

— Tu sais quand même que des lunettes c'est pas une cape d'invisibilité ? Et puis les rousses dans ton genre, ça ne passe pas inaperçu !

— Comment ça ?

— Tu es canon Cléo ! Avec ou sans lunettes, ce n'est pas ce qui va empêcher les gens de te mater !

À mon grand soulagement, nous arrivons devant la salle d'embarquement pour les fiords, ce qui me dispense de répondre. Je n'ai jamais été à l'aise avec les compliments. Nous passons la porte d'entrée. Là, ça fourmille, ça bourdonne, les exclamations des voyageurs résonnent dans toute la pièce, créant une incroyable cacophonie multilingue ! Nous avons perdu l'habitude de nous retrouver en présence d'autant de monde et je ne sais pas si je ne suis pas en train de développer une forme d'agoraphobie. Je suis sur le point de suggérer à Morgane de nous en aller, quand celle-ci me demande de sortir nos billets. Plusieurs guichets sont installés aux quatre coins de la pièce et chacun semble proposer des croisières différentes. Les billets de Joshua ne paraissent correspondre à aucune de celles que l'on aperçoit. Je commence à avoir des bouffées de chaleur.

— Il s'est foutu de ma gueule, c'est sûr, constaté-je d'une voix tremblante.

— Mais non, pourquoi tu dis ça ? tente-t-elle de me rassurer en jetant des coups d'œil anxieux un peu partout, on va aller demander...

Nous nous insérons dans une file d'attente au hasard. Je me sens humiliée. Je n'ose croiser le regard de Morgane et garde la tête baissée sur mes chaussures. C'était bien la peine de me faire une manucure du feu de Dieu ! Rien que pour ça, mes ongles bleu égyptien ne quitteront pas mes poches ! Morgane m'assène un petit coup sur le mollet avec sa béquille. C'est notre tour. Je m'avance, hésitante. J'aimerais que Morgane reste derrière, mais elle m'accompagne jusqu'au guichet.

— Euh, bonjour, on a des billets pour une croisière, expliqué-je timidement à l'agent d'accueil en sortant les cadeaux de Joshua.

Le jeune homme me les prend des mains pour les examiner. J'ai le cœur qui bat à tout rompre, tandis que Morgane se penche subrepticement vers l'avant. Les secondes semblent des heures. Il relève enfin la tête vers nous et les mots que j'appréhendais finissent par franchir le seuil de ses lèvres :

— Je ne peux rien faire pour vous ici, mademoiselle.

J'ai l'impression d'avoir reçu un seau d'eau en pleine figure. Je sens Morgane près de moi prête à protester, mais je suis déjà en train de fuir. Je ne peux rester plus longtemps immobile face à cet affront, à cette horrible humiliation…

— Attendez mademoiselle ! me hèle l'agent touristique.

Je me force à me retourner vers lui, le visage incandescent.

— On s'est mal compris : je ne peux rien faire pour vous ici, il va falloir me suivre, précise-t-il confus.

Il appose une pancarte « Je reviens tout de suite » sur le comptoir de son guichet et nous somme de l'accompagner. Morgane et moi échangeons un regard intrigué et lui emboitons le pas. Nous longeons la salle bondée jusqu'à une porte donnant sur un office réservé au personnel. L'agent touristique ouvre le tiroir d'un petit bureau et en ressort un trousseau de clés.

— Il est rare que nous ayons des invités VIP, c'est pourquoi nous n'avons pas prévu de guichet spécifique pour ces croisières-là, explique-t-il avec un sourire. J'espère que vous passerez un agréable moment. Et que votre blessure ne sera pas un handicap pour ce qui vous attend, précise-t-il à l'intention de Morgane.

Celle-ci me lance un regard insistant. Je hausse les épaules et lui fais signe de suivre notre guide qui s'enfonce dans un petit couloir. Il utilise le trousseau de clés qu'il vient de récupérer pour ouvrir une nouvelle porte. Cette dernière donne directement sur un quai d'embarquement privé si j'en juge par le calme apparent qui y règne. Un bateau de tourisme bleu et blanc est amarré devant nous.

— Et voilà, mesdemoiselles, nous y sommes !

Il jette un dernier coup d'œil aux billets qu'il tient encore dans ses mains.

— C'est donc M. Carter qui viendra s'occuper de vous. Je lui signale immédiatement votre présence. Vous n'aurez pas à patienter longtemps, assure-t-il en me les rendant. Bon séjour, mesdemoiselles !

Séjour ? Impossible d'en savoir plus, l'homme a déjà filé. Nous restons un moment silencieuses, abasourdies par ce qui vient de se passer. Morgane se tourne alors vers moi, un large sourire sur les lèvres :

— Oh, la vache, il s'est pas foutu de ta gueule !

Chapitre 18

Morgane

Un joli bateau à moteur nous attend. Il est moins grand que ceux que nous avons vus précédemment, mais il a l'air bien plus propre.

Hésitantes, nous avançons sur le ponton en béton. Joshua Carter descend aussitôt de la passerelle pour nous accueillir.

— Bonjour, mesdemoiselles ! s'exclame-t-il joyeusement. Je me demandais si vous alliez venir !

— Cléo n'aurait raté ça pour rien au monde !

Celle-ci me lance un regard noir qui élargit davantage mon sourire.

— Bienvenue à bord du magnifique *Flying Dragon*. Je vous montre votre cabine.

Joshua nous guide à l'intérieur. Le bateau est en teck du sol au plafond. Nous passons par une sorte de cuisine, avant de nous enfoncer dans un couloir qui mène à la poupe. Le Néo-Zélandais ouvre la porte de gauche parfaitement lustrée et nous invite à entrer. La pièce est étroite. Le lit deux places est collé aux parois de chaque côté. Les draps sont tirés et une douce odeur florale flotte dans l'air.

— Je vous laisse vous installer, dit-il en regagnant le couloir. Rejoignez-moi sur le pont quand vous serez prêtes…

Il jette un regard appuyé à mon amie qui vire au rouge tomate. Dès que la porte se referme sur lui, je me tourne vers Cléo. Elle semble aussi incrédule que moi.

— C'est quoi cette histoire ?

— Je n'en sais rien ! se défend-elle.

— Comment ça, tu n'en sais rien ? T'as passé la nuit avec et il t'a invitée à ce voyage ! Il a bien dû te dire que ce n'était pas juste une traversée d'une journée !

— Je… euh… je me souviens plus !

Cléo examine les billets que lui a offerts Joshua à la recherche d'indices. J'essaie de me raisonner. Après tout, ce n'est pas si grave. Nous n'avons pas de vêtements, certes. *Est-ce que je me soucie vraiment d'être propre ?*

— Alors qu'y a-t-il d'écrit ?

Elle y colle son nez, et se mord la lèvre.

— C'est écrit en tout petit ! se justifie-t-elle.

— Mmm, réponds-je pour montrer que je ne l'excuse pas du tout. Et qu'est-ce qui est écrit ? répété-je.

Cléo relève les yeux. L'embarras se lit sur son visage.

— C'est marqué trois jours-deux nuits.

— Quoi ?! Trois jours sans changer de culotte ?

Au début contrariée, j'explose soudainement de rire, sans pouvoir m'arrêter.

— Qu'est-ce qui te fait autant marrer ?

— Je t'imagine…

Je me bidonne tellement que j'ai du mal à finir ma phrase.

— … avec Joshua… et pas lavée… depuis trois jours !

J'essuie mes larmes et tente de reprendre mon souffle.

— Parce que moi, je vais dormir seule avec mes affaires sales… Mais toi…

Je suis de nouveau prise d'un fou rire. Imaginer Cléo la psychorigide avec une culotte sale de trois jours dans le lit d'un mec me semble surréaliste !

— Arrête, c'est pas drôle !

Cléo est mi-énervée, mi-amusée. Elle ouvre une porte arrondie qui donne sur une toute petite douche.

— Au moins, il y a du savon !

Une fois passées nos émotions, nous sortons de la chambre. Mes béquilles font du bruit sur le plancher. J'arrive tout de même à suivre le rythme. Nous gagnons le ponton sous un ciel nuageux. Nous nous installons sur les bancs à la proue du bateau pour profiter d'une vue panoramique sur le paysage environnant. C'est magnifique ! Nous restons béates d'admiration devant les montagnes verdoyantes qui plongent à pic dans l'eau, à bâbord comme à tribord. Nous voyons des bateaux touristiques, surchargés de monde, s'engager dans le bras de mer face à nous. *Flying Dragon* navigue dans leurs sillons, avec plus de légèreté. Nous sommes en tout six voyageurs, et trois personnes d'équipage : une jeune femme blonde, Joshua et un autre homme qui lui ressemble énormément.

— C'est dingue ce qui nous arrive non ? murmure Cléo, émue de découvrir la magie de la nature.

— Tu as eu le rapport sexuel le plus rentable de l'histoire !

Cléo rougit et me donne un coup d'épaule timide.

— Arrête !

Elle se redresse et colle son œil à son appareil photo. Elle passe autant de temps derrière l'objectif qu'à admirer directement le paysage. Je la laisse faire, toujours assise sur mon banc. Le vent s'est levé. Il rafraichit l'atmosphère. Mon corps frissonne. Je n'ai pas pensé à cet écart de température entre la terre et la mer et regrette de ne pas m'être davantage couverte.

Flying Dragon dérive lentement vers une immense cascade. Presque malgré moi, j'avance sans mes béquilles jusqu'au bastingage. L'élément eau a toujours été une source de libération pour moi. À chaque fois que je suis en bord de mer ou près d'un lac, je me sens mieux. J'adore aussi les rivières, qui permettent de me défaire de ma négativité. Aujourd'hui, la cascade me fait le même effet, démultiplié. On est désormais si proche de la chute d'eau que je suis obligée de lever la tête pour l'admirer. Le bruit est assourdissant. Je ferme les yeux et laisse son nuage de vapeur m'envelopper tout entière. Lorsque notre bateau s'éloigne, je suis trempée mais revigorée.

Au bout d'une heure, le soleil finit par poindre au-dessus de nos têtes. L'air se réchauffe quelque peu. Joshua se joint à nous pour nous proposer une collation. Je dévore tout ce qu'il y a de végétarien. Je suis affamée !

— Alors, comment trouvez-vous Doubtful Sound ?

— C'est sublime ! Merci énormément pour ce cadeau ! m'exclamé-je.

— C'est avec plaisir ! Il nous restait des places pour ce circuit, autant ne pas voyager à vide !

— Ton patron était d'accord avec ça ? demande Cléo.

— Oh, tu sais, le patron, c'est notre père, alors…

— Notre ? relevé-je.

— Oui, nous organisons ce tour avec mon frère. Je vais vous le présenter.

Joshua fait des signes vers le cockpit.

— JACOB ! crie-t-il.

Jacob est plus grand que son frère, mais également plus beau. Ses yeux ont la couleur de l'eau sur laquelle nous naviguons et sa barbe de trois jours lui donne un côté baroudeur qui prend soin de lui.

Il vient nous saluer en vitesse avant de retourner à l'intérieur du bateau : c'est lui qui s'occupe de la visite guidée depuis l'interphone.

Joshua repart à son tour pour servir les autres clients, deux couples d'une soixantaine d'années voyageant ensemble. Cléo me regarde d'un air goguenard.

— On dirait qu'il n'y a pas que moi qui vais avoir une touche durant ces vacances !

— Pfff n'importe quoi !

Je dis la vérité. Je ne me sens pas prête. Après avoir partagé sept ans de ma vie avec la même personne, je ne me vois pas faire l'amour avec quelqu'un d'autre. Lorsque j'imagine la scène, mon ventre se tord.

— Ce n'est pas encore le moment.

Cléo n'insiste pas. Je suppose qu'elle perçoit mon angoisse. Je préfère changer de sujet.

— C'est fou que ce bateau s'appelle le *Flying Dragon* !

— Pourquoi ?

— Eh bien c'est ça qui nous a rapprochées la première fois ! Les dragons de *Game Of Thrones* !

— Oui, c'est vrai… et alors ?

— C'est le signe qu'on devait se trouver là ! Que c'est quelque chose qu'on devait vivre !

— Tu vois vraiment des signes partout.

— C'est mieux que de ne pas en voir du tout, rétorqué-je.

Je suis un peu contrariée par la réaction de Cléo, mais elle ne semble rien remarquer. Tandis que les bateaux touristiques filent sur le chemin du retour, nous sortons des fiords pour atteindre la mer. Les vagues se creusent. Le bateau tangue davantage.

Nous rejoignons l'intérieur, où est servi le repas. Jacob nous accueille et nous place. Cependant, le roulis me donne plus envie de vomir que de manger. Je frémis :

— Je ne me sens vraiment pas bien !

— Mange, ça ira mieux, assure-t-il.

— Je te jure que je vais vomir si j'avale quoi que ce soit.

— Non, fais-moi confiance, c'est le contraire. Mange beaucoup, et après va dormir. Ton mal de mer disparaitra vite !

Je souris faiblement. Je n'ose pas le contredire une nouvelle fois ! Pourtant, il s'avère qu'il a raison. Après un ventre bien plein, je m'éclipse dans ma chambre pour une sieste digestive.

Lorsque je me lève au milieu de l'après-midi, je me sens en meilleure forme. Nous avons pénétré dans un autre bras de mer. Je fais le tour du bateau à la recherche de Cléo, en vain. J'entre dans le cockpit ; je la trouve qui tient la barre. Joshua est positionné derrière elle. J'ai l'impression d'arriver au début d'une parade nuptiale. Je préfère m'éclipser.

À l'extérieur, j'en profite pour contempler ces paysages époustouflants, que je ne verrai surement qu'une fois dans ma vie. Je ne pense pas qu'on puisse se lasser un jour d'admirer Mère Nature dans toute sa majesté. Je me surprends à envier les deux frères. Travailler dans cet environnement est une chance incroyable !

La température se rafraichit. Les deux couples se sont mis à l'abri. Je reste seule à l'avant du bateau. L'air frais me fait du bien. Et comme c'est agréable ce silence ! Je ferme les yeux. Je savoure cette nouvelle perception de la nature qui s'offre à moi : le clapotis des vagues s'entrechoquant sur la coque, le cri des mouettes, le vent qui caresse les parois du bateau.

J'ai l'impression d'être là depuis des heures lorsque je sens quelqu'un s'asseoir à côté de moi. J'ouvre les yeux, surprise. Jacob me tend une couverture.

— Tiens, j'ai pensé que tu devais avoir froid.

— Oh merci !

Il a raison, je suis frigorifiée. J'enroule la couverture sur mes épaules, mais me refuse à engager la conversation. Premièrement, je n'ai pas envie de quitter des yeux ce magnifique paysage et deuxièmement, je ne veux pas qu'il me croie ouverte à une partie de jambes en l'air. Hélas, en bon Néo-Zélandais, Jacob parle sans prêter attention au silence que je souhaite observer.

— Alors comme ça tu es Française ?

— Oui, confirmé-je laconiquement.

— C'est génial ! J'aimerais bien visiter la France un jour ! Qu'est-ce que tu me conseilles ?

La conversation se poursuit ainsi, Jacob me pose des questions auxquelles je réponds à peine. Au bout d'un moment, j'abandonne l'espoir d'être seule et fais un effort pour ne pas paraitre malpolie. Jacob me sourit. Il est maintenant collé à moi, nous partageons la même couverture. *Quand s'est-il approché ?!* Je ne l'ai pas vu venir. Je tente de m'éloigner un peu avec discrétion. C'est inutile. Jacob est appelé à l'intérieur. J'expire de soulagement.

Cléo me rejoint immédiatement après.

— En pleine conversation avec Jacob ? me taquine-t-elle.

— Cherche pas, il ne m'intéresse pas !

— Si tu le dis.

— Et toi alors, t'as tenu sa barre ? Euh je veux dire la barre ? me moqué-je.

— Ah. Ah. Ah. Rentrons, on se gèle et il va bientôt faire nuit.

Les trois membres d'équipage amarrent *Flying Dragon* à un embarcadère. Les sexagénaires sont fatigués par le voyage, ils ne tardent pas à gagner leurs couchages, suivis de près par la jeune matelot. Je devine le traquenard arriver. Deux femmes et deux hommes du même âge, dont l'un des couples a déjà consommé. Je me sens comme un cerf lors d'une chasse à courre. Aurai-je la possibilité de regagner ma chambre sans me faire attraper ?

Joshua et Cléo sont en pleine conversation, et Jacob attaque un second round avec moi. Je limite ma consommation d'alcool pour rester sur mes gardes. Je me retiens de jeter un œil à ma montre pour éviter de me montrer impolie, puis succombe. Je m'excuse :

— Je suis fatiguée, je vais regagner ma chambre.

Le trio me regarde, étonné.

— Je t'accompagne, dit Cléo.

Elle se retourne vers les garçons et précise :

— Je reviens tout de suite.

Nous avons à peine atteint le couloir que Cléo me demande en français :

— Qu'est-ce que tu as ?

— Je n'ai pas envie de coucher avec Jacob.

— Arrête, personne ne t'y oblige ! Tu peux juste t'en faire un ami ! Lâche un peu la pression !

Nous arrivons dans notre chambre et Cléo se dirige dans la salle de bains.

— Je vais me laver… avant d'y retourner… bredouille-t-elle, gênée.

Je souris, mais ne dis rien. J'allume mon téléphone. Bien entendu, nous n'avons pas pris nos chargeurs, alors j'ai économisé au maximum ma batterie. Cependant, je ne peux pas m'empêcher d'aller fureter sur internet. Je me connecte au wifi du bateau, et *scrolle* Instagram. J'ai un message WhatsApp de ma mère : « Que fais-tu en Nouvelle-Zélande ? Tu pars comme ça, en abandonnant ton entreprise ! Et tu laisses Alexandre tout gérer ! Qu'est-ce qui ne tourne pas rond chez toi ? »

Tu ne comprendrais pas maman. Tu n'as jamais compris.

Je ne me donne pas la peine de répondre. Un sentiment de solitude m'envahit. Le manque de soutien de ma famille me pèse, et je ne m'y suis toujours pas habituée.

Perdue dans mes réflexions, je n'entends pas Cléo sortir de la douche.

— C'est bon je suis prête ! Enfin, comme on peut l'être sans vêtement propre...

Soudain, je l'envie. Son bonheur se confronte à mon coup de blues. J'hésite et Cléo doit le percevoir.

— Allez, reviens avec moi, ça va te faire du bien, insiste-t-elle.

Et si je décidais de ne pas me laisser abattre ? Je réfléchis une poignée de secondes avant de répondre :

— Bon d'accord, je reviens dans le *game* !

— Génial !

Nous ressortons de la chambre tout excitées. Les deux garçons sont encore là. Cléo s'assoit près de Joshua, tandis que je prends l'initiative de me dévoiler davantage à Jacob. Nous buvons, peut-être un peu trop, ce qui me permet d'être dans de meilleures dispositions.

Plus je regarde Jacob, plus je le trouve beau. Il a un charme fou, je me laisse bercer par sa douce voix.

Tellement douce que je suis réveillée par ma tête s'écrasant sur la table. Le bras qui la soutenait avait abandonné son poste et mon cou ne jouait plus son rôle depuis belle lurette.

Gênée, je me redresse immédiatement. Jacob ne semble pas s'en formaliser. Je regarde autour de moi. Il n'y a plus de trace du couple que forment Cléo et Joshua. Mon cœur palpite. Le traquenard est là ! Je me lève prestement.

— Je suis fatiguée, je vais aller me coucher.

— Je comprends, je te raccompagne.

— Non, ça ira merci.

Il n'insiste pas, ce qui me soulage. Je trotte jusqu'à la chambre et m'enferme à l'intérieur. Deux minutes plus tard, j'entends frapper. J'hésite. Si c'est Jacob, je préfère laisser fermer pour éviter les malentendus. *Mais si c'est Cléo ?* Après un instant de réflexion, j'ouvre la porte. Jacob est là. Il me tend une grande bouteille d'eau fraiche.

— Je me suis dit que tu en aurais besoin...

Je la prends, gênée. Je le remercie puis ferme la porte avant qu'il ne cherche à entrer dans mon intimité. Je ne veux tellement pas me rapprocher de lui que j'en deviens mal élevée. Je ne parviens pas à faire marche arrière pour m'excuser. Je préfère coller mon oreille sur le teck lustré. J'entends ses pas qui s'éloignent. *Ouf.*

Je suis soulagée qu'il s'en aille, mais je culpabilise également. N'aurais-je pas dû le traiter avec un peu plus de courtoisie ? *Non, il veut juste coucher avec toi, tu as le droit de mettre des limites Morgane !*

Rassurée par ma voix intérieure, je décide de prendre une douche pour retrouver mes esprits. Je me sentirai en meilleur état après un bon décrassage.

J'utilise le savon pour laver mes sous-vêtements et mes chaussettes, que je laisse sécher sur des portemanteaux, puis me glisse nue dans le lit.

Je bois de grandes gorgées dans la bouteille offerte par Jacob. Il avait raison, ça fait du bien. J'ai l'impression de me libérer de tous les verres d'alcool ingurgités un peu plus tôt. Je m'endors paisiblement, requinquée par la propreté, la douceur des draps et l'eau fraiche.

Je suis réveillée au matin, non pas par les rayons du soleil qui traversent les hublots, mais par des tambourinements à la porte.

— Morgane, c'est moi…

Encore tout ensommeillée, je sors de mon lit, nue comme un ver. Je me planque derrière la porte pour faire entrer Cléo. Elle se tourne vers moi. Elle s'apprêtait à dire quelque chose quand soudain ses yeux s'écarquillent. Aussitôt, elle se cache le visage avec ses mains telle une enfant.

— Morgane, qu'est-ce que tu fous à poil ?

— Oh ça va, tu ne vas pas en perdre la vue ! T'épiles bien des chattes toute la journée, non ?

— Oui, mais…

— Bah alors !

— Je n'ai pas envie de te voir nue !

— Quel rabat-joie !

Malgré tout, la situation m'amuse. Je m'assois sur le lit sans m'habiller, avant d'enchainer sur un autre sujet :

— Bon et cette nuit avec Joshua ?

Cléo ouvre les yeux et grimace à la vue de ma nudité.

— C'était cool, répond-elle évasivement.

— Des détails, des détails !

— Seulement si tu te rhabilles.

Je m'avoue vaincue. Ma curiosité est bien plus forte que mon exhibitionnisme. Tandis que j'enfile mes vêtements, elle laisse échapper quelques timides anecdotes du bout des lèvres. J'en attendais plus mais je ne me plains pas : c'est déjà mieux que la dernière fois !

La deuxième journée se déroule de la même façon. Nous voguons sur les flots, alternant fiords et mer. Cléo passe beaucoup de temps avec Joshua, et j'en profite pour apprendre à mieux connaitre Jacob. Finalement, c'est un garçon très prévenant. Il s'intéresse à mon parcours, mais ne tente jamais rien de déplacé. J'ai l'impression qu'il se montre même plus distant qu'au premier jour... Dans un esprit de contradiction, cela m'attire d'autant plus.

Lors de notre deuxième soirée à quatre, Cléo me murmure en français :

— Allez ! Qu'est-ce que tu attends ?

— Je ne sais pas...

Je regarde mon téléphone. Alexandre ne me donne pas de signe de vie. Je tape le nom de sa copine. Son compte est en « public », et je vois un *selfie* de leur couple. Mon ex n'est clairement pas à son avantage sur cette photo. Je n'avais pas vu qu'il commençait à se dégarnir, ce qui me met en joie. J'éteins mon téléphone et me tourne vers Cléo.

— Tu as raison, ce soir j'attaque !

Les deux frères, qui ne comprennent pas le français, froncent les sourcils. Je bascule de nouveau en anglais.

— Je suis contente de passer du temps avec vous. Je pourrais avoir du vin ?

La soirée se poursuit. Je me rapproche de plus en plus de Jacob. Il sent bon. Sa chemise, ouverte, laisse passer quelques poils. Alexandre n'en avait aucun. J'aime les hommes poilus. Je ris à toutes ses plaisanteries, me touche les cheveux. Avec l'humidité, ils frisent plus qu'à l'accoutumée. Je m'en moque. J'ai juste envie d'ouvrir le chapitre de ma nouvelle vie.

Cléo et Joshua ne s'occupent plus de nous. Ils s'embrassent à la table voisine.

Je me penche vers Jacob qui est sur ma banquette et lui murmure d'une voix sensuelle imbibée d'alcool :

— J'ai envie de toi.

Cette phrase lui fait l'effet d'un électrochoc. Il s'éloigne de moi d'un glissement de fesses en fronçant les sourcils.

— Mais Morgane… je suis gay !

Chapitre 19
Cléo

Je décolle à regret mes lèvres de celles de Joshua. *Ai-je bien entendu ?* Je regarde Morgane. Celle-ci s'est changée en statue de sel. Jacob s'est éloigné, mal à l'aise. Joshua m'interroge du regard, il n'a pas perçu leur conversation. Je me demande comment briser le silence pesant qui s'est installé dans la cabine, quand Morgane éclate d'un rire tonitruant. J'échange un coup d'œil alarmé avec les deux frères avant de me pencher vers mon amie.

— Morgane, est-ce que ça va ? m'enquis-je à voix basse, en français.

— Tu vois que c'était un signe ! s'exclame-t-elle en se servant un nouveau verre de vin.

Je lui prends la bouteille des mains avant de l'interroger à nouveau :

— De quoi tu parles ?

— Les œufs de dragon, Daenerys, *Flying Dragon*… C'était un signe du destin ! Fallait que je vienne ici me faire remballer par ce beau gosse néo-zélandais gay pour que je comprenne que je ne suis pas destinée à rencontrer quelqu'un d'autre ! J'ai déjà eu ma chance, voilà tout ! L'amour de ma vie, mon âme sœur, s'est barré avec une pouffiasse et moi je suis condamnée à finir mon existence toute seule. C'est le karma, tu vois ! J'ai certainement dû être une grosse connasse dans une autre vie et BIM ! C'est Momo qui en paie les frais aujourd'hui !

— Tu dis n'importe quoi !

— Non Cléo, je ne dis pas n'importe quoi ! s'empourpre-t-elle en se levant d'un bond. Je commence à en avoir ras le bol de ton petit esprit étriqué et de ton air de madame je-sais-tout mieux-que-tout-le-monde ! Tu fais la fière avec tes principes alors que tu t'envoies en l'air avec le premier venu ! T'es-tu seulement demandé s'il n'avait pas une meuf ton prince charmant ? Ou alors tu n'en as rien à foutre d'être potentiellement une briseuse de couple !

— Morgane !

Je me suis levée à mon tour. Mon corps tremble de colère.

Nous nous affrontons du regard et, une chose est sûre, je ne lui laisserai pas ce plaisir de détourner les yeux la première. Comment ose-t-elle me balancer ça ? Comment ose-t-elle me gâcher ces brefs moments de bonheur insouciant avec ses insinuations ? Dire que c'est elle qui m'a quasiment poussée dans ses bras ! Les larmes me montent aux yeux. Morgane finit par baisser les siens. Elle repousse la table devant elle et se dirige d'un pas vif vers la porte.

— Morgane, tes béquilles, signale timidement Jacob.

Elle se retourne et nous jette un dernier regard blessé :

— J'en ai... Aïe ! plus besoin ! réplique-t-elle avant de disparaitre dans le couloir en boitillant.

Le silence refait surface, plus lourd que jamais. Moi, je n'ai pas bougé. C'est comme si le venin que m'avait lancé Morgane m'avait cloué les deux pieds au sol. La fureur m'obscurcit la vue et je sursaute au contact des bras de Joshua qui m'enveloppent avec douceur.

— Est-ce que ça va, Cléo ? me susurre-t-il dans le creux de l'oreille.

Je ne réponds pas mais m'agrippe avec force à ses avant-bras. La chaleur de son corps contre le mien m'apaise. Je recouvre la vue. La chaise sur laquelle était assise Morgane git au sol près de ses béquilles abandonnées. Sur la table, le contenu de son verre renversé colore la nappe blanche d'une teinte rosée. Je suis gênée d'être en partie la cause de ce remue-ménage. Nos hôtes doivent avoir une bien piètre opinion de nous... Je me retourne pour faire face à Joshua.

— Je suis désolée pour tout ça, bafouillé-je en battant énergiquement des cils pour ne pas pleurer, est-ce que… est-ce qu'on pourrait juste aller se coucher maintenant ?

Joshua m'embrasse tendrement sur le bout du nez et m'entraine vers la porte par laquelle Morgane vient de s'enfuir. Avant de quitter la pièce, je me tourne vers Jacob, resté seul au milieu des ruines de notre soirée :

— La prochaine fois, tu feras attention aux signaux que tu envoies autour de toi…

Je passe la nuit blottie contre Joshua. Attentif à ma détresse, il se contente de me caresser le visage jusqu'à ce que je finisse par m'endormir. C'est autrement que j'envisageais de passer notre dernière nuit ensemble. Je lui en suis reconnaissante. Avant de sombrer définitivement, je me surprends à songer aux paroles de Morgane… *Prince charmant ou fumier infidèle ?*

Lorsque je me réveille le lendemain matin, Joshua est déjà parti travailler. Je réalise au tangage du bateau que nous avons de nouveau quitté l'embarcadère. Un coup d'œil au hublot me donne aussitôt raison : les hautes falaises verdoyantes défilent sous mes yeux ensommeillés.

Je me recouche. Il m'a fallu quelques minutes de mise à jour, mais ça y est, les images de notre dispute d'hier soir me reviennent en mémoire et alourdissent mon humeur. C'est fichu, Morgane m'a gâché cette dernière journée de croisière. Je n'ai plus du tout envie de poursuivre le voyage avec elle !

Je connecte le wifi sur mon téléphone et tape dans la barre de recherche Google : incendies Australie. La page d'accueil est alors inondée d'articles de journaux dont les gros titres ne laissent pas présager d'amélioration immédiate. Je bascule sur le site de l'aéroport de Sydney. Toujours aucun vol en provenance ou à destination de l'Australie. Je pense au cargo d'Invercargill. Ai-je eu tort de renoncer à mon embarquement ? Je pense à Joshua. Rester ici m'a au moins permis de faire sa connaissance… Cependant, était-ce réellement une bonne chose ? Ai-je eu raison de lui accorder ma confiance ? Morgane a semé le doute et voilà que je me surprends à fouiller son profil Instagram. Moi qui n'ai jamais espionné personne, je me sens très mal à l'aise. De plus, son profil privé ne m'apporte rien. Je pousse jusqu'à Facebook. Quelques photos de profil sont restées en mode public, mais je n'y trouve aucune trace de belles blondes plantureuses ou autres brunes sexy. J'éteins mon téléphone. Qu'est-ce qui m'arrive ? Il semblerait que la paranoïa de Morgane ait déteint sur moi… *Et puis quoi !* Je ne comptais pas faire ma vie avec lui de toute façon ! Est-ce si grave que ça qu'il ait pu avoir une petite amie ?

La porte de la cabine s'ouvre alors à la volée.

— Cléo, viens vite ! s'exclame Joshua au comble de l'excitation, il y a des dauphins ! Des dauphins !

Je bondis hors du lit et enfile prestement mon short en jean — enfin celui de Morgane — et le sweat-shirt prêté par Joshua avant de filer à la suite de mon amant.

Sur le pont du bateau, les sexagénaires sont déjà penchés par-dessus la balustrade et poussent tour à tour des exclamations émerveillées. Je me faufile parmi eux jouant des coudes pour parvenir à m'octroyer une place de choix.

Le spectacle de la nature m'éblouit. Un banc de cinq à six dauphins s'amuse à suivre le sillage de notre bateau. On ne devine que leurs ailerons qui fendent l'eau à toute vitesse pour se calquer sur le rythme de notre embarcation. L'un d'eux se tourne sur le côté et donne l'impression de nous regarder. Son œil croise les miens et c'est le temps tout entier qui se suspend. Je me sens si petite et si grande à la fois ! Il disparait peu à peu sous la surface de la mer et en émerge au bout de quelques secondes pour effectuer une fabuleuse pirouette. Je laisse échapper un petit cri d'admiration qui se joint à ceux des autres spectateurs.

— Alors, ça te plait ? s'enquit Joshua, venu se positionner juste derrière moi.

— C'est merveilleux, murmuré-je sans lâcher des yeux les cétacés. Merci de me permettre de vivre ça…

Les dauphins s'éloignent peu à peu du bateau et reprennent le cours de leur vie animale, loin de toute agitation humaine. Moi, je suis encore sur un nuage. Joshua est reparti vaquer à ses occupations de capitaine. Lorsque je me retourne, je croise le regard de Morgane, qui attend un peu plus loin sur le pont. J'amorce un mouvement dans sa direction puis me ravise. La dureté de ses mots de la veille me laisse encore un gout amer. Elle m'adresse un petit signe de la main. Je tourne les talons.

Il est près de 19 heures lorsque le *Flying Dragon* rentre enfin au petit port de Te Anau. J'ai passé la journée à éviter Morgane tout en profitant de Joshua. Lui et moi savions que c'étaient les dernières heures que nous vivions ensemble. Une courte parenthèse hors du temps avant de retourner à nos vies respectives. Un peu comme les dauphins, en fait. Une brève apparition. Le temps d'un éblouissement. Lorsque je quitte la salle de débarquement, la tête pleine de jolis souvenirs, je ressens un pincement au cœur en songeant à ce qui m'attend.

Morgane est descendue du bateau avant moi, ses béquilles sous le bras, tandis que je faisais mes adieux à Joshua. J'imagine qu'elle doit être en train de m'attendre devant le van. Je lui en veux encore et appréhende à tel point la suite de notre voyage à deux, que j'envisage de louer mon propre véhicule dès que cela sera possible. La carte indique que la prochaine grande ville est Queenstown. Là-bas, je trouverai certainement une entreprise de location de voitures... Comme je m'y attendais, Morgane patiente, sur le trottoir, à côté du van. Son visage s'éclaire lorsqu'elle m'aperçoit, tandis que le mien se ferme instantanément.

— Cléo, commence-t-elle, je suis désolée...

— Je n'ai pas envie de te parler, coupé-je sèchement en actionnant le déverrouillage automatique des portes.

— Attends, insiste-t-elle, on peut au moins en discuter !

— Désolée, mon esprit étriqué et moi-même préférons ne plus rien avoir affaire avec toi ! Et puis, ce ne sera pas une grande perte pour toi, non ? Tu sais bien, vu la catin que je suis...

Morgane pâlit. Je vois qu'elle s'apprête à argumenter mais mon regard l'en dissuade. Je grimpe sur le siège conducteur. Morgane s'installe à côté de moi en silence et laisse tomber ses béquilles sur la banquette derrière nous. Je démarre plus violemment que je ne l'aurais voulu. Les pneus crissent sur les graviers qui recouvrent le sol du parking. Morgane s'accroche à la portière. Il faut que je me calme. Mes humeurs ne doivent pas interférer avec ma conduite, surtout que le GPS annonce au moins deux heures de route avant d'atteindre Queenstown. J'essaie de faire abstraction de la présence de ma compagne de voyage. J'ai l'impression d'être revenue dans l'avion qui m'a conduite jusqu'à Dunedin. Ça me semble être il y a une éternité... Je suis lasse tout à coup. Je pensais avoir trouvé en Morgane une amie, je réalise m'être trompée... Les amies ne se disputent pas ainsi, non ? Je suis tellement novice dans ce genre de relations que je me sens parfois comme Sheldon Cooper dans *The Big Bang Theory*[19]... Incomprise. À côté de la plaque.

Après plus de trente-cinq minutes passées dans un silence de cathédrale, je perçois l'impatience de Morgane à mes côtés. Du coin de l'œil, je la vois traficoter son téléphone et aussitôt surgit du haut-parleur la voix de Johnny Halliday :

---

[19] Sitcom américaine créée par Chuck Lorre et Bill Prady. Sheldon Cooper est un personnage, physicien et surdoué, qui ne maitrise pas les codes des relations sociales.

Pardonne-moi si les silences au fond de moi m'ont rendu sourd[20]...

Je penche légèrement la tête vers elle, interloquée. Son visage est ostensiblement tourné vers sa fenêtre.

Pardonne-moi si tu rêvais d'un autre moi, d'une autre vie...

J'ignorais qu'elle appréciait les chansons du rockeur... Sans transition pourtant, un chanteur à la Corneille entonne un *Si tu peux, pardonne-moi, si tu peux, pardonne-moi*[21]... avant de se faire couper la chique par une chanteuse de RnB :

Stopper le conflit, oui mais tout n'est pas gagné, pardonner, pardonner à tout ce qu'elle est[22]...

Je me tourne franchement vers Morgane et devine un mince sourire sur ses lèvres. *OK, ça y est, j'y suis !* Elle est en train de me faire tout le répertoire des chansons françaises pour me présenter ses excuses... Je secoue la tête, ne pouvant m'empêcher de sourire

---

[20]Paroles de la chanson *Pardonne-moi*, interprétée par Johnny Halliday.
[21] Paroles de la chanson *Pardonne-moi*, interprétée par Gage.
[22] Paroles de la chanson *Pardonner*, interprétée par Leslie.

à mon tour. Tout y passe : Ridsa, Keen'v, Vianney... J'ai droit à toutes les mélodies où il est question de demander pardon !

Constatant que sa playlist commence à me dérider, Morgane se met à se déhancher sur la musique. Je pouffe malgré moi en la voyant imiter de façon exagérée les différents interprètes des chansons. Cela ne fait que l'encourager dans ses délires ! C'est Léa Castel qui prend la suite :

Je veux avoir une dernière chance[23]...

— Oh non, pas celle-là quand même ! m'esclaffé-je. La meuf, elle annonce qu'elle va crever, quoi !

— *Que Cléo révise son jugement*, chante à tue-tête Morgane en modifiant les paroles, sans tenir compte de ma remarque.

— T'es folle, constaté-je, amusée.

La chanson suivante envahit l'habitacle de sa mélodie rétro sur fond de violoncelle. La voix de la chanteuse nous étourdit de ses trémolos et du roulement de ses r.

---

[23] Paroles de la chanson *Dernière chance*, interprétée par Léa Castel et Soprano.

Parrrdonne-moi ce caprrrrice d'enfant, parrrdonne-moi, rrrreviens-moi comme avant[24]...

Cette fois-ci, c'en est trop ! J'échange un regard avec Morgane et nous partons dans un fou rire monumental !

— C'est quoi ça ? hoqueté-je en m'essuyant les yeux.

— Bah, Mireille Mathieu ! Tu connais pas ? se marre-t-elle. Mes grands-parents ont tous les vinyles... Et attends de voir la prochaine : du kitsch, archi kitsch !

Je patiente, le sourire aux lèvres, l'oreille aux aguets. Morgane approche son téléphone de sa bouche pour simuler un micro : « *On se connait depuis quelque temps, même si on ne se parlait peu souvent, c'est vrai, je lis en toi comme dans un livre ouvert, je te sens si fragile, le cœur à découvert*[25]... »

— Oh la vache ! m'exclamé-je en riant avant d'entonner le refrain en cœur avec Morgane.

Nous en sommes encore là, à nous trémousser comme des ados de quinze ans quand le moteur du van, pourtant lancé à pleine vitesse, se met à brouter

---

[24] Paroles de la chanson *Pardonne-moi ce caprice d'enfant*, interprétée par Mireille Mathieu.
[25] Paroles de la chanson *Je serai (Ta meilleure amie)*, interprétée par Lorie Pester.

dangereusement jusqu'à se couper net. J'ai tout juste le temps de nous envoyer sur le bas-côté avant que l'absence de direction assistée ne bloque le volant. Morgane étouffe un cri tandis que, l'estomac noué, je garde les mains figées sur le volant. Lorie termine sa chanson en solo.

— Qu'est-ce qu'il s'est passé ?

Je reprends mes esprits. Nous ne devrions plus être très loin de Queenstown. Pourtant, autour de nous, aucun panneau n'indique quoi que ce soit. De plus, la journée commence déjà à revêtir une teinte plus sombre. Bientôt l'obscurité de la nuit nous engloutira tout entières. L'insouciance d'il y a quelques minutes a disparu.

— Il se passe que ton Raisin, il n'a plus de jus ! répliqué-je avec humeur. C'est pas vrai...

Je descends du van en claquant la portière et file me mettre en sécurité à l'orée du bois qui longe la départementale. Morgane me rejoint aussitôt.

— On est coincées ici !

— Calme-toi Cléo, ce n'est pas la peine de s'énerver, tempère-t-elle d'une petite voix, on va trouver une solution...

— Une solution ? Quelle solution ? Bientôt, il fera nuit et on se retrouve là, sans électricité, sans chauffage, perdues au milieu de nulle part ! Comment veux-tu que je me calme ?

— En fait, on n'est jamais vraiment perdu nulle part, tu sais… On a toujours la place que l'on doit avoir quelque part dans l'univers, lâche-t-elle en regardant poindre les premières étoiles dans le ciel.

Sa répartie décalée fait soudain remonter en moi les élans de colère dus aux évènements de la veille.

— Excuse-moi, Luna Lovegood[26], j'avais oublié mon esprit étriqué de fille facile…

Morgane ramène son regard vers moi. Elle semble accablée de chagrin, tout à coup.

— Je suis désolée, Cléo, tu sais bien que ce n'est pas ce que j'ai voulu dire… Je m'en veux terriblement… J'étais complètement bourrée et malheureuse… Je suis consciente que ça n'excuse pas tout, mais est-ce que tu peux essayer de me pardonner ?

— Je t'avoue avoir un peu de mal Morgane ! D'abord tu es défoncée, ensuite tu es bourrée… Je ne vois pas pourquoi je devrais toujours excuser ton comportement ! Je n'ai pas à porter le fardeau des autres, tu te souviens ?

Je pense avoir fait mouche en retournant ses propres mots contre elle, car je n'obtiens en réponse que son silence. J'essaie de discerner l'expression de

---

[26]Personnage excentrique de la saga *Harry Potter*, écrite par J.K. Rowling.

son visage. Ce n'est pas de la colère, ni de la tristesse mais bien de la peur que j'y découvre.

— Y a quelque chose qui a bougé dans les fourrés derrière toi, chuchote-t-elle en se rapprochant de moi.

Je me retourne. Tout à notre dispute, la nuit est tombée sur nous sans qu'on ait eu le temps de s'en rendre compte. Pourtant, je discerne distinctement une forme qui se meut à la lisière du sous-bois. La terreur accélère les battements de mon cœur. Je gémis :

— Un opossum !

Je saisis la main de Morgane.

— Dépêche-toi, allons nous mettre à l'abri !

Elle commence à m'emboiter le pas, puis marque un temps d'arrêt.

— Non attends, je… je crois que c'est un kiwi !

Chapitre 20

Morgane

Je m'accroupis sans oser m'approcher. Je fais un léger signe à Cléo pour lui signaler de ne pas bouger. Elle m'obéit. J'entends sa respiration s'accélérer. L'oiseau reste dans l'obscurité, mais la lune, presque pleine, diffuse une douce lumière qui nous permet de bien le distinguer. Cléo recule et monte dans le van. *Il y a un kiwi devant nous, et elle s'en va ! Décidément, on ne se comprend pas !* Pour ma part, je préfère demeurer le plus immobile possible. C'est tellement rare d'observer cet oiseau nocturne au long bec, symbole de la Nouvelle-Zélande ! Son plumage brunâtre brille sous l'éclat de l'astre. Il picore le sol, sans se préoccuper de nous. J'entends les pas de Cléo qui reviennent vers moi. Elle s'allonge à mes côtés et cale l'œil sur son objectif. *OK, j'ai été mauvaise langue.*

— Ne mets pas le flash, murmuré-je. Il va fuir.

— Tu me prends pour qui ?

Je devine au son de sa voix qu'elle est toujours en colère. Je ne peux pas lui en vouloir. Je n'arrête pas de merder en ce moment : boire à outrance, tenir des propos blessants… Je ne sais pas ce qui m'arrive ! Moi qui pensais avoir bien travaillé sur mon côté « sang chaud », je me rends compte que c'est loin d'être le cas.

Mon ventre se tord de douleur. Je supporte mal les tensions avec les personnes qui me sont proches… Si Cléo ne parvient pas à me pardonner, je prendrai la fuite. Comme avec Alexandre. Comme avec ma famille. Je ne suis pas faite pour les disputes. Je passe mon temps à contourner les problèmes plutôt qu'à les affronter.

L'agitation du kiwi me tire de mes sombres prises de conscience. Il pousse de petits sifflements aigus et bat de ses ailes minuscules. On dirait qu'il appelle ses congénères. Je me concentre sur ses va-et-vient et réalise la chance que nous avons d'observer cet animal si craintif dans son habitat naturel. L'ornithologie m'a toujours passionnée. C'est la première chose qui m'est venue à l'esprit quand j'ai songé à une reconversion : l'étude des oiseaux ! Ce sont les kookaburras que j'aurais dû observer si tout s'était passé comme prévu… Mon cœur se serre. *Pauvres bêtes prisonnières des flammes…*

Cléo ne quitte pas son appareil. Le cliquetis de sa prise de photos me crispe mais je ne dis rien. Au bout de plusieurs minutes à siffler en vain, le kiwi finit par disparaitre dans les bosquets. La magie est retombée. S'en revient la culpabilité…

— Bon, et maintenant, que faisons-nous ? me demande Cléo en se redressant.

— Rien. Nous ne pouvons pas appeler de dépanneuse ce soir, ça nous couterait une blinde.

Je me lève à mon tour et époussette mes vêtements.

— On n'a qu'à attendre demain.

— Tu es sérieuse ? Tu veux qu'on attende là, au milieu de nulle part ?

— Tu as une meilleure idée ? lui rétorqué-je.

Cléo se renfrogne. Elle se dirige vers le van, et je l'entends ouvrir la boite à gants. Je suis sûre qu'elle cherche le contrat de location.

— Tu as besoin d'aide ? crié-je.

Je n'obtiens aucune réponse. Je n'insiste pas. Je jette un dernier coup d'œil aux alentours. Plus aucun spécimen ornithologique rare ne pointe le bout de son bec. Je rentre à mon tour dans Raisin par la porte coulissante. Effectivement, Cléo survole de son index des documents que je n'arrive pas à lire d'ici. Elle ne me demande rien, alors je préfère rester en retrait.

Je suis en train de me préparer pour la nuit qui nous attend quand elle se tourne vers moi, le regard éteint.

— Tu as raison, il vaut mieux attendre demain. Il y a un supplément de 200 dollars pour tout remorquage après 19 heures !

Elle range précautionneusement ce qu'elle a lu, et me rejoint à l'arrière.

— On va avoir froid, soupire-t-elle.

— Je sais. C'est pour cela que je suis en train d'enfiler...

Je grogne en passant la tête dans mon deuxième pull.

— ... tous les vêtements que je peux mettre.

Je me sens serrée. C'est tout juste si j'arrive à bouger. Lorsque je baisse les bras, j'entends un inquiétant craquement de tissu sous mon aisselle.

— Meeerde !

Cléo, qui ne m'a pas lâchée du regard, s'esclaffe. Mon incident a au moins le mérite de détendre l'atmosphère.

— Allez, fais comme moi, sinon tu vas avoir trop froid !

— T'es folle, sourit Cléo.

Le froid s'insinue progressivement au sein de l'habitacle à mesure que nous nous enfonçons dans la nuit. Un plat chaud aurait été apprécié.

Malheureusement, nous nous contentons de légumes crus avant de nous glisser dans le lit.

Nous nous collons dos à dos. Les tensions semblent apaisées entre Cléo et moi, mais je lui dois encore des excuses. Mon cœur s'accélère à l'idée d'engager cette conversation que je redoute.

— Cléo ?

— Mmm.

— Écoute, et ne m'interromps pas s'il te plait.

Je prends une grande inspiration et lâche d'un coup tout ce qui pèse sur ma poitrine :

— Je suis vraiment, vraiment désolée. Je ne pensais pas ce que j'ai dit ! C'est totalement normal de faire l'amour, c'est sain même ! Et je suis hyper heureuse que tu te sois lâchée avec Joshua. J'ai dit ça parce que... parce que je me sentais seule, mal, et que j'ai pensé à Alexandre. J'ai pensé « Tous les hommes sont des connards » et puis j'ai vu Joshua, qui couche avec toi, et toi qui ne connais rien de lui... Bref j'ai fait un rapprochement entre votre histoire et celle de mon ex avec la pouffiasse. C'était stupide ! Je sais très bien que c'est différent. Je me laisse emporter par mes émotions et elles font vraiment n'importe quoi ! Pardonne-moi s'il te plait...

Un silence pesant flotte autour de nous.

— Cléo ? Tu dors ?

Je me tourne vers elle, mais je ne vois que son dos. Je l'entends renifler.

— Tu m'as fait tellement de mal...

Elle sanglote. Je me mets à pleurer également.

— Je suis vraiment, vraiment, vraiment, vraiment, vraiment désolée !

Je me colle à elle en cuillère pour lui faire un gros câlin d'excuse. Elle ne me repousse pas. Je lui murmure :

— Attention, je ne suis pas Joshua !

— Ah ! T'es dégueu !

Elle me donne un petit coup d'épaule et se tourne vers moi. Un sourire traverse ses joues humides.

— Beurk, du coup j'ai imaginé Joshua à ta place, t'es vraiment tarée comme fille !

Je ris entre mes larmes puis reprends mon sérieux :

— Il te manque ?

Cléo réfléchit un certain temps avant de me répondre.

— Non, je savais que ça devait se terminer. C'était une parenthèse très sympa. Je ne m'en serais jamais cru capable.

Je la vois qui hésite avant de poursuivre.

— Tu penses vraiment qu'il avait quelqu'un d'autre ?

— Oh, non, assuré-je avec véhémence, je ne sais pas pourquoi j'ai dit ça ! Joshua n'a rien à voir avec Alexandre, c'est certain !

En réalité, je ne suis sûre de rien. Je m'efforce de paraitre confiante afin de rassurer mon amie. Cela semble fonctionner puisque Cléo finit par hocher la tête, quelque peu rassérénée.

— Oui, puis je n'ai rien trouvé de compromettant sur ses réseaux sociaux, avoue-t-elle.

— Cléo ! m'exclamé-je alors, tu es partie fouiner sur son Insta ? Tu ne t'investis pas trop pour ce qui ne doit être qu'une parenthèse sympa ?

Elle hausse les épaules, les joues rosissant.

— Je me dis que peut-être, dans un autre contexte... Enfin, bref, merci en tout cas de m'avoir poussée dans ses bras... C'était... vraiment chouette.

— Avec plaisir ! Les amies sont faites pour ça, non ?

Mon cœur s'emballe. Me considère-t-elle toujours comme telle ?

— Oui, c'est vrai, me rassure-t-elle. Et d'ailleurs en tant qu'amie, on va s'occuper de cette histoire d'Alexandre. Et je vais te dire quelque chose qui ne va peut-être pas te plaire, mais qui va t'être utile : tu dois l'affronter, discuter avec lui pour obtenir des réponses aux questions que tu te poses sur votre relation. Tu dois te libérer de tous les sentiments négatifs que tu as en toi. Sinon, tu ne feras jamais le deuil de cette relation.

Cette fois-ci, c'est moi qui me tais. Sa phrase me poignarde le ventre. Je sens qu'elle a raison. Je détourne mon regard du sien.

— Morgane ?

— Oui ?

— Tu ne dis rien ?

— Tu as surement raison. J'ai besoin d'y réfléchir…

— Je comprends… Comme on dit, la nuit porte conseil…

Cléo se tourne, secoue son oreiller et se cale pour se préparer à dormir. Moi, je ne bouge pas, envahie par des émotions contradictoires. Je suis à la fois heureuse de m'être réconciliée avec mon amie et effrayée à l'idée de recontacter Alexandre. Je veux qu'il reste au fond de mon esprit. Je ne suis pas prête à affronter la réalité. J'ai des réactions de gamine ! Je ne sais pas pourquoi je n'arrive pas à faire autrement.

Malgré mon cerveau en surchauffe, je finis par m'endormir.

Je suis réveillée le lendemain par Cléo qui me secoue avec insistance. J'ai du mal à ouvrir les yeux. À travers mes paupières, je devine que la nuit n'a pas été totalement chassée par l'aube. J'ai très mal dormi, grelottant malgré mes multiples épaisseurs. Lorsque je me redresse, je constate qu'il en a été de même pour mon amie : sa mine est encore plus blanche qu'à l'accoutumée et de larges cernes marquent son visage.

— J'ai appelé la dépanneuse. Elle arrive d'ici une heure.

J'apprécie son initiative, même si j'aurais préféré qu'elle me laisse dormir un peu plus. Je ne dis rien, de peur de la vexer et m'enferme dans la salle de bains. J'asperge mon visage d'eau froide, mais refuse de faire subir ça au reste de mon corps. Ça serait l'achever après les basses températures de cette nuit ! À regret, j'enlève une à une les couches de vêtements qui m'ont aidée à survivre et retrouve enfin un peu de mobilité.

Le dépanneur arrive alors que nous finissons de prendre notre petit déjeuner.

L'homme ventripotent d'une cinquantaine d'années nous salue et nous demande l'origine de l'appel. Nous lui expliquons tout ce que nous savons sur cette panne, c'est-à-dire pas grand-chose à part que Raisin perdrait une course contre un escargot. L'homme ouvre le capot.

Nous restons poliment à ses côtés, lui offrant un soutien face au duel qui l'oppose au moteur de Raisin. Toutefois, nous comprenons vite que nous ne lui sommes d'aucune utilité. Premièrement, car nous n'y connaissons rien ; deuxièmement, car son verdict tombe comme un couperet :

— Le turbo est mort. Je vais devoir remorquer votre véhicule.

Je suis abasourdie. Comment est-ce possible ? *Mon pauvre Raisin !* Je lui ai pourtant envoyé tellement d'amour... À moins que ça ne soit ma dispute avec Cléo qui ait provoqué cela ? Dans ce cas, ça voudrait dire qu'en plus d'avoir blessé mon amie, j'ai blessé mon van ! Je suis vraiment une horrible personne !

— Ça va, Morgane ? me demande Cléo perplexe.

— Oui, oui... éludé-je.

À la demande du dépanneur, nous rangeons tous nos effets personnels dans nos valises pour éviter qu'ils ne glissent lors du transport, et nous montons dans la remorqueuse. Je ne peux m'empêcher de regarder avec tristesse Raisin, tracté tel un vulgaire objet sans âme.

— Ça va aller pour le v... pour Raisin, ne t'inquiète pas, tente de me rassurer Cléo.

Je lui suis reconnaissante de ne pas se moquer de ma sensibilité, et de cacher ses propres angoisses face à l'incertitude de ce qui nous attend. Toutefois, je commence à la connaitre assez pour percevoir l'inquiétude qui s'est installée sur les plis de son front.

— Oui, je sais. Et toi, ne te soucie pas de nous, notre turbo fonctionne bien, il ne va rien nous arriver !

Cléo hoche la tête. Je ne suis pas certaine qu'elle me croie. Nous regardons défiler les paysages jusqu'à Queenstown. Peu à peu, des habitations s'incorporent au sein de la verdure. Je n'aperçois la ville dans sa quasi-globalité que lorsque nous traversons une rue suffisamment en hauteur. J'admire alors, l'espace d'un instant, le lac qui borde une partie de la cité. Les montagnes alentour confèrent au lieu une aura protectrice. Tout de suite, je m'y sens bien.

Malgré sa taille, Queenstown respire la quiétude en ce début de matinée. Nous arrivons rapidement au garage. Raisin est acheminé jusque sous une tonnelle, tandis que nous sommes invitées à patienter dans un petit couloir à l'intérieur du bâtiment. J'ai l'impression d'être à l'hôpital en train d'attendre des nouvelles d'un proche mourant.

Au bout de quelques minutes, une jeune femme vêtue d'un tailleur nous enjoint à la suivre jusqu'à son bureau. Là, elle nous confirme le diagnostic du dépanneur : c'est le turbo qui a perdu la vie et, comble de malchance, ils ne disposent pas de pièce de rechange.

— Pardon ?

J'espère avoir mal entendu.

— Nous pouvons commander le turbo dès à présent, et nous le recevrons d'ici quelques jours. Et ne vous inquiétez pas, votre panne est censée être entièrement prise en charge par votre organisme de location.

— Nous prêtent-ils un véhicule de remplacement ? demande Cléo, toujours très pragmatique.

— Tu veux abandonner Raisin ? m'offusqué-je en français.

Cléo lève les yeux au ciel et ne me répond pas.

— Il faut voir directement avec Jucy, nous précise la secrétaire.

— Puis-je utiliser votre téléphone ? rebondit Cléo.

— Je ne veux pas un autre véhicule que Raisin ! lui murmuré-je furieusement.

Elle n'en a cure. Elle compose le numéro et s'entretient avec l'organisme de location. Je refuse d'être la complice de sa traitrise et préfère sortir prendre l'air pour me calmer. Je rejoins Raisin abandonné sous la tonnelle. C'est donc ainsi qu'on traite les âmes malades par ici ? Je caresse tendrement son pare-chocs, lui murmure des mots doux. Peut-être que mon affection suffira à lui redonner vie ?

— Morgane ! crie Cléo loin derrière moi.

Je me retourne et la vois qui me fait signe d'entrer. Je quitte Raisin à regret et la rejoins près de l'accueil.

— Ils envoient un fax que tu dois signer, vu que c'est toi qui as loué le van.

— Je t'ai dit que je n'ai pas envie de changer de véhicule !

— Arrête de faire ta relou. Ils n'ont pas de véhicule de rechange. À la place, ils nous offrent une nuit d'hôtel.

— Quoi ? Vraiment ?

Je suis mi-étonnée, mi-euphorique.

— Vraiment ! Et ce n'est pas tout ! C'est un Novotel quatre étoiles, juste à côté du lac ! s'exclame-t-elle, un grand sourire aux lèvres.

Malgré ma récente entorse, je ne peux m'empêcher de trépigner de joie. Je lui attrape les mains et saute tout autour d'elle.

— Un hôtel, un hôtel, un hôtel ! crié-je hystérique.

— Ouiiii !

Le regard condescendant de la femme nous balaie de haut en bas. Elle ne sait pas ce que représente pour nous la perspective d'une nuit dans un hôtel après celle que nous venons de passer.

Nous récupérons quelques affaires, disons au revoir à Raisin, puis nous décidons de descendre vers le centre-ville à pied. Le ciel est dégagé, mais une légère brise m'incite à garder mon pull. Des guirlandes lumineuses sont accrochées à intervalles réguliers sur l'avenue principale. Elles sont éteintes pour le moment, toutefois elles transmettent l'énergie des fêtes de fin d'année.

Cette ambiance de Noël allège autant les cœurs des passants qu'elle me plombe. Alors que je m'apprête à partager mon ressenti avec Cléo, cette dernière me dit avec une pointe de tristesse :

— Ça me fait bizarre de voir des décorations de Noël loin de chez moi.

— Oui, à moi aussi. C'est la première fois que je vais fêter Noël à l'étranger.

— Idem. Et c'est la première fois que je vais le fêter loin de ma mère… Nous n'avons été que toutes les deux durant la majeure partie de ma vie, alors ne pas être en sa compagnie… C'est comme s'il me manquait un bout de moi, tu vois ?

— Je vois très bien ce que tu veux dire, confirmé-je avec un pincement au cœur en pensant à Alexandre. Tu étais obligée de partir avant les fêtes ?

— Bah tu sais bien, je devais me rendre à… à mon congrès d'esthétisme.

— C'est quand ?

Je continue d'avancer sans réaliser que Cléo ne me suit plus. Interpelée par son absence de réponse, je me retourne et la découvre plantée devant un grand panneau d'affichage.

— Tu fais quoi ? demandé-je en me revenant sur mes pas.

Plusieurs prospectus sont placardés sur le tableau de bois. Tous indiquent des évènements à venir dans la ville de Queenstown ou aux alentours. Des représentations théâtrales, des concerts, des bourses de Noël…

— Tu as vu un truc qui t'intéresse ?

— Hein ? Euh, non, répond-elle précipitamment. Tu me disais quoi ?

Elle reprend la marche, le visage plus pâle qu'à l'ordinaire. Je jette un dernier coup d'œil soupçonneux aux affiches puis lui emboite le pas.

— Je te demandais quand avait lieu ton congrès d'esthétisme ?

— Oh… Le 31 décembre.

— Quoi ?! Y a des gens qui travaillent un 31 décembre ?

Cléo ouvre la bouche puis la referme plusieurs fois. Elle ressemble à un poisson sorti de l'eau.

— Et tu n'aurais pas pu partir juste après Noël ? continué-je sans attendre sa réponse.

Elle hésite puis finit par se confier :

— Je n'y tenais pas tellement…

Je garde le silence pour la laisser poursuivre.

— L'arrivée du compagnon de ma mère a ébranlé nos habitudes. J'ai eu besoin de prendre l'air. De trouver ma place dans ce monde. Jusqu'à présent, je ne le voyais qu'à travers les yeux de ma mère…

Aujourd'hui, je crois que c'est le bon moment pour enfin vivre pour moi !

Je la regarde en souriant. Elle semble si sûre d'elle. Je l'envie. Cléo se tourne alors vers moi :

— Et toi, Noël te provoque quels sentiments ?

Je détourne le regard.

— Ça me fait mal... Mais pas pour la même raison que toi. Les fêtes de Noël ont toujours été éprouvantes. Mes parents ont constamment marqué une préférence pour ma sœur jumelle, Marion. Elle était la plus brillante, la plus soignée, la plus responsable, la plus remarquable... Lorsque j'étais petite, ils n'arrêtaient pas de me répéter « Tu ne pourrais pas être un peu plus comme ta sœur ? ». Je pense que nous voir si semblables physiquement et si différentes mentalement les dépassait.

— Ils ne peuvent quand même pas avoir une fille préférée...

— Si, bien sûr que si. Même ma sœur le sait. Les différences que les parents faisaient entre nous se sont atténuées à l'âge adulte grâce à Alexandre. Ils l'ont tout de suite adoré, et Alexandre me valorisait à leurs yeux. Il était mon rempart face à ma famille...

— Et là, ton garde-fou a disparu... C'est pour ça que tu ne veux pas assister à cette réunion familiale ?

— Oui. Je ne m'en sens pas le courage. Affronter ma famille seule, c'est inenvisageable. Je suis bien plus heureuse ici, loin de tout.

Nous continuons à descendre en direction du lac. De plus en plus de personnes ont envahi les rues en quête de leurs derniers cadeaux de Noël. Je propose à Cléo de nous arrêter boire un verre dans un café très cosy. La cour intérieure parfaitement abritée du vent nous donne presque chaud. Je demande au serveur le code wifi de l'établissement. Comme à l'accoutumée, nos téléphones sonnent sans discontinuer une fois connectés.

Tel un écho à notre conversation, je reçois, parmi la multitude de notifications, un message de ma mère :

« As-tu bientôt fini ta crise ? Seras-tu présente pour Noël ? Il faut que je sache pour combien de personnes je dois cuisiner ! ».

Toujours aussi agréable.

— Ça va, Morgane ? me demande Cléo qui devine que j'ai reçu une mauvaise nouvelle.

Je lui tends mon téléphone pour qu'elle puisse lire elle-même le mot d'amour maternel. À ses yeux écarquillés, je comprends qu'elle est choquée.

— Elle ne te demande pas ce que tu fais là ? Elle ne s'inquiète pas pour toi ? Elle ne se demande pas ce qui s'est passé entre Alexandre et toi ?

— C'est ma mère. Je ne sais pas ce qu'elle sait, mais je sais au moins ce qu'elle veut savoir.

Je reprends mon téléphone et tape furieusement. « Non, je ne serai pas là. Joyeux Noël. ». Cléo lit ma réponse en même temps que je l'écris.

— C'est…

— Laconique. Je sais.

— Non, j'allais dire parfait. À ton meilleur Noël ! me lance-t-elle en levant sa tasse de thé.

— À NOTRE meilleur Noël !

Je m'appuie sur le dossier de ma chaise et dirige les yeux vers le ciel. Le soleil baigne mon visage d'une lumière douce et chaude. Je me sens bien, entre ces quatre murs, avec Cléo qui sirote son infusion. Oui, ce sera mon meilleur Noël, et je ferai tout pour que ce soit le meilleur de mon amie également.

Chapitre 21

Cléo

J'envoie un dernier message à ma mère et me dépêche de reposer mes mains sur la tasse de thé en porcelaine pour les réchauffer. Il ne fait pas froid en ce milieu de matinée de début d'été, mais la nuit que nous venons de passer m'a glacée jusqu'aux os. Morgane a l'air de partager mes pensées puisqu'elle demande à mi-voix :

— Ils ont dit qu'on pouvait récupérer la chambre à quelle heure, déjà ?

— 14 heures...

Encore quatre heures à tenir avant de pouvoir prendre une bonne douche bien chaude. Ça me parait être le bout du monde.

Le café que nous avons choisi semble être *the place to be* si l'on se fie aux va-et-vient incessants de locaux et touristes devant l'étal des viennoiseries situé à l'entrée du restaurant. Depuis la terrasse intérieure, nous ne sommes pas dérangées par ces clients qui commandent à emporter, néanmoins cette affluence nous intrigue.

— Tu crois que c'est un café réputé ?

— Je ne sais pas, mais je me dis qu'on aurait peut-être dû commander une part de tarte aussi, regretté-je en entendant mon ventre gargouiller.

Nous cherchons des yeux le serveur. Celui-ci est aux abonnés absents. Morgane se redresse pour mieux observer l'ampleur de l'assaut de la vitrine aux gâteaux.

— J'ai l'impression qu'il y a un peu moins de monde… Je vais voir si y a pas moyen de prendre quelque chose à grignoter…

À peine levée, elle se rassoit.

— Qu'est-ce qu'il se passe ? demandé-je, surprise.

Je me tourne en direction de ce qui semble l'avoir perturbée. Un groupe d'une quinzaine de touristes asiatiques est en train d'envahir l'espace de la terrasse mettant ainsi un terme à la quiétude qui y régnait jusqu'alors. Ils s'amusent et parlent fort. Je sens Morgane se tendre à mes côtés. Je ne comprends pas sa réaction qui me met mal à l'aise.

— C'est quoi ton problème avec les Chinois ? m'enquis-je en baissant la voix. Tu sais que ce sont des gens normaux, comme toi et moi ?

Elle détourne le regard tandis que ses joues se colorent légèrement.

— C'est trop stupide, si je te le dis, tu vas te moquer…

— Mais non ! Vas-y, explique !

Elle soupire et se tourne vers moi :

— C'est une histoire qui remonte à des années… Je devais avoir cinq ou six ans. On avait l'habitude de louer des DVD qu'on regardait en famille les samedis soir. Ce samedi-là, mes parents n'avaient pas voulu qu'on regarde la télé avec eux. Avec ma sœur, on avait fait semblant de se coucher puis on était ressorties en douce pour regarder le film, cachées derrière les rideaux du salon. En fait, c'était un film d'horreur asiatique.

Morgane s'interrompt pour avaler une gorgée de son chocolat. Je la vois qui réprime un frisson. J'ignore si c'est dû à la chaleur de sa boisson ou à l'évocation de son souvenir.

— Ça m'a traumatisée, avoue-t-elle. J'en ai fait des cauchemars pendant des années. Et le pire, c'est que je ne pouvais pas chercher du réconfort auprès de ma mère, car elle aurait compris que nous avions désobéi… Bref, coincée dans l'engrenage de mes angoisses irrationnelles ! Maintenant ça va, hein, j'ai quand même fini par m'en sortir… Enfin, c'est vrai que j'ai encore quelques blocages, mais j'y travaille…

Je reste un moment silencieuse, abasourdie par cette confession inattendue avant de laisser échapper un petit ricanement.

— Tu as dit que tu ne te moquais pas ! me rappelle Morgane, la moue boudeuse. Et toi, alors, à part les opossums, pas de peur irrationnelle ?

— Très marrant, marmonné-je sous ses éclats de rire. Eh bien, figure-toi que je vais donner dans le cliché : je trouve les clowns particulièrement effrayants !

— Ah oui ? C'est drôle, je n'ai jamais compris pourquoi les gens avaient peur des clowns… Ce sont seulement des mecs maquillés qui font des blagues pour amuser les enfants… Qu'est-ce qui peut bien être effrayant dans tout ça ?

— Bah ça se voit que tu n'as pas lu *Ça*[27] de Stephen King, toi !

— Non, j'avoue… Vu le contenu de ta liseuse, je n'aurais pas cru non plus que ce soit le genre de livres que tu aimes…

— Tu as fouillé ma liseuse ? m'indigné-je en rougissant. Tu sais que c'est une violation de mon intimité ?

Morgane me jauge en haussant les sourcils.

---

[27] Roman d'horreur, écrit par Stephen King, dans lequel une entité maléfique se présente principalement sous la forme d'un clown.

— Ça va, tu m'as bien vue à poil ! Niveau intimité, je pense qu'on fait pas pire là !

— C'est pas pareil... C'est toi qui me l'as imposé ; j'avais rien demandé, moi !

Je boude un peu pour la forme, mais je ne me sens pas d'humeur à faire la tête. L'ambiance festive et conviviale pré-Noël qui règne dans le café me pousse même à me confier davantage :

— Jusqu'à ce que Philippe entre dans nos vies, j'ai toujours vu ma mère virevolter d'un homme à un autre sans vraiment d'attache. Sans vraiment d'amour. À un moment donné j'ai ressenti le besoin de comprendre les relations homme-femme, de découvrir d'autres rapports amoureux que ceux que j'avais sous les yeux... alors j'ai commencé à lire de la romance. Pour m'instruire.

— Et ça a marché ? me demande Morgane avec intérêt.

— J'ai enchainé deux relations amoureuses qui n'ont pas duré plus de trois ans, alors bon...

— Tu sais ce que je pense de ça, réplique Morgane en s'adossant sur sa chaise les bras croisés.

— Oui, mais n'empêche que les faits sont là ! Enfin, de toute façon, je n'ai jamais été douée pour les relations humaines qu'elles soient amoureuses ou amicales, avoué-je avant de plonger le nez au fond de ma tasse.

Je n'ose soutenir son regard. Reconnaitre ainsi mes faiblesses, mes fêlures, c'est les rendre plus réelles. C'est me rendre plus fragile.

— Bah moi, je trouve que tu t'en es plutôt pas mal sortie avec Joshua, plaisante Morgane. Et puis, je suis là moi aussi. Tu n'es pas si nulle que ça en amitié au final !

Je ne peux retenir un sourire. La prévenance de Morgane à mon égard tend à colmater les brèches de mon existence.

— C'était pas gagné !

— Grave ! acquiesce-t-elle hilare. Tu sais, poursuit-elle en retrouvant son sérieux, les livres c'est bien beau, mais ce n'est que de la théorie ! Pour la mise en pratique, tu n'as pas le choix, il faut vivre… Rencontrer des gens, expérimenter de nouvelles choses, sortir de ta zone de confort… Oser être toi jusqu'à des extrêmes que tu ne soupçonnes pas !

Morgane marque alors un temps d'arrêt. Une ombre douloureuse traverse son visage.

— Et te casser la gueule aussi…

Je commence à avoir l'habitude des brusques changements d'humeur de mon amie. Ses comportements, ses discours, semblent uniquement guidés par ses émotions. Elle passe du rire aux larmes, de la joie à la nostalgie, de l'enthousiasme au chagrin sans demi-mesure. C'est une fille qui ne sait pas tricher. Pas comme moi. Je repense à la véritable raison qui m'a poussée à m'envoler pour l'Australie. Cette affiche tout à l'heure, pendant un instant j'ai cru que... Mon cœur se serre. Je crois que je n'ai plus envie d'être une tricheuse.

— J'ai très peur de me casser la gueule, avoué-je à voix basse.

Morgane fronce les sourcils. Les mots restent coincés dans ma gorge. Je la vois ouvrir la bouche en quête d'éclaircissements, mais une exclamation lancée à l'autre bout de la terrasse la coupe dans son élan :

— *Holà, chicas !*

Morgane et moi tournons la tête à l'unisson. José, Maria et Fernando, les *vanlifers* argentins, nous adressent de grands signes jubilatoires.

— Ça alors ! s'étonne Morgane ravie.

Elle se lève aussitôt pour aller à leur rencontre et les étreint brièvement au milieu de la salle, sous les regards curieux des autres clients. La joyeuse bande s'en vient jusqu'à notre table. José tire trois chaises et Fernando dépose devant moi plusieurs sacs de viennoiseries. Je leur adresse un petit sourire timide.

— C'est trop cool de vous revoir ! se réjouit Morgane en saisissant un morceau de brioche. Mmmh, on avait trop faim avec Cléo ! Alors, racontez-nous, qu'est-ce que vous avez fait de beau depuis qu'on s'est quittés ?

Il se trouve que les Argentins ont réalisé un parcours un peu similaire au nôtre. Ils se sont attardés davantage sur certains spots, mais n'ont pas poussé jusqu'à Invercargill. Nous nous extasions de concert sur la beauté des Fiords de Doutful Sound et les *vanlifers* nous envient notre croisière privative. Ça fait déjà plusieurs jours qu'ils trainent autour de Queenstown.

— Il y a tellement de choses à voir ! s'enthousiasme José. Que ce soit la Gibbson Valley avec des domaines viticoles incroyables, les pistes de ski des Remarkables, Arrowtown et ses chercheurs d'or, les Roys Peak ne sont pas loin non plus... Et puis, Queenstown quoi ! Cette ville est tout simplement énorme ! Ça ne m'étonne pas que vous soyez venues par ici : Queenstown, c'est la ville des reines ! ajoute-t-il avec un clin d'œil.

— N'importe quoi ! se moque Maria.

— Quoi ? se défend-il faussement outré, j'ai pas raison ? Tu ne t'es pas transformée en reine de la nuit, hier soir ?

On devine les joues de Maria qui rougissent sous son teint hâlé, tandis qu'elle ne peut retenir un gloussement gêné.

— Pourquoi ? s'enquit Morgane amusée.

— La *nightlife* de Queenstown est assez exceptionnelle, explique Fernando. Beaucoup de gens viennent ici pour faire la fête… On peut dire que Maria était tout à fait dans son élément !

— Pfff, souffle-t-elle en levant les yeux au ciel. Et ta cheville, Morgane, ça va mieux ?

Ses épaules se contractent. Elle évite soigneusement mon regard lorsqu'elle répond :

— Oui, oui, abrège-t-elle, je n'ai plus mal du tout…

Un silence gêné s'installe autour de la table, rapidement rompu par Fernando :

— Et sinon, on a réservé une session au Fear Factory dans vingt minutes, ça vous dit de venir avec nous ?

— C'est quoi le Fear Factory ?

J'en ai déjà une vague idée — et celle-ci ne m'enchante pas — mais je lui suis reconnaissante d'avoir changé de sujet.

— Une attraction touristique style maison hantée !

— Je crois pas qu'elles aient les tripes, se moque José, n'oublie pas qu'elles ont eu peur d'un opossum !

Morgane éclate de rire et je lâche un sourire malgré moi. Mon amie se tourne dans ma direction.

— Qu'est-ce que tu en dis ?

— Je sais pas… On a la chambre à récupérer…

— Ça va, je pense qu'on est large !

Elle se penche vers moi et me murmure en français :

— Tu sais que ce sont des gens normaux comme toi et moi ?

Sa remarque me fait rire. Je renchéris :

— Il est temps de sortir de ma zone de confort, c'est ça ?

— Et de passer à la pratique, complète-t-elle.

Nous terminons en vitesse les dernières viennoiseries et abandonnons notre table aux touristes asiatiques. Morgane est la première à quitter le café. Dans la rue, le soleil darde ses rayons sur les passants avec plus d'intensité. Les tenues légères semblent être de rigueur désormais.

Les magasins qui longent le trottoir arborent des vitrines décorées de rouge et de vert, de guirlandes lumineuses et d'angelots aux ailes flavescentes. C'est une drôle de sensation que de voir arriver Noël dans une ambiance estivale. Les Argentins nous guident jusqu'à ce qui ressemble à une usine ou un hôtel désaffecté... Vu la déco intérieure, je mise plutôt sur l'hôtel.

Un couloir sombre à la tapisserie vieillotte où s'étalent à la fois fausses et vraies toiles d'araignée, nous conduit jusqu'à un grand salon. Nous sommes accueillis par un homme aux longs cheveux noirs et gras. Il porte des lentilles qui donnent à ses yeux l'impression de n'être que deux iris incandescents. José et les autres sont au comble de l'excitation. L'homme-démon récite ses instructions d'une voix monocorde. J'écoute d'une oreille tandis que je balaie la salle les yeux. Dans chaque recoin de la pièce, un détail épouvantablement kitsch a su trouver sa place : des crânes en décomposition, des miroirs brisés dans lesquels se reflètent des ombres étranges, des bocaux remplis d'orbites sanguinolentes… *Qu'est-ce que je fous ici ?* Je croise le regard de Morgane. Elle semble penser la même chose que moi. Je m'approche d'elle.

— On a encore le temps de se barrer, soufflé-je.

Elle ne répond pas et agrippe mon sac à dos. J'attrape les épaules de Maria qui enserre celles de Fernando. C'est José qui ouvre la file.

— C'est parti, murmure-t-elle au creux de mon oreille.

Ma bouche s'assèche tout à coup. Je tente un brin d'humour pour alléger l'atmosphère :

— Espérons qu'il n'y ait pas de touriste asiatique…

Une porte s'ouvre dans un grincement sinistre.

— Ni de clowns maléfiques, ajoute-t-elle avant que José ne nous entraine à sa suite dans les ténèbres.

Bien évidemment, il y a eu un clown…

— Bah dis donc, je crois que j'ai plus de tympans, se plaint José en enfonçant un doigt dans son oreille alors que nous nous dirigeons vers le lac. J'avais jamais entendu un cri aussi strident...

Je rougis sous les ricanements de la bande. Morgane prend ma défense :

— En même temps, il a quasiment sauté sur Cléo...

— Il m'a sauté dessus aussi ! proteste l'Argentin.

Nous nous installons sur la plage de galets et Maria me tend mon hamburger. L'odeur qui s'en dégage me met aussitôt l'eau à la bouche. Je me tourne vers José.

— Et alors quoi ? Tu veux un câlin ? le taquiné-je en mordant dans mon sandwich.

Fernando et Maria s'esclaffent. Morgane me lance un regard admiratif. Finalement, on dirait que je ne m'en sors pas si mal en société !

Nous quittons nos compagnons de voyage, le ventre plein, l'esprit léger et la bouche encore maquillée de nos rires. Nous nous sommes promis de nous retrouver le soir même dans l'une des boites de nuit branchées de la ville.

— On ne sera pas obligées d'y rester trop tard non plus, suggère Morgane tandis que nous remontons les rues jusqu'à notre hôtel. Je rêve d'une bonne nuit de sommeil, bien au chaud dans un lit douillet !

Je souris sans rien dire. Je sais qu'elle dit ça pour me rassurer, mais j'ai bien vu ses yeux pétiller lorsque José nous a proposé cette soirée.

— On verra bien, tempéré-je, ça peut être sympa…

Je ne suis pas une grande habituée des boites de nuit. Une foule de gens qui dansent et qui transpirent collés-serrés, ça ne m'a jamais vraiment tentée… Mais entrainée par l'engouement des Argentins, c'était difficile de refuser. En étant honnête avec moi-même, je crois même que l'idée me séduit… *Bizarre !*

Dans le hall d'accueil du Novotel, un gigantesque sapin aux multiples guirlandes et boules colorées se dresse de toute sa hauteur au centre de la pièce. Des paquets cadeaux fictifs aux papiers dorés sont placés sous ses branches et attirent les enfants comme des mouches. Je ressens de nouveau une pointe au cœur en songeant à ma mère.

Après le *check-in* effectué par une hôtesse coiffée d'un bonnet de lutin à grelots, nous montons rapidement dans notre chambre pour poser nos affaires. Il y règne une douce odeur de fleurs séchées qui donne envie de cocooner. D'autant que le lit *king size* est surmonté d'une couette épaisse dans laquelle on ne peut que vouloir se prélasser… Morgane pose son sac sur le matelas, tandis que je pars explorer la salle de bains. *Oh, yes !* Une baignoire ! Je suis déjà en train de m'imaginer immergée sous l'eau brulante, quand la voix de mon amie me parvient à travers la porte.

— *Prem's* pour la douche !

Et merde ! Je lui cède la place non sans lui avoir lancé un regard assassin.

— Tu ne peux pas attendre d'être dans la salle de bains ? lui lancé-je alors qu'elle commence à se déshabiller.

— Oh là là ! Ce que tu peux être coincée ! se moque Morgane en s'enfermant dans les sanitaires.

Je m'assois sur le lit et résiste à l'envie de m'y allonger : c'est certain, je ne m'en relèverais pas ! À la place, j'entreprends de remettre en place les affaires balancées à la hâte dans mon sac à dos un peu plus tôt. Le fourbi qui y règne m'accable. Comment ai-je pu me balader toute la journée avec un sac dans cet état ? Où est donc passée ma maitrise de l'ordre et du rangement ?

Je décide de tout vider sur le couvre-lit afin de pouvoir réorganiser ce qu'il contient avec davantage de méticulosité. Le dernier vêtement qui en tombe me laisse une sensation douce-amère. Je m'en saisis et le plaque contre mon visage pour voir s'il porte toujours son odeur. Je me demande ce que fait Joshua en ce moment... Peut-être est-il à la recherche de son sweat-shirt ? Il semblerait que j'ai fait une « Morgane » à mon tour... Ça risque d'être un peu plus compliqué pour le lui ramener maintenant... *Et puis, en ai-je vraiment envie ?*

J'enfile son vêtement par-dessus mon tee-shirt et me délecte de ses fragrances sauvages. Je récupère mon téléphone et fais défiler les profils Instagram jusqu'à tomber sur le sien. Après tout, qu'est-ce que je risque à garder le contact ? Le cœur battant, j'appuie sur *s'abonner*. Je reste quelques instants à fixer l'écran sans qu'il ne se passe... rien ! Je suis déçue. Et je me sens stupide d'être déçue. Qu'est-ce que j'imaginais ? Qu'il accepterait ma demande dans l'instant et m'enverrait un message sur le champ ? À l'heure actuelle, il doit surement être aux petits soins pour un tout autre groupe de touristes, dans une tout autre croisière... Je laisse tomber mon portable, me lève et m'approche du miroir sur pied qui décore un angle de la chambre. Au moins, j'ai gardé son sweat...

En me détaillant ainsi négligemment vêtue, je suis traversée par une certaine prise de conscience :

— Euh... Morgane ? appelé-je.

— Quoi ? me répond-elle en passant la tête par l'entrebâillement de la porte.

— Je n'ai pas trop l'habitude des boites de nuit. Tu crois vraiment qu'on peut rentrer habillées comme ça ?

Chapitre 22

Morgane

Je crois que je n'ai jamais autant savouré une douche. J'ai tourné le thermostat au-delà de trente-huit degrés. La brulure de l'eau qui coule sur mon corps me donne un coup de fouet. Soudain, je suis une autre femme.

Je ne m'attarde pas dans la salle de bains, car je sais que Cléo attend impatiemment son tour, et je ne peux la priver plus longtemps de cette sensation aphrodisiaque.

Je m'enroule dans une serviette, puis j'en utilise une seconde pour mes cheveux. J'ouvre la porte qui mène à la chambre. Cléo a allumé la télé qu'elle regarde d'un œil distrait, à moitié avachie sur le lit.

— C'est bon, c'est ton tour !

— Ah super ! s'enthousiasme-t-elle en se levant d'un bond.

Ses vêtements sont déjà prêts en une pile parfaitement pliée. *Forcément.* Elle les attrape et se rue dans la salle de bains.

Pendant ce temps, je me sèche et jette la serviette sur le lit. Je conserve celle qui recouvre mes cheveux, et sors un à un des vêtements propres de mon sac à dos. Il ne m'en reste pas beaucoup. Faire une machine ne serait pas du luxe.

J'enfile une jupe longue fleurie, avec un top blanc. Pour me tenir chaud, je n'ai rien qui va avec l'ensemble. J'ai vraiment fait mes valises n'importe comment… Je passe un polaire bleu marine, qui tombe sur mes hanches et cache le peu de formes que j'ai. Je ne ressemble à rien.

Cléo sort sur ces entrefaites, avec un jean et un sweat noirs. Elle me balaie de la tête aux pieds avant de commenter :

— Je pense que toi aussi tu as besoin d'une tenue pour ce soir !

Je ne peux que l'approuver.

— Morgane ! Ta serviette ! s'énerve Cléo.

— Quoi ?

— Elle est mouillée ! Et sur NOTRE lit ! s'exaspère-t-elle.

— Oh ça va ! Pardon !

Je m'empresse de l'enlever et de l'accrocher dans la salle de bains. J'en profite pour me sécher les cheveux. La tête vers le bas, je laisse le souffle chaud balayer mes mèches ondulées. Le fait qu'elles soient propres me procure un bien fou.

Je vois les pieds de Cléo poindre dans ma direction, puis se diriger vers le miroir. Je devine qu'elle se maquille. Personnellement, j'ai la flemme de me préparer à ce point-là.

Nous sortons en plein après-midi. Il fait si beau que je peux retirer mon polaire. Les rayons du soleil caressent mes épaules, tandis que nous remontons la grande rue où se bousculent des Néo-Zélandais pressés. Nous nous intéressons exclusivement aux magasins de vêtements. Je manque d'entrain à l'idée de faire du lèche-vitrine, aussi je me laisse entrainer par Cléo qui prend les initiatives.

— Tiens, regarde ! Ce magasin a l'air pas mal pour toi !

Elle me montre un magasin où s'entassent des mannequins vêtus de robes difformes et de chapeaux aussi larges que ma première voiture.

— Tu m'as prise pour ta grand-mère ?

Cléo fixe ma jupe sans oser répondre.

— Tu veux qu'on cherche un magasin mortuaire ? Il y aura surement une tenue pour toi, continué-je.

Cléo regarde son propre ensemble noir.

— OK, tu marques un point. On va faire un truc : ce soir, je ne mets pas de noir, et toi, tu ne mets pas de fleurs !

— Marché conclu !

Nous flânons dans la rue et nous nous arrêtons dans plusieurs boutiques. Rien ne nous convient. Je commence à en avoir marre.

— Et si on sortait comme ça ? me plains-je au bout d'un moment.

— Il n'en est pas question ! Tu veux sortir ? Alors, faisons ça bien !

Cléo m'agrippe le bras et me tire dans une énième boutique. J'ai envie de bouder, mais je n'en ai pas l'occasion : elle me lance plusieurs vêtements, que j'attrape au vol. Je n'ai pas le loisir de donner mon avis. Je subis. Néanmoins, la situation m'amuse davantage qu'elle me contrarie.

J'accroche les fringues dans la cabine d'essayage et je regarde ce que Cléo a choisi pour moi. La première tenue est une jupe à paillettes rose pâle accompagnée d'un haut blanc. Ça me fait bizarre de me voir avec un style aussi *girly*. Je déteste.

— Ne te change pas sans m'avoir montré tous tes essayages ! me crie Cléo à travers la paroi.

Résignée, j'ouvre la porte de la cabine. Je m'attends à ce qu'elle me force à acheter ces vêtements hideux, mais elle me surprend encore une fois.

— Ça ne te va pas, ce n'est pas toi.

— Ah ! soupiré-je. Je suis entièrement d'accord !

— Essaie la suite. Je suis dans la cabine à côté.

Je me déshabille et revêts une robe noire tout en dentelles et transparence. Le décolleté plongeant dévoile mon absence de poitrine. J'essaie de ne pas focaliser mon attention dessus. La jupe courte est souple et les manches longues sont évasées au bout. Alors que le buste est recouvert de tissu opaque, les bras sont habillés de manches transparentes. De nombreuses formes noires sont dessinées sur la dentelle, y compris quelques fleurs. Je l'adore. J'espère que Cléo ne va pas remarquer les fleurs, car je VEUX vraiment cette robe !

— Que penses-tu de celle-ci ?

Elle passe sa tête par l'entrebâillement de sa cabine.

— Wahou, tu es sublime !

— Merci ! Tu valides ?

Je croise les doigts dans le dos.

— Carrément ! Attends j'arrive.

Elle referme la porte quelques secondes puis l'ouvre en grand. Je suis subjuguée. Elle porte une robe cintrée lui arrivant à mi-cuisses. Son col épaules dénudées laisse entrevoir le début de son décolleté parsemé de taches de rousseur. Le vert de sa tenue fait ressortir la couleur flamboyante de ses cheveux. On dirait même que ses yeux adoptent la teinte de la robe.

Gênée, Cléo attend ma réaction en se dandinant d'un pied sur l'autre.

— Alors ? Tu en penses quoi ?

— Ne quitte jamais cette robe. Mets-la tous les jours du reste de ta vie. Vis avec. Meurs avec !

Cléo éclate de rire. Ses épaules se détendent.

— Ça ne fait pas un peu « trop » ?

— Pas du tout ! Viens près de moi.

Elle me rejoint et nous nous observons devant le grand miroir de la salle d'essayage.

— On est canon !

— Je confirme !

Soudain, je réalise qu'il est possible qu'on me drague, et mon cœur se serre à cette idée. J'ai envie de m'amuser, mais je ne suis pas prête à attirer le regard des hommes.

Cléo ne perçoit pas mon trouble, tandis que nous cherchons des chaussures assorties. Je me retrouve avec des talons carrés de quelques centimètres seulement qui ne font qu'accentuer mon malaise. Je plaque mes sentiments tout au fond de moi et tente de faire bonne figure.

Ils refont surface à l'hôtel lorsque Cléo entreprend un décrassage total. Elle est assise sur le sol de la salle de bains, et applique des bandes de cire sur ses mollets. D'ici, je ne remarque même pas qu'elle a des poils. Je la regarde faire. Elle a l'air d'y prendre du plaisir, ce qui me fait halluciner. Comment peut-on aimer se torturer ?

— Tu penses à quoi ? me demande Cléo qui me surprend en train de la fixer.

— Je repense à l'époque où je m'arrachais les poils, pardon, corrigé-je de façon ironique, où je « prenais soin de mon corps ».

J'utilise les guillemets avec mes doigts en grimaçant.

— Je m'infligeais ça tout le temps. J'étais toujours au poil.

Cléo se marre de mon jeu de mots. Je reprends mon sérieux.

— Tu sais, avant, j'étais très différente. Toujours bien apprêtée, avec de beaux vêtements, une coiffure impeccable, un maquillage soigné, et une pilosité inexistante. Tout ça pour renvoyer l'image de la femme parfaite en affaires et en amour. Je pense que je me suis éloignée peu à peu de qui j'étais pour devenir celle qu'on attendait que je sois.

Cléo a suspendu son tirage de bandes pour m'écouter.

— Et maintenant, crois-tu avoir réussi à retrouver ta véritable personnalité ?

Je réfléchis à la réponse que je vais formuler.

— Je ne suis pas sûre. J'ai perdu mes repères. Je me cherche encore. J'ai arrêté de me raser et de me maquiller depuis le jour où j'ai découvert qu'Alexandre me trompait. J'ignore pourquoi.

— Un peu comme un acte de rébellion ?

— Peut-être. Je suis passée d'un extrême à l'autre. Je ne veux plus qu'on dirige ma vie d'une quelconque façon ! Je veux être libre !

— Une personne très sensée m'a dit un jour : « On est libre dans la vie, bien plus qu'on ne le croit ». Elle a précisé que nous devions prendre les décisions pour nous-mêmes, sans nous préoccuper des autres.

Je souris à la répartie dont fait preuve mon amie.

— Du coup, que souhaites-tu réellement ? ajoute-t-elle.

La question me perturbe. Je me sens bête de ne pas me l'être posée moi-même.

— Je n'ai plus envie de m'apprêter tous les jours !

— D'accord.

Cléo reprend son supplice d'un air enjoué. Ça me donne des frissons.

— J'ai envie de me préparer quand j'en ai vraiment envie.

— D'accord, répète-t-elle.

— Et ce soir, j'ai envie de la totale ! Ça fait bien trop longtemps que je me néglige, et après ces journées en van, j'ai envie de me sentir propre et belle… Tu as carte blanche !

Cléo me regarde avec les yeux d'un enfant à qui on annonce une virée à Disneyland.

— T'es sérieuse ? Je peux t'épiler, te maquiller, te coiffer ?

— Oui, enfin, je ne suis pas une poupée Barbie hein, tu peux le faire tout en restant raisonnable.

— Oui, fais-moi confiance !

Me voilà soumise à la torture, comme l'était Cléo peu de temps auparavant. Elle me colle des bandes de cire sur les aisselles, sur les jambes, et même sur le maillot. Je lui dis que je n'en vois pas l'utilité puisque je ne compte pas me coucher en bonne compagnie, mais elle ne m'écoute pas.

Au bout d'une petite heure, commence enfin la partie la plus agréable. Cléo me fait un soin des cheveux et du visage à l'aide de produits naturels qu'elle a emportés de son institut. Je soupire d'aise. Elle définit mes boucles et les *scrunche*[28] avec une serviette. Ensuite, pendant que mes cheveux finissent de sécher à l'air libre, elle me maquille.

Je suis dos au miroir et ne pas voir ce qu'elle fait me stresse ! Je sens qu'elle m'applique de la crème teintée, du rouge à lèvres, du fard à paupières et du fard à joues.

---

[28] Sécher les cheveux en faisant remonter les boucles de la pointe vers la racine.

— Je ne veux pas être maquillée comme une voiture volée ! m'inquiété-je.

— Arrête !

Son « Arrête » ne me rassure pas du tout. Est-ce que ça veut dire que je dois accepter que ma tête tombe vers l'avant sous le poids du mascara ?

— T'as bientôt fini ?

— T'es chiante. Mais oui, ça y est, j'ai fini.

Elle m'encourage à pivoter vers le miroir. J'ai peur. Qu'est-ce que je vais lui dire si je n'aime pas ? Au pire, je pourrai toujours tapoter mon visage avec du papier toilette en boite, et lui dire qu'il n'a pas résisté à ma transpiration ? Quelle excuse aurai-je s'il ne fait pas chaud dans la boite ?

Je me retourne, pleine d'appréhension. Cependant, mes peurs étaient infondées. Je n'ai plus de cernes, ni de peau fatiguée. Mon visage est lumineux, comme si je dormais dans cet hôtel confortable depuis ma naissance. Je ne suis plus Morgane-la-baroudeuse-négligée, mais Morgane-la-belle-femme-naturelle. Les couleurs que Cléo a utilisées pour mes yeux et ma bouche sont douces, et me correspondent bien. Je me trouve sublime.

— J'ai carrément envie de m'autodraguer là !

Cléo rit.

— T'as fait un sacré taf ! Tu es douée, tu sais ?

— Merci, répond-elle, rosissant de plaisir.

— Allez, c'est à ton tour !

Je me tourne et me retourne devant le miroir. *C'est vrai que je suis jolie…* L'angoisse tapie au fond de moi refait surface. Suis-je prête à ce que d'autres hommes le remarquent aussi ? Mon rythme cardiaque s'accélère. Pourquoi me suis-je autant préparée ? N'est-ce pas jouer avec le feu ?

L'expérience désolante avec Jacob m'a bien montré que ce n'était pas le moment… Je devrais me fier aux signes que l'Univers m'envoie…

Je soupire. Pourquoi est-ce que je réagis comme ça ? Je suis célibataire et bien déterminée à reprendre ma vie amoureuse en main ! Enfin, je crois…

Je repense à ce que Cléo m'a dit au sujet d'Alexandre. Que je devais l'affronter. Je sais qu'elle a raison, mais en aurai-je le courage ?

J'arrête ce flot de questions et prends mon téléphone. Je cherche le numéro de mon ex dans le répertoire. Je suis sur le point d'appeler. Quelque chose me retient. La peur ? Je verrouille mon écran et m'allonge sur le lit, les yeux dans le vague. L'affronter… Une petite voix me dit d'enfouir cette idée très loin dans mon cerveau, tandis qu'une autre m'assène que c'est la meilleure solution. Je me retrouve ballottée entre les deux, dérivant dans mon océan d'indécisions, quand Cléo sort à son tour de la salle de bains.

Elle est époustouflante. Ses longs cheveux sont nattés en épi. Elle a gardé son collier qui souligne son décolleté. Son maquillage, un peu plus prononcé que le mien, est composé d'un fard à paupières vert, et d'un rouge à lèvres rose poudré.

— Ouah tu es splendide ! m'extasié-je.

Cléo est touchée par mon compliment.

— Merci ! On se fait un resto avant de rejoindre les autres ?

J'accepte volontiers. Nous dinons dans un lieu très cosy, où nous dévorons notre plat comme si nous n'avions pas mangé depuis des jours. J'observe mon amie. Je suis impressionnée par son évolution. Elle semble plus à l'aise avec les inconnus. Avec elle-même. Comme si elle osait enfin se découvrir. Les voyages nous transforment, ce n'est pas qu'une légende. Est-ce que ce voyage m'a permis d'évoluer ? Quand je regarde Cléo, j'en doute. Je suis toujours la même fille totalement perdue qui a pris l'avion à Paris. J'ai fui mes problèmes, mais ils n'ont pas disparu pour autant. Ils sont toujours là, tapis dans l'ombre, à attendre le jour où je les affronterai.

— Je vais appeler Alexandre, dis-je de but en blanc.

Cléo pose sa fourchette.

— Quand ?

— Tout de suite.

Elle me regarde avec des yeux ronds, mais hoche la tête.

— Tu as raison, vas-y, fais-le, m'encourage-t-elle.

Je prends mon téléphone et clique sur mes contacts. « Alexandre » s'affiche immédiatement. Mon cœur s'emballe à tel point que j'ai peur de m'évanouir au beau milieu de la salle de restaurant. Je regarde Cléo qui me soutient du regard. J'appuie sur « appeler ». Je transpire. J'ai un drôle de gout dans la bouche. *Que vais-je lui dire ?* J'ai oublié de préparer mon papier avec tous mes reproches. La sonnerie retentit. Une fois. Deux fois. À chaque fois, c'est un coup de poignard dans la poitrine.

Son répondeur s'enclenche. J'en suis d'abord soulagée, puis j'entends sa voix. Cette voix que j'ai entendue tous les jours durant sept ans. Cette voix qui m'a confié ses doutes, ses désirs, ses projets. Cette voix qui m'a dit « je t'aime ».

Je me sens défaillir. J'ai envie de pleurer, mais je me souviens de l'œuvre d'art de Cléo et me retiens.

— Ça va ? me demande-t-elle alors que je repose le téléphone d'une main tremblante.

— Tu peux trouver un autre sujet de conversation, la supplié-je les sanglots dans la voix.

— OK. Tu sais ce que m'a confié Fernando au sujet de Maria, lorsqu'on était au Fear Factory ?

— Quoi ? dis-je soudainement intéressée.

— Elle était tellement bourrée la nuit dernière qu'elle n'a pas réussi à ouvrir le camping-car. Les garçons l'ont découverte quand ils sont rentrés de boite quelques heures plus tard : elle s'était endormie sur le capot, les clés dans la main. Fernando a dû la porter jusqu'à son lit pour la coucher !

— Mais non !

Je suis un peu stupéfaite, mais surtout très amusée. Cette anecdote a l'effet escompté. Je me détends. Nous finissons le repas dans une atmosphère plus légère, qui s'électrise quelque peu lorsque nous retrouvons les Argentins.

Nous avions décidé de nous rejoindre dans un bar pour commencer la soirée. L'endroit est bondé, l'ambiance y est festive. Nous jouons des coudes pour retrouver Maria, José et Fernando qui sont déjà installés à une table, une pinte devant eux.

— Quelles beautés ! s'exclame José en nous apercevant.

Ça me fait bizarre de recevoir un compliment d'un homme, et j'en suis plus touchée que je ne l'aurais cru.

La soirée se déroule merveilleusement bien. Nous buvons, nous nous amusons, nous discutons. Je ne capte pas le wifi, alors je range mon téléphone. Je ne peux toutefois m'empêcher d'y jeter des coups d'œil réguliers.

Après deux heures passées là, et le double en verres d'alcool, nous prenons la direction de la boite de nuit. Des affiches indiquant que le wifi est disponible sont placardées partout.

Je m'empresse de m'y connecter dans l'espoir — ou la crainte, je ne sais pas vraiment — d'y voir un appel manqué d'Alexandre. Il n'en est rien.

C'est vrai, nous sommes le 23 décembre. Il doit être occupé à acheter les cadeaux de Noël avec sa nouvelle copine. Je ne sais pas si je suis en colère ou triste. Surement un subtil mélange des deux.

— Arrête avec ça, me dit Cléo qui remarque mon manège.

— C'est toi qui m'as dit de me confronter à lui !

— Oui, mais pas maintenant. Il y a de la bonne musique, des mecs sympas, amuse-toi !

Je range mon téléphone à contrecœur.

— Sers-moi à boire d'abord !

La soirée s'enchaine, entre danses endiablées et alcool à volonté. Je ne sais plus à combien de verres j'en suis. Tout ce que je sais, c'est que je m'amuse comme une folle avec mes quatre acolytes. J'en oublie presque Alexandre. Presque.

Chaque fois que Cléo a le dos tourné, je prends mon téléphone pour vérifier mes notifications. Plus le temps passe, plus je meurs d'envie de lui balancer tout ce que j'ai sur le cœur depuis un mois.

Au bout de quelques heures, je ne peux plus attendre. Je m'éclipse à pas de loup dans la partie extérieure de la boite, réservée aux fumeurs. Là, le son est moins fort, il m'est plus facile d'appeler. Il est cinq heures du matin ici, alors en France il est... Je n'arrive plus à calculer. J'appuie sur son numéro.

— Morgane, qu'est-ce que tu fais ?

Je me retourne. Prise en flagrant délit, je lâche mon téléphone, qui s'écrase sur le sol. La vitre explose, une exclamation retentit.

— Allô ? Allô, Morgane ? C'est toi ?

Chapitre 23
Cléo

Morgane s'est figée sur place. La voix continue de s'élever depuis son téléphone accidenté sur le sol. Elle n'amorce aucun geste pour le ramasser. Elle me regarde et, dans ses yeux, le temps parait s'être arrêté. Je lui prends le bras, récupère son portable et l'attire dans un coin plus isolé. L'alcool, additionné à la fumée des cigarettes me font un peu tourner la tête, mais je m'efforce de garder un pas assuré.

— Allez, Morgane, c'est maintenant !

Elle saisit le smartphone que je lui tends et le porte mécaniquement à son oreille.

— Allô ? souffle-t-elle dans un murmure à peine audible.

Ici, la musique est beaucoup moins forte. Pourtant, le brouhaha tout proche des fumeurs m'empêche de percevoir ce qui se dit dans le combiné. J'essaie de me fier au visage de Morgane, qui semble passer d'une totale incrédulité à un état d'agacement prononcé.

— Comment ça, c'est pas le moment ? Et tu crois peut-être que c'était le moment de t'envoyer en l'air avec ta pouffiasse de secrétaire ?! s'exclame-t-elle en faisant tourner vers nous quelques têtes.

Je fais un petit signe d'apaisement en direction des fêtards, avant de leur tourner le dos. Morgane se met à faire les cent pas. Ce n'est pas chose facile que de parvenir à canaliser ses mouvements. Elle ne semble même pas me voir et renchérit :

— Je m'en fous Alexandre ! J'ai besoin de savoir, alors tu vas t'enfermer dans ton putain de bureau et on va causer, toi et moi !

Wahou… Elle est plutôt effrayante quand elle est énervée ! Je ne sais pas ce que lui raconte son ex, mais elle est concentrée sur ses propos. Il est temps pour moi de m'éclipser. Je ne souhaite pas jouer les curieuses… Elle me fera le débrief plus tard si elle en a envie ! Tandis que je commence à me rediriger vers l'entrée de la boite, Morgane me saisit le poignet. « Reste » deviné-je se former sur ses lèvres. Ses traits sont tirés par la colère, mais ses yeux brillent douloureusement. Je vois bien que sous ses airs de femme déterminée, elle est à deux doigts de s'effondrer. Alors, je reste. Je tire deux chaises et invite mon amie à s'asseoir près de moi.

— Mets le haut-parleur.

Quitte à rester, autant bénéficier de toutes les informations ! Morgane hoche la tête puis place son téléphone entre nous deux, de façon à ce que je puisse suivre leur échange. La voix de son ex s'élève aussitôt :

— ... sans donner de nouvelles. Tes parents n'ont pas arrêté de m'appeler, je ne savais pas quoi leur dire !

— Pourquoi pas la vérité ? s'exclame Morgane. Que leur petit gendre idéal n'était en réalité qu'un parfait connard ? Ça faisait combien de temps, Alexandre ? Ça faisait combien de temps que tu la baisais dans mon dos ?

Mon amie se lève et se remet à marcher de long en large. Je la suis des yeux, impuissante. Alexandre laisse passer quelques secondes avant de répondre :

— Pas longtemps... Quelques semaines...

— Putain Alexandre, je ne comprends pas, on s'est toujours tout dit, on n'a jamais eu de secret l'un pour l'autre ! Pourquoi tu ne m'as pas dit que ça n'allait pas ?

— Je sais pas...

Sa voix se fait hésitante.

— Je crois que j'étais complètement paumé... Je traversais une période difficile et voilà...

— Et du coup, une partie de jambes en l'air, ça t'a fait du bien ! crache-t-elle avec dédain. Tu me dégoutes…

Morgane se laisse tomber sur la chaise en reniflant bruyamment. La colère semble l'avoir quittée au profit d'une profonde affliction.

— Pendant des semaines, à chaque fois que je fermais les yeux, je te voyais lui faire l'amour sur ton bureau, articule-t-elle d'une voix monocorde. Tu penses que ça a été facile pour moi ?

— T'étais pas censée voir ça…

— T'étais pas censé me tromper.

Le silence s'installe à nouveau.

— Je sais… Je suis désolé. Je…

Alexandre s'interrompt. Des éclats de voix nous parviennent depuis le téléphone.

— Oui, OK, j'arrive, assure-t-il à haute voix.

Il s'adresse alors à Morgane de façon précipitée, comme s'il tâchait d'écourter au maximum la conversation :

— Je suis désolé que notre histoire se soit terminée comme ça. Je n'aurais pas dû te tromper, mais tu n'aurais pas dû partir. Tu me mets dans la merde avec l'entreprise. J'essaie tant bien que mal de redresser la barre depuis ton départ. Alors si j'ai agi comme un con, tu n'as pas fait preuve d'une grande maturité non plus… Et je ne comprends pas pourquoi tu m'appelles maintenant. Est-ce que finalement tu ne t'éclaterais pas tant que ça avec tes Maoris ? Parce que de mon côté, je suis parfaitement heureux dans ma relation avec Sarah... Je dois raccrocher, je suis attendu pour une réunion importante. La prochaine fois, évite d'appeler au travail, cela me met très mal à l'aise. Au revoir, Morgane.

La voix dans le haut-parleur s'éteint subitement et nous laisse toutes deux ahuries. La pulsation des basses de la boite s'entrechoque à notre silence. *J'hallucine ! Quel connard ce type !* J'ose jeter un coup d'œil vers Morgane. Son téléphone toujours dans la main, les yeux perdus dans le vide... Elle semble s'être figée. Je lui saisis doucement l'épaule :

— Est-ce que ça va ?

— Il a gagné, souffle-t-elle sans me regarder.

— Quoi ?

— Il a gagné ! répète-t-elle plus fort. Je l'ai appelé pour l'affronter et finalement, c'est lui qui m'a mise à terre...

Sa voix se brise. Des sanglots retenus commencent à soulever sa poitrine. Ma gorge serrée m'empêche de lui répondre. *Et puis, pour lui dire quoi ?* J'active mes neurones pour trouver de quoi lui remonter le moral. Je souhaite éviter le cliché du « Il ne te méritait pas », mais rien d'autre ne me vient.

— Et à cause de moi, l'entreprise va mal… Je n'aurais jamais dû partir, j'ai tout gâché ! sanglote-t-elle de plus belle.

— Tu n'as rien gâché du tout ! Si l'entreprise va mal, c'est uniquement de sa faute ! Et puis quand on a une bite à la place du cerveau, faut pas s'étonner que ses affaires partent en couille !

Morgane lâche un hoquet de surprise et me lance un regard mi-choqué, mi-amusé. Je rougis et plonge au fond de mon sac bandoulière. J'en sors un mouchoir et le tends à mon amie.

— J'ai pas raison ?

Elle essuie ses joues baignées de larmes et se force à sourire.

— Oh non ! Tout ton beau maquillage a coulé, se désole-t-elle en découvrant les traces de mascara sur le papier.

— Attends, je vais arranger ça.

Je fouille de nouveau dans mon sac à la recherche d'un tube de crème hydratante. Je lui tapote le coin des yeux avec un mouchoir propre jusqu'à ce que les coulées larmoyantes finissent par s'estomper.

— Voilà, ni vu ni connu ! certifié-je avec un clin d'œil.

Elle me remercie d'un faible sourire avant de se murer dans un silence tout en réflexion. Son front est plissé, ses sourcils froncés, la commissure de sa lèvre supérieure tressaute. Ses poings se serrent et se relâchent par intermittence.

— Tu crois qu'il est plus heureux avec elle ? demande-t-elle enfin, d'une voix dénuée d'expression.

Je réfléchis quelques secondes avec de répondre. *Qu'a-t-elle besoin d'entendre ?* Une vérité qui blesse ou un mensonge qui réconforte ? Je décide de lui laisser faire son choix :

— Et toi, es-tu plus heureuse sans lui ?

Ma question fait mouche. Elle reste pensive de longues minutes, le regard perdu dans le vide. En réalité, je suis sûre qu'elle est plongée dans le trop-plein de son esprit. Elle se tourne alors vers moi et m'adresse un franc sourire.

— Je crois que j'ai un dernier coup de fil à passer, explique-t-elle.

Le choc de la chute a laissé une grosse auréole sur l'écran et perturbé le tactile de son téléphone. Morgane galère à lancer un nouvel appel à Alexandre.

— Mince, j'ai l'impression que ça ne marche pas, râle-t-elle en tapotant sur la vitre brisée. En plus, je suis même pas sûre d'appuyer au bon endroit... Ah, ça y est ! triomphe-t-elle lorsque nous parvient une première tonalité d'appel.

Le répondeur s'enclenche presque aussitôt : *Le Produit Français, Alexandre Muller, gestionnaire et directeur commercial, à votre écoute...*

— Merde, j'ai appelé sur le téléphone de la boite ! Je fais quoi ? s'affole Morgane.

— Tant pis, laisse un message !

— Tu crois ?

Elle hésite et je sens sa détermination qui chute seconde après seconde.

— Allez ! Libère ce que tu as sur le cœur !

Le bip de fin d'annonce d'accueil retentit. Elle ferme les yeux, prend une grande inspiration. *C'est parti !* Elle déblatère, elle soliloque, elle lâche tout… Je suis estomaquée de voir avec quelle frénésie elle enchaine son discours, avec quelle véhémence elle se soulage du poids qui l'écrasait. J'ai l'impression qu'elle grandit à mesure qu'elle se vide de ses souffrances. Ses épaules se redressent, son thorax s'élève, son visage se métamorphose…

— … et tu sais ce qui ne me manque pas non plus ? Les soirées passées devant *L'amour est dans le pré*[29] soi-disant pour me faire plaisir, alors qu'on sait très bien, toi et moi, qui de nous deux est le plus accro à Karine Le Marchand !

Morgane jubile tandis qu'elle sème par petits bouts les pires manies de son ex ! Je me mords les lèvres pour ne pas pouffer.

---

[29]Émission de téléréalité dans laquelle des agriculteurs sont à la recherche de l'amour.

— ... Les samedis foot avec les potes pour faire genre, alors que tu détestes ça... Un jour, faudra bien que tu assumes ta passion pour le bowling !

Là, c'en est trop : j'éclate de rire ! Ragaillardie par ma réaction, Morgane poursuit de plus belle :

— Et ces chewing-gums que tu enchaines à longueur de journée parce que t'as peur de puer de la gueule... Est-ce que tu sais que tu as fini par me dégouter de cette odeur mentholée ? Et la cafetière à détartrer tous les matins avant chaque café, tes caleçons à plier toujours de la même façon, ta manie de toujours vouloir régler le rétroviseur intérieur quand tu montes dans ta voiture, alors que putain ! Y a que toi qui la conduis ! Tu le sais que ta maniaquerie te perdra ?

Hum. Je pince les lèvres, un peu vexée. C'est pas forcément une mauvaise chose de faire attention à ses affaires, non ?

— ... Et les coups de fil à ta mère tous les soirs ? Parce que *monsieur* veut la jouer grand patron, directeur commercial et gestionnaire de sa boite, mais il est incapable de se passer des gros câlinous de sa môman, se moque-t-elle. Et puis, quoi de mieux pour retrouver un semblant de confiance en soi et de virilité que de se taper vite fait sa secrétaire dans le coin de son bureau ? Tu as vu, j'ai précisé « vite fait »... Tu me diras, dans un cas comme celui-là, c'est

surement un avantage d'être un éjaculateur précoce…
Allez, Alex, bon vent et sois heureux !

Morgane coupe la communication et se tourne vers moi, radieuse.

— Voilà ! Là, je gagne !

Je lui réponds d'un sourire forcé. Oui, c'est vrai qu'elle n'a pas mâché ses mots et que, mon Dieu, je n'aimerais pas être à la place d'Alexandre lorsqu'il écoutera ce message ! Néanmoins, ce n'est qu'un message… Est-ce que ce n'est pas un peu trop… facile, comme ça ? Peut-on vraiment parler d'affrontement ? Morgane doit percevoir mon malaise, car ses traits triomphants s'affaissent quelque peu. Je m'efforce de paraitre plus convaincue. Je cherche quelque chose de positif à lui répondre, lorsque la voix robotisée d'un répondeur s'élève de nouveau de son téléphone.

— *Votre message a bien été enregistré. Il sera automatiquement transféré sur la boite vocale de la salle de réunion n° 3.*

— Quoi ? s'exclame Morgane soudain livide. C'est quoi ce bordel ? Les messages peuvent être transférés maintenant ?

— *Si vous souhaitez confirmer le transfert de votre message, tapez 1. Si vous souhaitez annuler, tapez 2.*

— 2, 2, 2, répète-t-elle affolée en appuyant sur l'écran de façon répétée. Putain, ça marche pas !

Je m'approche du téléphone pour constater par moi-même : la vitre du smartphone est devenue complètement opaque. Je me demande même où Morgane a bien pu appuyer... J'obtiens la réponse à ma question lorsque la voix-robot reprend :

— *Confirmation du transfert de votre message.*

— Oh non, non, non ! gémit mon amie en plaquant ses mains sur son visage.

— Qu'est-ce qui se passe ? Je comprends rien !

— Alexandre a activé l'option du transfert automatisé des messages vocaux entre les répondeurs des différents bureaux...

— Mais... À quoi ça sert ? Il peut pas juste écouter ses messages dans son propre bureau ?

— Il pensait que ça ferait sérieux de recevoir des coups de fil pro pendant les réunions d'équipe... J'ai toujours freiné des quatre fers pour justement éviter ce genre de situation !

Je m'apprête à lui demander plus de détails sur cette étrange pratique, quand la voix robotisée me coupe dans mon élan :

— *Votre message est en attente d'approbation... Votre message est en attente d'approbation...*

— Yes ! Il a activé l'option filtrage ! Allez, n'accepte pas, n'accepte pas ! répète-t-elle, les yeux fermés et les mains jointes en une prière.

— *Votre interlocuteur a accepté votre message. Celui-ci sera automatiquement délivré dans la salle de réunion n° 3. Merci pour votre appel et à bientôt.*

— Putain de merde, murmure Morgane d'une voix blanche.

Elle me regarde, affolée, en glissant ses mains dans ses longues boucles brunes. De mon côté, je connecte toutes les informations pour tâcher de comprendre ce qu'il vient de se passer. L'alcool n'aidant pas, plusieurs minutes me sont nécessaires pour assembler les différentes pièces du puzzle.

— Attends, commencé-je en plissant le front, tu as laissé un message sur le téléphone pro de ton ex, c'est ça ?

— Oui…

— Un message où tu balances tous les détails gênants de sa vie intime, c'est ça ?

— Oui…

— Et à côté de ça, ton ex, par désir de crâner auprès de ses employés, a activé le transfert des messages vocaux de son téléphone pro sur n'importe quelle boite vocale de son entreprise, c'est ça ?

— Apparemment, bredouille-t-elle de plus en plus dépitée.

— Donc là, tu me dis que ton message, celui où tu parles de *L'amour est dans le pré* et d'éjaculation précoce, est actuellement en train d'être diffusé dans une salle de réunion où se trouvent à la fois ton ex, ses employés et ses potentiels clients ?

Morgane hoche la tête, incapable de répondre. Je sens un large sourire s'étirer peu à peu sur mes lèvres :

— Ah ben là, c'est sûr, c'est toi qui gagnes !

Chapitre 24

Morgane

La phrase de Cléo passe en boucle dans ma tête. *C'est toi qui gagnes. C'est toi qui gagnes.* Oui c'est moi qui gagne. Et c'est ce que j'ai cherché à obtenir toute la soirée. Cependant, est-ce vraiment ce que je désirais ? Un combat fait rage à l'intérieur de moi. Il y a d'un côté, la Morgane soulagée d'avoir vidé son cœur et envoyé toute sa négativité dans la figure de son ex. De l'autre, la Morgane envahie de remords car personne ne devrait subir ça, même pas Alex.

Sans parler du fait que je viens de donner un coup dans notre boite déjà ébranlée par mon départ.

— Ça va ? me demande Cléo inquiète.

Je secoue la tête, incapable de répondre. Je ne sais que penser d'Alexandre, de moi-même, de ce qui m'envahit. Au chagrin refoulé, s'ajoutent des sentiments nouveaux de gêne et de culpabilité. Je suis engloutie dans un océan d'émotions contradictoires. Je me sens si mal, j'ai l'impression de me noyer, je…

— Bleuuurp !

Je vomis tout le contenu de mon estomac sur le sol. Le liquide couleur *sex on the beach* éclabousse nos nouvelles chaussures, à Cléo et à moi.

— T'as trop bu ! constate inutilement mon amie, l'air dégouté.

— Non, c'est à cause de ma conversation téléphonique.

— C'est ça, oui ! On rentre ! m'ordonne-t-elle.

Je dois reconnaitre qu'elle n'a pas tort : l'odeur de mon cocktail préféré, version acide, me monte jusqu'aux narines. Cela me provoque un nouveau haut-le-cœur, que je contiens avec peine. J'approuve le choix de mon amie de nous éclipser de la soirée.

Lorsque nous parcourons les derniers mètres qui nous approchent de la sortie, je remarque de nombreux regards tournés vers moi. La moitié rit, l'autre moitié retrousse le nez. J'ai honte. Je n'ai jamais eu aussi honte de ma vie. Ce sentiment s'additionne aux autres. Je ne suis plus à ça près. Je l'accueille volontiers dans ma mer de tourmente. Je coupe mon cerveau, et je me contente de fixer le sol où les chaussures de Cléo marchent d'un pas assuré. Elle me tient par la main, comme si j'étais une enfant de cinq ans. Elle se faufile entre les clubbeurs, les pousse parfois pour nous laisser passer.

Nous cherchons les Argentins. Nous ne les apercevons pas parmi la foule, alors nous quittons la boite sans leur dire au revoir. Une fois dehors, Cléo me lâche enfin. J'avance seule et prends une grande bouffée d'air. C'est comme si je redécouvrais l'oxygène après des heures passées dans l'ambiance carbonée des expirations des danseurs.

Cléo n'a pas bougé. Elle est derrière moi et attend sagement que je reprenne mes esprits. Elle ne semble pas furieuse que j'aie taché ses nouvelles chaussures. *Surprenant*. Elle me regarde d'un air peiné que j'ai du mal à soutenir.

— Je suis désolée, réussis-je à articuler.

— Tu te sens mieux ?

— Physiquement, oui. Mentalement, je ne sais pas... Tout est confus...

— Viens, on va marcher.

Cléo comprend ce dont j'ai besoin avant même que je lui parle. Elle passe un bras sous le mien, et m'entraine vers le lac. À mesure que nous approchons, je perçois les scintillements des vagues à sa surface, grâce à la lumière diffuse de la lune.

La plénitude du lieu nous offre un contraste saisissant avec la boite de nuit que nous venons de quitter.

Encore collées l'une à l'autre, nous longeons l'étendue d'eau. Nous restons silencieuses un long moment. Plus l'air frais entre dans mes poumons, mieux je me sens. Je prends de profondes inspirations en gonflant le ventre, puis j'expire en douceur par la bouche. Peu à peu, mes muscles se détendent, mon malaise diminue. J'ai beau avoir lu de nombreux livres de développement personnel, j'ai du mal à appliquer leurs recommandations.

Comme en résonance à mes pensées, la douce voix de Cléo brise le silence :

— Si nos rôles étaient inversés... que dirais-tu ?

— Comment ça ?

— Si c'était moi qui venais de rompre avec Alexandre, et que tu avais assisté à la scène dont je viens d'être témoin, que me conseillerais-tu ?

Elle chuchote presque, comme pour ne pas me heurter. Sa question m'enveloppe telle une couette confortable en pleine période de déprime.

— Je te dirais tout d'abord que c'est un connard, et que tu as bien fait de le quitter.

— Ça, c'est vrai !

— Je te dirais aussi que je sais combien c'est difficile de l'oublier et de passer à autre chose...

Ma voix s'éraille, mais je continue.

— Et que ça prendra le temps que ça prendra, mais tu peux y arriver. Tu VAS y arriver !

Je me sens rassérénée par mes propres paroles.

— Et as-tu des solutions pour faire ce deuil ?

Je réfléchis à toutes les lectures accumulées au cours de ma vie. Je cherche celle qui m'a marquée. L'une me revient à l'esprit. Elle m'a toujours attirée, pourtant je ne l'ai jamais pratiquée.

— Je te proposerais la méthode de la libération énergétique.

— Ça consiste en quoi ? demande Cléo, intriguée.

— Tu prends un objet ayant appartenu à la personne, et tu déverses absolument tout ce que tu as à lui dire. Tu décharges toute la négativité que tu as en toi. Puis tu détruis l'objet, ou alors tu l'envoies à la personne concernée.

— Tu penses que tu as encore des choses à dire à Alexandre ? Des choses à libérer ?

À ces mots, je sens l'océan de souffrance être agité par une tempête.

— Oui, j'ai encore des choses à libérer. Et j'ai un objet lui appartenant.

Je lui montre le bracelet en faux cuir tressé qu'il m'avait acheté lorsque nous étions en vacances.

Il m'avait expliqué qu'il s'agissait d'un bracelet magique qui représentait notre amour. Tant qu'il était attaché à mon poignet, notre amour vivrait. Il s'est détaché plusieurs fois. Je le lui ai caché, car j'attachais trop d'importance à la symbolique de ce cadeau. *Quelle idiote !* Je peux bien l'enlever maintenant !

Je tente de défaire les nœuds, en vain. Je l'ai serré tellement fort qu'il va me poursuivre à vie. Je suis comme menottée à mon amour perdu.

— Cléo, aide-moi ! paniqué-je.

— Calme-toi ! ordonne Cléo dépassée par mon attitude. T'es vraiment barge, tu le sais ? ajoute-t-elle.

— Je me soigne.

Cléo prend son temps. Grâce à ses longs ongles — et ses gestes beaucoup plus calmes que les miens —, elle parvient à retirer le bracelet sans difficulté. Elle me le tend. Je sens déjà l'énergie nocive du bijou rien qu'à le tenir du bout des doigts.

Je ferme les yeux pour me concentrer, puis j'évacue tout ce qui me pèse sur le cœur. Je refais le film de notre relation avec ses bons et ses moins bons moments. Depuis notre rencontre jusqu'à son infidélité.

Je comprends enfin le sentiment qui m'a envahie à ce moment-là et qui ne m'a plus quittée : la trahison. Dès lors, cette blessure réveillée a été, sans que je m'en aperçoive, l'engrais de ma négativité. Mon chagrin et mon ego blessé lui ont servi de camouflage. À présent que je l'ai débusquée, elle perd de sa puissance.

Je continue à exorciser mes émotions, sans parvenir à m'arrêter. Le bracelet, sous l'effet de la brise, oscille d'avant en arrière, comme s'il cherchait à m'échapper. Je l'agrippe fermement et lui en mets plein la tronche.

Je fais parfois des pauses, pensant avoir fini, pourtant je repars de plus belle. Mon monologue ne semble jamais se tarir. Je bats Harpagon[30], c'est sûr. Peut-être même que j'aurais pu rentrer dans le Guinness des records.

Cependant, comme le dit l'adage, « Tout a une fin », et celle-ci survient brutalement. Plus aucun mot ne se forme dans mon esprit. Je suis vidée.

Voyant que je ne réagis plus, Cléo me tend un briquet à l'effigie de la boite de nuit. Je lève un regard interrogateur, puisqu'aucune de nous ne fume.

— Cadeau du videur !

J'enclenche la molette du briquet. Une flamme éclaire nos visages. Je la glisse sous le bracelet et attends qu'il s'embrase. Je reste concentrée, et visualise mes émotions négatives qui brulent et se transmutent en lumière.

Je dépose le bijou sur une roche et nous regardons la combustion en silence. Quand le feu s'éteint, je récupère les cendres. Je les jette à l'eau, puis me rince les mains.

Je me sens mieux. Beaucoup mieux. Je souris à Cléo qui me rend mon sourire.

---

[30] Personnage de fiction de la pièce de théâtre *L'avare* de Molière.

Je m'assois sur le sol et Cléo se colle à moi. Je pose ma tête sur son épaule.

— Oh regarde, le ciel commence à changer de couleur ! s'extasie-t-elle.

Elle pointe du doigt les montagnes où des stries rougeoyantes annoncent l'aube. Nous restons ainsi, à la fois exténuées et admiratives, jusqu'à ce que l'astre gravisse les sommets enneigés. Pour la première fois de ma vie, je me sens soutenue. Cléo est la bouée qui m'empêche de me noyer.

— Merci...

— Avec plaisir ! me répond-elle en me frottant le dos amicalement.

Il est sept heures passées lorsque nous gagnons notre chambre. Je m'endors comme une souche, harassée par la soirée et le rituel.

Un énorme bruit me réveille en sursaut. Je me redresse, hébétée, sans avoir la moindre idée de l'endroit où je me trouve. Une inconnue vient d'ouvrir la porte, elle me regarde avec les yeux ronds. Elle bredouille quelques mots. Je comprends que c'est la femme de ménage. Elle a frappé à la porte, mais personne ne lui a répondu, alors elle s'est permis d'entrer. Je n'ai même pas le temps de lui répondre qu'elle s'est déjà éclipsée. Mon cœur bat la chamade. Mon cerveau est comme sorti de mon corps. Il me faut quelques minutes pour réaliser ce qu'il vient de se passer. Cléo, à mes côtés, est dans le même état. Elle cache sa tête sous la couverture.

— Il est quelle heure ?! gémit-elle.

Je me penche vers mon téléphone. À travers les fissures de sa vitre, je découvre un SMS d'Alexandre. Mon cœur déjà mis à rude épreuve s'emballe un peu plus. Je me retiens de l'ouvrir et tente d'adopter un air dégagé pour répondre à Cléo :

— Il est midi.

— Et si on restait au lit ? bougonne-t-elle.

J'aimerais bien, mais je sens que je ne peux pas. Je suis incapable de faire comme si je n'avais pas reçu de message de mon ex.

— Cléo ? Cléo ? Tu t'es rendormie ? murmuré-je.

J'obtiens un grognement en guise de réponse.

— J'ai reçu un message d'Alexandre.

Mon amie se redresse aussitôt, tout ouïe. Visiblement, la nouvelle a le même effet sur elle que sur moi.

— Qu'est-ce qu'il dit ?

J'ouvre le message. Malgré l'auréole qui obstrue une partie de l'écran, je parviens à déchiffrer son contenu. Je le lis à voix haute :

— « Je te savais immature, mais à ce point-là je ne l'aurais jamais imaginé ! Tu cherches quoi ? À te venger ? T'es vraiment pitoyable ! Au moins, essaie de le faire à la loyale, et viens régler tes comptes en face, plutôt que de me nuire via le travail. Je ne te croyais pas comme ça. Ne me contacte plus. »

— Il est virulent comme gars ! s'indigne Cléo.

— Oui. Quand il est blessé dans son ego, il peut être très méchant.

Je prends le temps de réfléchir à ce que je ressens et tente de le verbaliser :

— J'ai mal en lisant ça. Je suis triste. Moi qui pensais être guérie… !

— Attends Morgane, ce n'est pas une méthode miracle, ton histoire de bracelet incendié ! Hier, tu as fait le premier pas vers le deuil, et c'est génial ! Il faut que tu continues, c'est tout.

— J'aimerais tellement que ça aille plus vite !

— Chaque chose en son temps. Rome ne s'est pas construite en un jour !

Cléo a raison. Je dois me pardonner d'avancer lentement, car chaque deuil est différent. Que puis-je faire pour continuer de progresser dans la bonne direction ? J'y réfléchis quelques instants. Je décide de prendre une part active dans ma reconstruction. À chaque fois que je penserai à Alexandre, je laisserai partir la pensée, comme en méditation, et je m'enverrai beaucoup d'amour à la place.

Cléo me ramène dans le moment présent.

— Que décides-tu de faire pour ce message ?

— Je… je crois que je ne vais pas y répondre. C'est du passé maintenant. J'ai dit tout ce que j'avais à dire. Je crois que je vais le bloquer de partout pour ne plus être tentée, et débuter le deuil de cette relation tranquillement…

— Tu as raison.

À cet instant, mon portable se met à vibrer en continu. Nous sursautons toutes les deux une nouvelle fois. Le manque de sommeil nous met les nerfs à vif. J'appréhende que ça soit Alexandre, alors j'hésite à m'emparer de mon téléphone. Pourtant, je ne résiste pas au coup d'œil. Je remarque à l'indicatif que c'est un appel qui provient de Nouvelle-Zélande. Je suis soulagée.

— Bonjour, dis-je en anglais.

— Bonjour. Madame Sauve ? Votre van est prêt ! Vous pouvez venir le récupérer, me répond une voix féminine.

Je la remercie, raccroche, puis laisse échapper ma joie.

— Ça y est ! Raisin est guéri ! Raisin est guéri ! C'est le miracle de Noël !

Je sautille sur le lit.

— Tu ne crois pas que t'exagères un peu ? me charrie Cléo.

— Pas du tout, il faut remercier tous les miracles ! Et Noël a une énergie incroyable !

Cléo fait une moue dubitative. Elle a l'air déçue.

— Ça veut dire qu'on va devoir quitter cette chambre d'hôtel ?

Je la réconforte :

— Imagine, à nous l'aventure de nouveau ! Ça va être génial ! On ignore où le vent va nous mener, qui nous allons rencontrer, quels fabuleux paysages nous allons découvrir...

— C'est vrai que dit comme ça...

Ses yeux brillent. Je crois qu'elle va réussir à se faire à la *vanlife* finalement !

Nous rangeons nos affaires dans nos sacs avec difficulté suite aux nouveaux achats, puis nous rendons les clés à l'accueil. Nous devons payer un supplément pour le départ tardif. Peu importe, c'est Noël, il fait beau, et nous récupérons notre maison sur roues !

Nous prenons la direction du garage sans nous presser. Le ciel est dégagé et l'air y est même chaud. Je savoure chaque seconde dans cette ville qui aura fait partie de mon parcours de vie. Je suis toujours nostalgique lorsque je quitte un lieu. Pourtant, cette fois-ci, je sais que de belles choses m'attendent.

— Et si on fêtait le réveillon de Noël ? me propose Cléo.

— C'est une bonne idée ! On le fait dans les règles de l'art en s'achetant un cadeau ?

— Pourquoi pas ?

Je suis ragaillardie par sa proposition.

— Alors il faut se séparer pour garder la surprise. Nous n'avons qu'à nous donner rendez-vous ici même dans une heure, tu en penses quoi ?

Cléo approuve. Nous nous éloignons chacune de notre côté. J'aime le concept de chercher quelque chose qui pourrait plaire à ma compagne de voyage. J'hésite. Elle a déjà des vêtements, et son attirail pour se faire belle. Qu'est-ce qu'elle pourrait désirer ?

Je passe devant une boutique qui m'interpelle. Elle est remplie de bijoux en jade, la pierre fétiche de la Nouvelle-Zélande. Mon corps est attiré à l'intérieur comme un aimant. J'ai envie de tout acheter, comme d'habitude lorsqu'il s'agit de pierres. *Morgane, c'est un cadeau pour Cléo que tu cherches, pas pour toi*. Je tente d'étouffer la voix de la raison, sans succès. Elle n'a pas tort. Cléo n'a-t-elle pas déjà refusé ma turquoise ?

— Puis-je vous aider ? me demande la propriétaire de la boutique.

— Euh... Je cherche un cadeau pour une amie, mais...

Je fais mine de partir. Trop tard. La dame se lance dans un exposé sur les bijoux. Elle m'hypnotise. Elle m'explique qu'en fonction du symbole taillé, les propriétés de cette belle pierre verte sont différentes.

Je suis fascinée car je n'avais jamais entendu parler de ça. Elle me détaille les vertus de chaque forme, dont l'une attire mon attention, le « Pikorua ». Ses courbes entrelacées forment trois ronds de tailles distinctes, un peu comme un 8 avec une boucle supplémentaire.

— La symbolique de ce collier est l'éternité. Il représente une relation entre deux personnes, comme l'amour ou l'amitié, un lien qui les unit pour la vie, m'informe-t-elle.

— D'accord ! Je le prends ! dis-je sur un coup de tête.

Alors que la femme l'emballe dans un papier cadeau, je doute. *N'ai-je pas pensé avant tout à moi ?* Trop tard, je ne peux plus reculer.

Je ressors sous le soleil, le bijou dans mon sac à dos, et flâne en attendant l'heure de notre rendez-vous.

Quand j'y arrive, Cléo s'y trouve déjà. Mon cadeau en poche, elle semble bien plus sûre de son choix que moi.

Nous récupérons Raisin qui rugit de bien-être. Il a l'air en pleine forme ! Cléo se charge des dernières formalités, pendant que je recherche le prochain endroit à visiter. On nous conseille sur internet le lac Tekapo qui n'est qu'à trois heures et demie de route. J'attends la validation de Cléo quant à notre destination avant d'entrer l'adresse dans le GPS. Ça y est, elle déteint sur moi ! Je me laisse guider par la technologie !

La route est agréable. Nous nous arrêtons souvent pour profiter du paysage. Nous prenons le temps de faire quelques courses pour réunir les ingrédients nécessaires pour un Noël réussi.

Quand nous arrivons au lac, la lumière déclinante ne nous offre que des reflets gris. L'endroit est paisible, je m'y sens bien.

Nous nous répartissons les tâches : Cléo cuisine, tandis que j'étale une grande couverture sur le sol et allume des bougies un peu partout. Nous accrochons ensemble une guirlande lumineuse sur Raisin, ce qui lui confère un air de fête. Une fois que tout est prêt, nous pouvons enfin nous enrouler dans nos duvets.

Cléo remplit nos *ecocups* [31]aux couleurs de Jucy avec du champagne frais. Je gobe un des amuse-gueules disposés sur un plateau entre nous.

— Ça te dit un film de Noël ? me propose Cléo.

J'accepte avec joie, même si ce n'est pas mon genre de prédilection. Ça a l'air de lui faire plaisir, alors ça me fait plaisir à moi aussi… Elle revient avec son ordinateur, et m'en désigne un parmi sa liste de films romantiques. Elle le connait sur le bout des doigts. Moi, je le découvre pour la première fois. Bien

---

[31] Gobelet réutilisable.

loin des préjugés que j'avais, je laisse mon corps vibrer à chaque rebondissement prévisible. Mon cœur se calque sur celui de l'héroïne qui ressent ses premiers émois amoureux. Soudain, je me retrouve éprise d'un homme parfait au fin fond de la Laponie. Je soupire d'aise, même si je sais que le protagoniste n'est pas réel.

Cléo se lève, revient avec le diner et la deuxième bouteille de champagne. Nous passons la soirée ainsi, mangeant, buvant et regardant la naissance d'amours fictives au sein de la magie de Noël. Mon esprit et mon corps sont détendus. J'ignore si c'est la conséquence de l'alcool qui coule dans mes veines ou de l'acceptation de la fin de ma relation avec Alexandre.

— Oh, il est minuit ! s'exclame mon amie.

— Joyeux Noël Cléo, dis-je en la serrant dans mes bras.

— Joyeux Noël, Morgane.

Nous nous recroquevillons sous les couvertures. Le froid venant du lac nous glace le visage.

Je savoure l'instant. C'est le meilleur Noël que je n'ai jamais eu.

Chapitre 25

Cléo

Le bout de mon nez est gelé mais je m'en fiche. L'obscurité de la nature qui m'avait tant effrayée lors de notre première nuit en Nouvelle-Zélande me semble désormais une amie familière auprès de laquelle je me sens bien, apaisée. À moins que ce ne soit la présence de Morgane à mes côtés qui me donne cette impression… Je l'observe à la dérobée : ses yeux sont levés vers la lune, un léger sourire se perd sur ses lèvres. D'un doux mouvement circulaire, elle fait tourner le champagne dans son *ecocup* comme s'il s'agissait d'un grand cru. Je crois qu'elle va aller mieux maintenant. Je tâtonne sous ma couverture pour récupérer le paquet que je garde près de moi depuis le début de la soirée. J'ai eu un coup de cœur dès que je l'ai aperçu dans la vitrine, mais c'est en apprenant sa signification que j'ai su qu'il était bel et bien destiné à mon amie.

— Encore un joyeux Noël, répété-je en le lui offrant.

Son visage s'éclaire. Malgré mon assurance lors de l'achat, je ne peux m'empêcher de ressentir un peu de stress à l'idée qu'il ne lui plaise pas autant que ce que j'escomptais.

— C'est un *Koru*, expliqué-je tandis qu'elle déballe le bracelet au symbole maori. La pierre de jade prend la forme d'une fronde de fougère en train de dérouler, ce qui signifie une harmonie avec la nature mais surtout un nouveau départ, une nouvelle vie… J'ai pensé qu'il serait parfait pour remplacer ton ancien bracelet…

Morgane observe le bijou sans dire un mot. Son absence de réaction augmente mon inquiétude.

— Il ne te plait pas ? m'enquis-je déçue.

— Si, je l'adore, répond-elle en levant vers moi des yeux brillants. Merci, Cléo, ça me touche beaucoup… Voilà ce que j'ai pour toi…

Elle me tend à son tour un petit paquet dans lequel je découvre un pendentif maori sculpté dans une pierre de jade. Elle n'a pas besoin de me donner sa signification. Je l'ai déjà vu dans cette pittoresque bijouterie de Queenstown. Une boule d'émotion vient se nicher dans le fond de ma gorge et m'empêche de parler.

— On dirait bien qu'on a eu la même idée ! plaisante doucement Morgane pour détendre l'intensité de nos échanges. Je n'étais pas certaine que ça te plaise… Tu n'avais pas voulu de ma pierre du voyageur quand on s'est rencontrées la première fois…

Je souris à l'évocation de ce souvenir qui me semble désormais si lointain. Je m'éclaircis la voix avant de répondre, amusée :

— C'est normal, ma mère m'a toujours dit de ne jamais rien accepter d'une inconnue…

Morgane éclate de rire. Je passe le collier autour de mon cou. Le *Pikorua*, symbole de l'amitié éternelle, vient s'accrocher à mon trèfle à quatre feuilles. Ma chance c'est moi, mais pas seule. Plus seule.

Tel un écho à mes pensées, mon téléphone émet deux brèves vibrations. C'est un message de ma mère. Je devine Morgane en train de lire par-dessus mon épaule :

« Si mes calculs sont bons, nous sommes déjà le 25 décembre à l'autre bout de la planète… Alors ma petite chérie, je te souhaite un très joyeux Noël ! Je voulais que tu saches que je suis très fière de toi. J'espère que tu trouveras ce que tu es venue chercher dans cette aventure, même si ce n'est pas tout à fait celle que tu espérais… Je t'aime, Maman. »

Je fronce les sourcils. Que veut-elle dire par « ce n'est pas l'aventure que j'espérais » ? Je n'aurais pas forcément qualifié d'aventure un congrès international d'esthétisme… Je ne sais comment réagir face à l'ambiguïté de ce message. Je me tourne vers Morgane pour lui demander son avis sur la question. Son visage s'est refermé. Elle caresse son *koru* en prenant soin d'éviter mon regard.

— Tout va bien ? m'inquiété-je.

Elle se force à me sourire avant de répondre :

— Je crois que j'envie ce lien que tu as avec ta mère…

— Oh…

Cette confidence me déstabilise. Je n'aurais jamais cru qu'on puisse envier le fait d'avoir encore une relation fusionnelle avec sa mère à vingt-quatre ans… Puis, les quelques anecdotes que Morgane a pu me donner sur ses parents me reviennent en mémoire. Certainement qu'il vaut mieux un trop-plein d'amour qu'un amour en demi-teinte.

— Tu sais, tout n'est pas toujours simple avec elle, tenté-je de minimiser, on se prend très souvent la tête… Même que parfois on ne s'adresse plus la parole pendant plusieurs jours…

— Plusieurs jours ? demande Morgane sceptique.

— Bon, ça nous est peut-être arrivé une fois… pendant une journée, avoué-je en rougissant. Je te jure, ça peut être étouffant, une mère comme elle… Je ne sais pas si tu supporterais…

— Je pense que j'arriverais à m'y faire, m'assure-t-elle avec un sourire triste.

Nous laissons le silence s'installer, tandis que nous plongeons chacune dans nos propres pensées. Les bougies, allumées par Morgane au début de la soirée, se sont presque toutes éteintes. Par chance, la voute céleste a pris le relais et nous offre l'éclairage naturel de milliers d'étoiles scintillantes. Je songe alors que la moitié d'entre elles sont déjà mortes et que la lumière que l'on perçoit depuis notre petit bout de terre n'est qu'une illusion, un trompe-l'œil. Une lumière de façade. Je me recroqueville davantage sous ma couverture.

Deux brèves vibrations déchirent le silence autour de nous.

— C'est un message des Argentins ! m'exclamé-je ravie d'avoir un prétexte pour alléger l'atmosphère.

— Fais voir ! réclame Morgane en s'approchant de moi.

Le message s'ouvre sur une photo de Maria, José et Fernando. Le visage radieux, chacun lève bien haut une coupe de champagne. Un petit mot en espagnol nous souhaitant un joyeux Noël accompagne le portrait de nos amis. Aussitôt, un sourire se dessine sur mes lèvres. Je risque un coup d'œil vers Morgane et suis soulagée de constater qu'elle a retrouvé sa bonne humeur !

— Viens, on leur en envoie une, nous aussi ! propose-t-elle en reprenant son *ecocup* Jucy.

Nous trinquons de nouveau devant l'objectif de mon smartphone en mode selfie. Après avoir quitté la boite de nuit, j'avais envoyé un message à Maria pour la prévenir de notre départ. Heureusement, nous avions échangé nos coordonnées quelques heures plus tôt ! J'aurais vraiment été très mal à l'aise de les quitter de cette façon ! Ils devaient fêter le réveillon de Noël à Queenstown avant de repartir à Buenos Aires. Avec la prolongation de la fermeture des aéroports, ils ont décidé de poursuivre leur voyage vers le col de Haast et le glacier Franz Josef. Peut-être que nos chemins seront amenés à se recroiser ?

— Voilà c'est envoyé !

Triomphante, je regarde la photo de Morgane et moi apparaitre sur le fil de conversation Messenger.

— C'était chouette de passer ce moment avec eux… Je me suis bien amusée ! reconnait Morgane.

— Moi aussi.

Morgane fronce alors les sourcils puis me demande, soupçonneuse :

— Tu laisses ta 4G allumée maintenant ? Ça va te couter une blinde en forfait !

Par chance, l'obscurité camoufle le rosissement de mes joues.

— Oh, j'ai dû zapper de me déconnecter.

Puis-je vraiment avouer à Morgane que, depuis deux jours, je vis dans l'attente de recevoir un message de Joshua ? Je me trouve suffisamment ridicule moi-même…

— On relance un film ? proposé-je avant que Morgane ne cherche à me poser d'autres questions.

— Bof, je sais pas trop… T'as pas envie qu'on fasse autre chose ? Un jeu ou quoi ?

— Un jeu ?

Je n'ai jamais été une grande adepte des jeux, quels qu'ils soient. À la limite, les jeux de cartes comme le solitaire ou bien les puzzles ou les sudokus, passe encore… Mais jouer avec des gens m'insupporte. Ma mère dit que c'est parce que je suis mauvaise perdante. Elle se trompe. S'évertuer à répéter les règles dix fois pour celui qui n'a pas compris, attendre qu'un autre réalise que c'est à son tour de jouer, débusquer les tricheurs et gérer l'humeur massacrante des mauvais joueurs… Très peu pour moi !

— Je ne pense pas avoir vu trainer de jeux de cartes dans le van. Mis à part tes cartes de voyante…

— Mes cartes de voy… Ah mon tarot ! s'exclame Morgane en riant. Ah non, non, ce n'est pas un jeu ! Enfin, pas vraiment… Ça fait longtemps que je ne l'ai plus sorti d'ailleurs… C'est vrai qu'on pourrait… Non, poursuit-elle en remarquant l'expression de mon visage, je ne pensais pas à ça ! Que dirais-tu d'un *Action ou Vérité* ?

Action ou Vérité, autrement appelé le jeu de la bouteille. Je crois que je n'y ai plus joué depuis le collège… J'avais même oublié son existence ! Je me demande où Morgane va puiser toutes ses idées ! Je lève les yeux au ciel et laisse échapper un soupir…

— On n'est pas un peu trop vieilles pour ça ?

— Allez ça va, on rigole ! Puis on sait très bien que ça va se finir en un *Vérité ou Vérité*… C'est juste histoire de se raconter quelques anecdotes croustillantes sur nos vies !

Morgane s'est redressée sous son duvet. Emballée par son idée, elle ignore le froid qui s'intensifie, à mesure que l'heure avance.

— Qui te dit que j'ai envie de choisir Vérité d'abord ? répliqué-je agacée par ses penchants curieux. Je n'ai peut-être pas envie de raconter des anecdotes croustillantes sur ma vie !

— Ah parce que tu préférerais choisir Action ?

— Peut-être…

— OK, alors tu commences… Donc, donc, donc, donc… quelle action pour Cléo ?

Elle se frotte le menton dans une attitude exagérée de profonde réflexion qui m'arrache un sourire.

— Je sais ! Un bain de minuit dans le lac Tekapo ! Et à poil, bien sûr !

— Non mais sérieux ! Tu as vraiment un problème avec la nudité !

Morgane éclate de rire devant mon air faussement indigné. Je ne peux m'empêcher de me joindre à elle.

— C'est bon, tu as gagné... Vérité...

Je resserre la couverture autour de moi.

— OK... Donc, euh... Qu'as-tu pensé de moi la première fois que tu m'as vue ?

— Que tu étais complètement perchée. Pas du tout le genre de personne que j'aurais fréquentée en temps normal. Je t'ai surnommée « La gratteuse d'amitié ».

— Ah c'est drôle, pour moi, tu étais « La grugeuse » !

— « La grugeuse » ?

— Ouais, je te revois en train de doubler tout le monde dans la file pour être la première à monter dans l'avion. Tu te rappelles pas ?

Je fais la moue. *Ce n'est pas de ma faute si les gens sont si lents à démarrer !*

— À ton tour ! Action ou Vérité ?

— Vérité !

Je lui pose alors la question qui me brule les lèvres, moi qui ai vécu et grandi seule, avec ma mère :

— Ça fait quoi d'avoir une sœur ?

— Oh...

Morgane détourne le regard.

— Ça va, c'est correct, reprend-elle. Bon, à toi !

— Vas-y, raconte ! J'ai toujours rêvé d'avoir une sœur… Est-ce que vous vous ressemblez ? Est-ce que vous vous entendez bien ?

Je regrette ma question dès qu'elle franchit le seuil de ma bouche. La première fois que Morgane m'a parlé de sa sœur, c'était pour me lire le message incendiaire qu'elle lui avait envoyé à propos de sa rupture avec Alexandre. Je ne pense pas que l'on puisse bien s'entendre avec quelqu'un qui nous traite de la sorte… Morgane triture ses cheveux, le regard toujours dirigé vers la couverture.

— Je suis désolée de mon manque de tact… Si tu ne veux pas en parler, je comprends.

Elle relève la tête. Ses yeux humides fixent les miens lorsqu'elle me répond :

— C'est le jeu. J'ai décidé d'y jouer, alors j'assume. Donc pour te répondre, oui, on se ressemble beaucoup physiquement. Quand on était petites, on nous confondait tout le temps ! Ça nous amusait de nous faire passer l'une pour l'autre, explique-t-elle en balayant l'écran de son téléphone à la recherche d'une photo de sa sœur.

Elle me tend son smartphone. Malgré les fissures, je parviens à discerner le portrait d'une jolie jeune femme aux longs cheveux noirs et aux yeux aussi sombres que ceux de Morgane. Oui, il n'y a pas à dire, elles se ressemblent beaucoup. Ses joues semblent peut-être plus remplies et son sourire moins chaleureux…

— Marion vit en Belgique avec son mec qui bosse dans la finance. On a été proches jusqu'en maternelle à peu près… Très rapidement, nos parents ont commencé à nous comparer et à nous mettre en compétition l'une contre l'autre. Au départ, ça n'a pas eu d'incidence, puis à force, ça nous a éloignées… Nos études et nos fréquentations ont fini de nous séparer. Si tu voyais son mec ! L'archétype du parfait connard imbu de lui-même qui croit tout savoir sur tout ! Il est à gerber !

Je hoche la tête, mais peine à imaginer le personnage.

— Ça te rend triste de ne plus être aussi proche d'elle ? demandé-je à mi-voix.

— Ça me rend surtout triste qu'elle soit devenue aussi… aigrie, terre à terre, matérialiste… avoue-t-elle au bout d'un moment. C'est la vie ! Ce n'est pas parce qu'on fait partie de la même famille qu'on est obligé de se fréquenter et de s'apprécier… surtout quand on évolue dans des directions opposées…

Morgane se lève pour aller chercher la troisième bouteille de champagne au frigo.

— Mais c'est ma sœur, dit-elle en revenant, je ne peux pas la renier ! Bon allez, à toi, quel est l'endroit le plus insolite où tu aies fait l'amour ?

Ce revirement de situation me déclenche un fou rire incontrôlable.

La soirée se poursuit entre rires et émotions au fil de nos confidences. À mesure que les *ecocups* se remplissent et se vident, j'apprends entre autres que Morgane a embrassé son premier petit copain à l'âge de quinze ans, qu'elle mouillait encore son lit à dix, qu'elle a triché à l'épreuve de français du bac et qu'elle préfère tourner vingt minutes dans un parking plutôt que de se garer en créneau. Je lui confie avoir fait pipi dans l'eau à la piscine municipale, m'être épilée pour la première fois juste avant de commencer mes études d'esthétique, préférer les serviettes hygiéniques aux tampons, avoir cru jusqu'à mes vingt ans que l'huile de coude s'achetait en magasin...

— Et alors, demande enfin Morgane en nous servant un dernier verre, quel est le plus gros mensonge que tu aies dit à ta mère ? Ta plus grande cachotterie ?

Les effets de l'alcool qui m'embrumaient le cerveau disparaissent instantanément. Je retrouve aussitôt ma lucidité, mes craintes. Un gout désagréable envahit ma bouche et me donne envie de vomir. Morgane ne semble pas avoir perçu mon trouble et attend ma réponse en triturant machinalement son *Kura*.

— Je lui ai menti sur la raison qui m'a poussée à prendre l'avion pour Sydney, lâché-je d'une traite, il n'y a aucun congrès d'esthétisme, j'ai tout inventé...

— Ah bon ? s'étonne Morgane en se tournant vers moi. À moi aussi tu as menti alors ! C'est quoi la véritable raison de ta venue en Australie ?

Le cœur battant, je fouille dans mon sac pour récupérer le précieux billet qui ne me sert plus à grand-chose désormais. Je le tends à Morgane d'une main tremblante. Elle s'en saisit et l'approche de son visage pour déchiffrer les écritures argentées. L'étonnement se lit alors sur ses traits.

— Tu voulais te rendre... au concert des Tfor3 ?

J'acquiesce en silence. Morgane me scrute avec attention à la recherche d'un indice lui signalant que je me moque d'elle.

— Je n'aurais pas cru que ce soit ton style de musique, finit-elle par articuler. En fait, je n'aurais pas cru qu'il y ait encore des gens sur cette planète qui continuent de les écouter... Encore moins, que le groupe puisse encore se produire en concert... Te vexe pas hein, mais je crois que la dernière fois que mes parents ont écouté une de leurs chansons, je devais avoir quatre ans !

Je réprime un fou rire nerveux, tandis que mon corps est traversé de tremblements.

— Les chanteurs… bredouillé-je dans un souffle.

— Quoi, les chanteurs ? me coupe Morgane.

Son regard passe successivement de mon visage au billet pour finir par se poser sur ce dernier.

— Ne me dis pas que tu es le genre de fille à craquer sur des vieux ? Sérieux Cléo, ils doivent avoir au moins soixante ans !

— Ce n'est pas ça, protesté-je mollement, celui du milieu…

— Avec les cheveux longs et les lunettes bleues ?

Mon cœur se prépare à bondir hors de ma poitrine. Par réflexe, j'attrape le médaillon du trèfle auquel est venu s'emmêler le Pikorua et je les serre de toutes mes forces. Ce soir, j'arrête de tricher.

— C'est mon père…

Chapitre 26

Morgane

Nous longeons le lac en admirant la nature préservée qui s'offre à nous.

L'eau turquoise est entourée de vastes étendues fleuries. Tout est calme en ce matin de Noël. Nous suivons une piste parmi des lupins sauvages. Leurs longues tiges droites semblent vouloir toucher le ciel. Les multiples pétales, principalement roses ou violets, diffusent un parfum enivrant. Au loin, on aperçoit des montagnes, relief fréquent en Nouvelle-Zélande. Nous restons silencieuses. Nous nous émerveillons de la tranquillité des lieux. J'ai l'impression de flotter sur l'énergie douce que nous partage la Terre. J'en saisis la moindre parcelle, la savoure. Je me suis rarement sentie aussi bien.

Cléo, qui marche devant moi, s'arrête en plein milieu du chemin. Elle porte une de ses mains en visière et me montre une petite bâtisse que je distingue à peine.

— Je me demande ce que c'est ! On va voir ?

J'approuve d'un signe de tête. Je me concentre sur mes pas, pour éviter de dégrader la flore, et pour rester dans le moment présent. Depuis mon réveil, je me sens légère, comme si la magie de Noël m'influençait. À moins que ce ne soit mon bracelet. Je l'observe encore une fois, l'effleure de la pulpe des doigts. Je frissonne. J'ai l'impression que l'objet est vivant. Le *koru* taillé est bien plus puissant que les autres pierres que j'ai pu posséder.

Je suis tirée de mes réflexions par le tintement de cloches d'église. Je cesse de surveiller mes pas pour chercher l'origine du bruit. La petite maison que nous avons aperçue au loin se dresse à une centaine de mètres devant nous. Construite en pierres grises, marron et beiges, elle se fond parfaitement dans le paysage.

Au vu du rassemblement qui se crée autour d'elle, je devine qu'elle est la source de cette agitation sonore.

Nous nous arrêtons devant un panneau : « Church of the good Sheperd ».

Autrement dit, l'église du bon berger.

— Qu'est-ce qu'on fait ? me demande Cléo.

Je hausse les épaules. Je ne suis pas portée sur la religion. Mes parents sont athées. Ils m'ont fait baptiser, c'est tout. Je n'ai même jamais assisté à une messe de Noël. Les quelques fois où je suis entrée dans un bâtiment religieux, c'était pour des mariages, des enterrements ou des visites touristiques.

— On est là, autant y aller, non ? ajoute Cléo.

J'approuve. Après tout, peut-être que l'église du bon berger un jour de Noël est un signe !

Nous ne sommes pas les seules touristes présentes sur les lieux, aussi le curé ne s'étonne pas de nous voir nous installer parmi les fidèles.

L'intérieur de la bâtisse est minuscule. Il n'y a pas plus d'une vingtaine de places assises. Heureusement, nous ne sommes qu'une douzaine à participer à la messe. La célébration commence. Je ne sais pas ce qu'il faut faire. Cléo semble autant perdue que moi. Elle montre du doigt un croyant et me fait signe de l'imiter pour masquer notre inexpérience. Je m'en moque éperdument. Je préfère observer les lieux.

Trônant au bord du lac, l'église me renvoie à mon imaginaire de fées et autres espèces magiques. L'intérieur, tout en pierres, semble renfermer des passages secrets. J'écoute d'une oreille distraite la voix grave du prêtre. Il se décale sur la gauche. J'aperçois alors dans son entièreté la fenêtre qui offre une vue panoramique sur le lac. L'eau scintille sous le soleil. Je ne peux détacher mes yeux de cette vue apaisante. Je me contrefiche de ce qu'il peut bien se passer dans cette messe ennuyeuse. La plus belle des célébrations, c'est la nature qui me l'offre. Cléo ne semble pas de mon avis. Elle me donne un coup de coude pour me ramener dans l'ennui.

Heureusement pour moi, l'office ne dure pas longtemps. Je suis vite libérée du carcan de la tradition.

— Elle est vraiment sympa cette église ! me dit Cléo.

Elle sort à ma suite. Le soleil éclaircit quelques-unes de ses mèches attachées en une queue-de-cheval. Sa peau a foncé par rapport au jour de notre rencontre. C'est la première fois que je le remarque.

— Oui, très belle ! Et cette vue depuis l'intérieur ! Incroyable ! commenté-je.

Elle hoche la tête sans relever mon indiscipline. Nous poursuivons la balade près du lac, puis nous nous posons pour un pique-nique. Je déploie la grande couverture pendant que Cléo ouvre le sac à dos et sort des provisions.

Nous sommes légèrement en hauteur. D'ici, nous avons une vue sur l'ensemble du lac et les champs de fleurs violettes qui l'entourent.

— On est tellement bien ! m'extasié-je.

J'étends mes jambes au maximum, puis remonte ma jupe pour faire bronzer mes mollets. Cléo enfile une casquette et des lunettes de soleil.

— Oh oui ! On est trop bien ! Sacré Noël !

Je lui souris en signe d'approbation. Je me remémore notre conversation de la veille qui continue de me laisser perplexe.

— Ton père ? avais-je répété.

— Mon géniteur si tu préfères. Il ne m'a pas reconnue. Il ne sait même pas que j'existe, m'avait avoué Cléo dans un souffle.

— Comment… ?

Abasourdie par cette révélation, je n'avais pas réussi à finir ma phrase.

— Ils se sont rencontrés lors d'une tournée de mon père en Europe. Ma mère, fan inconditionnelle de Tfor3, est allée les voir plusieurs fois en concert. Elle avait même des places VIP. La suite, je te laisse imaginer…

— Oui, je me doute de la façon dont tu as été conçue, avais-je badiné dans l'espoir de détendre l'atmosphère.

Ma plaisanterie avait eu peu de succès. Cléo n'avait pas rebondi.

— D'accord… mais ensuite ? avais-je demandé voulant en savoir plus.

— Ensuite, rien. Ma mère a mené sa grossesse à terme et a tenté de m'élever seule.

— Mais… tu es sûre qu'elle te dit la vérité ?

— Je lui fais confiance.

J'étais restée sceptique face à cette annonce. J'avais repensé à *How I Met Your Mother*, l'une de mes séries préférées, où la mère de Barney Stinson lui fait croire que son père est un célèbre présentateur télé. J'avais l'impression d'avoir en face de moi sa version féminine !

— Cléo, je…

J'avais cherché la façon la plus douce de formuler mes pensées.

— Comment peux-tu en être certaine ? Après tout, ta mère… ta mère a eu une vie assez… turbulente, non ?

Cléo ne me regardait pas dans les yeux. J'avais des difficultés à interpréter sa gestuelle.

— Je n'ai pas de preuve, si c'est ce que tu entends par là. À part peut-être des traits physiques communs…

Cléo avait tapé son nom sur Google et m'avait tendu son téléphone. J'avais cliqué sur plusieurs photographies de lui, notamment celles où il devait avoir le même âge que Cléo.

— C'est vrai qu'il y a un air de ressemblance…

Cléo avait souri à mon assentiment.

— Mais ce n'est pas sûr à 100 %, avais-je tempéré.

— Oui, je le sais bien, avait-elle concédé.

— Je ne comprends pas… Pourquoi avoir pris des billets pour le voir en concert à l'autre bout du monde ?

— Quand j'ai appris son existence, je n'ai pas cherché à le rencontrer. Je ne le connaissais pas et j'étais heureuse avec ma mère, même si notre relation était imparfaite… J'ai parfois espéré qu'il vienne me surprendre à la sortie de l'école, mais ça n'a jamais été plus loin que ça. Adolescente, je l'avais déjà remisé au fin fond de mon esprit, au rang d'une chimère… Puis je suis devenue adulte, et j'ai vécu mes premiers échecs amoureux.

Cléo pesait ses mots.

— À la fin de ma dernière relation, je me suis dit que, vraiment, j'avais un sérieux problème. Je choisissais toujours des mecs qui ne me convenaient pas, j'étais constamment malheureuse en amour, et ça se répercutait sur les autres domaines de ma vie… Alors j'ai commencé une psychothérapie…

Cléo avait attendu ma réaction jusqu'à ce que je l'encourage à continuer :

— C'est très courageux. Qu'est-ce que tu as compris grâce à ça ?

— Eh bien que mes problèmes provenaient certainement de l'absence de figure paternelle, et que je devais apprendre à m'aimer sans attendre l'approbation d'un homme…

— C'est ton psy qui t'a conseillé de retrouver ton père ?

— Pas du tout. J'ai commencé à travailler sur moi et c'est à ce moment-là que ma mère a rencontré son conjoint.

— Ah !

Je me souvenais des explications de Cléo sur sa relation fusionnelle avec sa mère, ainsi que de l'arrivée du compagnon de celle-ci qui avait tout chamboulé. J'étais restée silencieuse, m'amusant de l'exemple parfait de l'impact que nous avons sur nous-mêmes et sur notre environnement. Cléo avait travaillé ses mémoires transgénérationnelles concernant les relations, ce qui avait permis à sa mère de trouver quelqu'un. Ce qui voulait dire qu'elle-même était « guérie » et qu'elle trouverait bientôt la personne idéale pour elle. J'avais gardé mon analyse pour moi afin de ne pas la couper dans son élan.

— Ça ne m'explique toujours pas pourquoi tu veux le voir en concert maintenant...

— Je veux le rencontrer, lui parler... lui dire qu'il a une fille...

— Et tu crois qu'il réagira comment ?

Ma question l'avait laissée bouche bée. Je pense qu'elle n'y avait pas réfléchi.

— Je... je ne sais pas.

Elle avait clôturé le débat et je n'avais pas insisté. Pour l'instant.

— Regarde ces couleurs comme elles sont sublimes ! Ce paysage ! C'est fou !

Cléo me tire de mes réflexions. Elle est en train de prendre des photos. Dans son appareil, il doit y en avoir au moins une cinquantaine du lac Tekapo. Sans compter celles prises à l'église !

Je me redresse et observe l'océan violet face à nous.

— Ça me rappelle chez moi... m'avoue-t-elle nostalgique.

— Pourquoi ?

— Ça ressemble un peu aux champs de lavande... Ils ont la même couleur et c'est tout aussi beau !

— Ah oui, j'en ai entendu parler. Je ne les ai encore jamais vus en vrai ! Je connais uniquement la lavande en sachet.

Cléo rit.

— Je t'inviterai en Provence un jour.

— Cool !

Je m'allonge de nouveau sur la couverture qui nous sert de nappe. Au-dessus de moi, les nuages blancs ondoient au gré de la légère brise.

Je me remémore ma rencontre avec Cléo, ainsi que le trajet en avion qui nous a obligées à nous côtoyer.

Comme quoi, rien n'est dû au hasard ! À ce moment-là, les cartes m'avaient annoncé une nouvelle amitié... En aucun cas, je n'aurais cru que je vivrais cela avec Cléo ! Je souris en repensant à la justesse de mon tarot.

Ce souvenir me donne envie de tirer les cartes à nouveau. À cet énoncé, je vibre de joie. *OK, je vais le faire !*

Je me lève pour les chercher dans mon sac. Je les garde toujours près de moi, juste au cas où... Je me rassois auprès de Cléo.

— Ah oui, tes fameuses cartes qui m'ont prédit que j'allais retrouver mon père...

Tout à coup, l'image de son tirage me revient en tête. Je n'y avais pas prêté attention alors, et je l'avais oublié. Maintenant que je connais mieux Cléo et son passé, tout fait sens en moi.

— Oh oui, c'est vrai ! Que disaient-elles déjà ?

— Tu m'as dit que j'allais rencontrer un homme âgé ou provenant de mon passé, qui a un enfant, sur son lieu de travail. Mais tu n'as pas interprété correctement l'ensemble du tirage.

— Comment ça ?

— Je pense que l'enfant de cet homme, c'est moi. Et ce n'est pas pour avoir une liaison, je vais le rencontrer pour combler les trous de mon passé. Il y avait l'étoile aussi, et tu as pensé que ça se passerait bien...

Je comprends où elle veut en venir.

— Je me souviens ! Tu m'as demandé si l'étoile associée à la carte du travail pouvait signifier que c'était une star !

— Oui... Tu ne pensais pas que ça soit le cas. Maintenant que tu connais la vérité, tu en penses quoi ?

— Je pense que ça colle ! Ça doit être pour ça que tu as pioché l'étoile.

Cléo semble déçue de ma réponse. Ses épaules se voutent quelque peu. Je fronce les sourcils. Je ne comprends pas sa réaction.

— Qu'est-ce qu'il y a ?

— Si l'étoile désigne son métier... ça ne veut pas forcément dire que notre rencontre va bien se passer...

— Attends, ça ne veut pas dire que ça va mal se passer non plus ! tenté-je de la rassurer. Au contraire, aucune carte négative n'est apparue, c'est un très bon signe !

— Tu crois ?

— J'en suis sûre ! Enfin presque sûre ! Ça dépend, que ressens-tu au fond de toi quand tu penses à sa rencontre ?

— Ça me donne mal au ventre.

— OK ça, c'est le stress. C'est ton ego. Ne le laisse pas prendre le dessus. À part cela ? Quand tu te dis « Je vais le rencontrer », est-ce que tu sens que ton corps approuve ? Ou qu'il refuse ? Te sens-tu plus légère, ou plus lourde ?

Cléo ferme les paupières pour se concentrer. Elle ne formule pas les questions à voix haute. Pourtant je devine qu'elle réalise l'exercice, car elle reste silencieuse un long moment, sans bouger. Elle ouvre les yeux et me regarde, étonnée.

— Ça a fonctionné.

Elle semble ne pas en revenir.

— Bien sûr que ça a fonctionné !

Je suis moi-même surprise que ça marche dès la première fois pour elle. Je me garde bien de le lui signaler.

— Et qu'est-ce que ton corps te dit ?

— D'aller le rencontrer.

Cléo parait plus sereine, j'en suis ravie. J'en profite pour continuer la conversation de la veille.

— Tu as réfléchi à la façon dont tu allais lui annoncer ?

— Sur mon téléphone, j'ai des photos de ma mère et moi quand j'étais petite. La date à laquelle je suis née... On verra...

— Et comment comptes-tu l'approcher ? C'est une star !

Bon, une star has been, mais une star tout de même !

— J'avais pris un billet qui me donne accès aux loges…

— Ouah t'as dû le payer une blinde !

— Comme tu dis ! J'y ai laissé mon salaire ! plaisante-t-elle.

Cléo se renfrogne et poursuit :

— Maintenant, tout est gâché… Le concert est dans moins d'une semaine. Je ne pourrai jamais y être, puisqu'on est bloquées ici…

Je suis touchée par les révélations de Cléo. Je connais enfin son histoire, son plus grand secret. Et j'aimerais tellement pouvoir l'aider ! Comment ? Je décide de faire appel à mes guides et à ceux de Cléo. *S'il vous plait, faites en sorte qu'elle rencontre son père !* Ça faisait longtemps que je ne leur ai pas demandé un service. Ils peuvent au moins me rendre celui-là ! Je répète mon souhait plusieurs fois. Une douce chaleur émane de mon bracelet. *Que voulez-vous me dire ?*

Une réponse me vient. J'hésite. Est-ce une voix impénétrable de l'Univers, ou juste mon mental qui s'active ?

— Dis, tu connais la culture maorie ?

Cléo est surprise par le brusque changement de conversation.

— Euh non, pas du tout, pourquoi ?

— Je sens que nous devons y aller. Le bracelet m'y encourage.

Cléo lève les yeux au ciel, sa mimique habituelle lorsque je parle de spiritualité, mais accepte ma requête. Elle n'est même plus étonnée de mes envies soudaines, elle s'habitue à mon excentricité.

— Tu « sens » que tu dois y aller, c'est tout ? Tu n'en sais pas plus ?

— Non.

— Tu ne vérifies pas avec ton tarot ?

J'ai sorti mes cartes, toutefois il est vrai que je ne m'en suis pas servi. Je les saisis entre mes mains, regarde les lettres dorées dessinées sur le verso rose pâle, et prends le temps de bien ressentir leur énergie.

— Je n'ai pas envie de faire un tirage finalement.

— Pourquoi ?

Les cartes m'ont aidée à amener à nouveau le sujet délicat du père de Cléo, et m'ont incitée à vouloir rencontrer le peuple mystérieux des Maoris. Je pense que c'était leur véritable intention. Elles n'avaient pas besoin de me prédire le futur, uniquement de me guider en cet instant précis.

— Le tarot a fait son travail, réponds-je, énigmatique.

Chapitre 27

Cléo

Nous avons mis deux jours entiers pour remonter jusqu'à Picton afin d'embarquer pour l'ile du Nord, berceau de la culture maorie. Nous avons embrassé une dernière fois du regard les plaines verdoyantes, les lacs aux reflets scintillants et les hauts sommets enneigés de l'ile sauvage. Nous sommes passées par Christchurch et sa cathédrale effondrée, Kaikura et ses croisières d'observation des cétacés, Blenheim et ses domaines viticoles.

La traversée en ferry jusqu'à Wellington a duré trois heures. Je crois que c'étaient les trois heures les plus longues de la vie de Morgane. Les violentes rafales qui sévissent dans le détroit de Cook ont bringuebalé notre bateau dans tous les sens. Même les en-cas que j'avais préparés en me rappelant les conseils de Jacob n'ont pas suffi : mon amie a passé la moitié du voyage le visage penché au-dessus de la cuvette des toilettes...

C'est ensuite la pluie qui nous a accueillies à Wellington. Ou devrais-je plutôt dire des seaux d'eau qui se sont écrasés sur le pare-brise de Raisin ! Nous comptions avancer jusqu'à Rotorua, cependant la météo et l'état comateux de Morgane nous ont forcées à nous arrêter à mi-chemin. Des carottes géantes à l'entrée d'Ohakune, plantées comme une invitation, nous ont convaincues d'y faire halte.

— Et donc, ça, c'est le volcan dans *Le Seigneur des Anneaux* ? demande Morgane, la bouche pleine.

Le serveur répond par l'affirmative et enchaine sur les excursions organisées autour du mont Ruapehu qui s'élève à quelques kilomètres de là. Je relâche mon attention et me recentre sur le reste de mon repas. Après cet éprouvant trajet, nous n'avons pas eu la force de nous préparer de quoi manger et avons atterri dans le premier restaurant encore ouvert. Je savoure ma polenta crémeuse baignant dans le jus de viande d'un tendre gigot d'agneau. Du coin de l'œil, j'observe Morgane qui discute avec le serveur néo-zélandais tout en dévorant sa *pie*[32] végétarienne. Elle semble avoir retrouvé son entrain habituel. Les désagréments digestifs de ce matin sont oubliés. Le jeune homme s'éloigne un instant et revient avec quelques prospectus qu'il dépose devant Morgane. Elle le remercie d'un sourire chaleureux.

---

[32] Petite tourte, spécialité néo-zélandaise.

— Tu aimes *Le Seigneur des Anneaux* ? lui demandé-je après que le serveur soit reparti.

— Pas du tout, répond-elle avec sérieux tout en parcourant des yeux la documentation.

— Ah... Et, tu as envie d'aller randonner autour du volcan Ruapehu peut-être ?

La situation m'amuse. Morgane lève les yeux vers moi. Un sourire se dessine sur ses lèvres. Elle repousse le prospectus qu'elle était en train de lire.

— Pas le moins du monde !

Elle hausse les épaules et se retourne discrètement en direction du serveur.

— Il est plutôt mignon...

— T'as qu'à lui demander de te servir de guide, suggéré-je avec un regard entendu.

Morgane lâche un petit rire suraigu puis se ressaisit aussitôt :

— Je te rappelle que nous sommes en mission. Nous n'avons pas de temps à perdre en batifolage ! Les Maoris nous attendent !

— Oh...

Je baisse les yeux sur mon assiette.

— Quoi, oh ?

— Je sais pas... Toi qui es pleine de signes, tu ne crois pas que c'en est un, cette météo de merde dès notre arrivée sur l'ile du Nord ?

— Non, l'eau ça purifie, ça nettoie les esprits ! On est désormais prêtes à entamer un nouveau départ, s'exclame-t-elle, moi, libérée d'Alexandre et toi, libérée de tes secrets ! Tu verras, je suis sûre que le meilleur reste à venir…

Je réponds à son sourire et tente de me convaincre qu'elle a raison. Il est vrai que depuis deux jours, je me sens beaucoup plus légère… Je sais qu'il y a peu de chance que je rencontre mon père pour de vrai mais… être parvenue à parler de lui et de ce que je ressens vis-à-vis de son absence à une autre personne que ma psy m'a fait plus de bien que je ne l'aurais cru…

J'ai réalisé que je n'avais pas de père lorsque je suis rentrée à l'école. C'est à ce moment précis que je me suis sentie différente. Amputée d'une présence, d'un amour que je ne connaissais pas. Ma pudeur de petite fille m'a empêchée de demander à ma mère les raisons de cette absence. Jusqu'à ce fameux soir d'hiver durant lequel, elle m'a, une nouvelle fois, oubliée à la garderie. La directrice lui a passé un coup de fil incendiaire. Pas moins de dix minutes plus tard, les pneus de sa voiture crissaient sur le parking. Je me suis installée sur la banquette arrière en claquant la portière.

— Si mon papa était là, il ne m'oublierait pas, lui.

Ma mère n'a pas ouvert la bouche du trajet. Lorsque nous sommes arrivées chez nous, elle m'a demandé de m'asseoir avant de déposer une grande boite à chaussures sur mes genoux. Dedans, il y avait des photos, des articles de journaux, un album de musique. Un nom. Un visage. Une voix. Et soudain, des milliers d'étoiles sont venues éclairer mes abysses intérieurs. Ma mère a répondu à toutes mes questions à son sujet. On a regardé ses concerts sur YouTube, on a acheté tous les magazines people où il apparaissait, on a écouté ses chansons aussi souvent que je le voulais. À huit ans, je connaissais les paroles par cœur et j'étais fière de jurer en anglais comme mon père. Je racontais tout de lui à mes copines et je n'en avais rien à faire qu'elles me traitent de menteuse.

Puis, j'ai grandi. Et les étoiles ont commencé peu à peu à s'éteindre. Regarder ses photos ne m'émerveillait plus, écouter ses chansons me rendait nostalgique. J'ai arrêté de parler de lui. À mes copines. À ma mère. J'ai préféré ne plus y penser. Oublier pour moins souffrir de son absence. J'ai laissé la boite à chaussures prendre la poussière. Jusqu'à ce que ma thérapie vienne bousculer mon passé. Jusqu'à Philippe. Jusqu'à ce que je clique sur ce putain de bouton « Achetez votre billet ».

— Bon, allez, lâche Morgane me tirant de mes réflexions, j'arrête de manger ou je vais exploser...

Le lendemain, nous quittons Ohakune de bonne heure, sans la moindre pensée pour les hobbits[33] de Tolkien. Les rayons du soleil peinent à percer derrière la grisaille qui s'est installée dans le ciel néo-zélandais. Notre arrivée à Rotorua dans une zone commerciale en pleine heure de pointe ne fait que renforcer ma morosité.

— T'es sûre que c'est là que se trouvent les villages maoris ? demandé-je, dubitative.

— C'est ce qu'indiquent les guides touristiques...

Morgane feuillette énergiquement l'un des livrets récupérés à l'office du tourisme de Dunedin. Elle semble aussi perplexe que moi. Ce n'est pas ainsi qu'on imaginait le haut lieu de la culture maorie. Et la citadine que je suis se surprend à regretter les étendues sauvages et le silence dépaysant de l'ile du Sud.

— Ils se situent après la zone, explique Morgane, rassurée, attends, je vais allumer le GPS pour qu'on soit sûres de pas les manquer...

Cette précaution s'avère inutile. Bientôt, de gros panneaux en bois indiquent la localisation de

---

[33] Peuple de semi-hommmes vivant en Terre du Milieu, dans l'imaginaire de J.R.R Tolkien (*Le Seigneur des anneaux*).

Whakarewarewa et Te puia, principaux villages maoris de la contrée. Morgane se met soudain à plisser le nez.

— Ah ! Cléo, t'aurais pu te retenir, ça schlingue !

Je pique un fard.

— N'importe quoi ! m'offusqué-je. Je n'ai rien fait !

— C'est quoi cette puanteur alors ? s'exclame-t-elle écœurée.

Je hausse les épaules, prête à lui répondre que c'est certainement dû au fait que sa bouche se situe trop près de ses narines, quand je suis agressée par une abominable émanation d'œuf pourri. Je plaque une main contre mon nez et mes lèvres pour atténuer les relents qui me soulèvent le cœur.

— Quelle horreur ! marmonné-je entre mes doigts serrés.

Morgane ouvre les fenêtres pour aérer l'habitacle. C'est pire que tout ! L'odeur gagne aussitôt en puissance.

— Ferme vite ! supplié-je sous les éclats de rire de Morgane.

Nous sommes alors surprises par des volutes de fumée qui s'élèvent un peu partout autour de nous. Nous en oublions un instant le désagrément olfactif.

— Qu'est-ce que c'est, tu crois ?

La voix robotisée du GPS indiquant notre arrivée à destination m'empêche de répondre. Je gare le van sur l'une des dernières places vacantes du parking bondé et nous emboitons le pas à la vague déferlante de touristes qui remonte l'allée vers l'entrée des villages. J'attrape la main de Morgane pour la forcer à accélérer.

— Eh, on ne gruge pas ! se moque-t-elle tandis que nous doublons un couple avec une poussette.

— Si on ne gruge pas, on ne pourra pas rentrer, prévins-je sans ralentir la cadence.

D'immenses arches en bois sur lesquelles sont sculptés de nombreux symboles maoris s'élèvent à une centaine de mètres devant nos yeux. Entre elles et nous, ce n'est plus une vague mais un raz-de-marée humain.

— C'est quoi ce monde ? lâche Morgane, stupéfaite.

J'ai l'impression de me trouver de nouveau dans le hall de départ pour les croisières dans les fiords. Je réprime un frisson.

— Viens, soupiré-je.

Je nous fraye un chemin jusqu'aux caisses, peu convaincue. Les guichets sont fermés. Les gens pénètrent tour à tour dans le village en brandissant un billet qu'ils collent sous les yeux d'un jeune maori en costume traditionnel. Il est vêtu d'une simple jupe fabriquée à partir de végétaux[34] et son visage est peint en noir. Je m'attarde un instant sur le dessin parfait de ses abdominaux luisants puis croise le regard de Morgane. Je comprends que nous avions le même point de mire. Nous détournons les yeux en gloussant comme deux gamines. Morgane s'approche et lui demande, un peu mal à l'aise :

— Est-il encore possible d'acheter des billets ?

C'est tout juste s'il se tourne vers elle pour lui répondre. Son anglais est teinté d'un fort accent qui le rend difficilement intelligible. Nous en percevons toutefois l'idée principale. Une grande manifestation maorie avec dégustation de *hangi*[35] et spectacle *haka*[36] a lieu aujourd'hui au sein des deux villages. Tout est complet depuis plusieurs jours.

Nous accusons le coup de cette nouvelle qui contrecarre nos plans. Le couple avec la poussette nous passe devant en tendant fièrement leurs billets d'entrée. La femme nous lance un regard hautain. *Connasse.* Je m'apprête à faire demi-tour quand Morgane se met à crier en faisant de grands gestes :

---

[34] Jupe de lin, appelée *piupiu*.
[35] Plat traditionnel maori dont la méthode de cuisson consiste à envelopper viande et légumes dans des linges humides avant de les enterrer dans une fosse au fond de laquelle sont déposées des pierres volcaniques chauffées.
[36] Danse chantée, rituel maori.

— Franchement, amener un bébé dans un spectacle *haka*... Parents indignes !

Le couple presse le pas pour s'éloigner de la folle furieuse qu'est mon amie. Moi-même, surprise par sa réaction, je me retiens d'exploser de rire.

— Et puis c'est quoi aussi cette odeur de pourriture ? s'insurge-t-elle en s'adressant au Maori qui ne sait plus où se mettre.

— Euh... C'est le soufre qui s'échappe des fumerolles, explique-t-il, gêné. Je suis désolé...

Morgane et moi échangeons un nouveau regard et partons alors dans un fou rire. Les touristes qui attendent impatiemment leur tour nous jettent des coups d'œil désapprobateurs. C'est plus fort que nous : dès que nous essayons de reprendre notre sérieux, il suffit que l'une d'entre nous se mette à glousser pour que nous repartions de plus belle. J'en ai les côtes qui brulent et les yeux qui pleurent.

— Allons-nous-en, décrété-je en me faisant violence.

C'est le cœur léger que nous rejoignons notre Raisin, petit rayon de soleil au milieu de tous ces véhicules ternes, gris. Et dire que j'avais si durement jugé sa carrosserie criarde... Aujourd'hui, je la trouve magnifique !

— Je suis quand même déçue que l'on ne puisse pas rencontrer les Maoris, se lamente Morgane alors qu'elle s'installe au volant.

— On pourra toujours retenter demain, suggéré-je.

Je ferme la portière derrière moi et vérifie mon téléphone par réflexe. Pas de message. Morgane me sort de ma mélancolie :

— Je sais pas, je me dis que tu avais peut-être raison… J'ai surinterprété les signes…

Elle gratte la pierre de jade de son bracelet, l'esprit ailleurs. Sa remise en question me touche, car elle me ressemble. Je décide, pour une fois, de jouer le rôle de l'optimiste.

— Allez, reprenons la route ! Je suis certaine qu'une meilleure aventure nous attend quelque part !

Morgane me sourit et allume le contact.

Nous avançons en silence à travers le paysage enfumé de Rotorua. Il est différent de ce que nous avons pu voir ces dernières semaines. Je dois reconnaitre qu'il a aussi son charme. Et puis, on finit même par s'accommoder à l'odeur… Mon regard est attiré par un panneau de signalisation dont le nom me dit vaguement quelque chose.

— Tourne par-là ! ordonné-je à Morgane en désignant une petite route sur notre gauche.

Mon amie s'exécute aussitôt.

— Tu as vu quelque chose d'intéressant ?

— Kerosene Creek… J'ai lu un truc sur ça dans un de tes guides touristiques… Je me demande si ce ne sont pas des sources d'eau chaude ou quelque chose comme ça… Ça te dit qu'on aille voir ?

— Carrément ! Moi qui pensais me dorer la pilule en Australie… Mon maillot commence sérieusement à faire la gueule !

Le chemin que nous avons emprunté se poursuit sur une petite dizaine de kilomètres au milieu de la forêt. Rien n'est indiqué, alors nous stoppons Raisin dès que nous voyons quelques voitures garées sur le bas-côté. Je pars en éclaireur vérifier que nous ne nous sommes pas trompées d'endroit. Le bourdonnement d'une rivière chante aussitôt à mes oreilles et me donne bon espoir. Je m'enfonce dans les fourrés. Je devine, entre les branchages, de jeunes gens en train de barboter dans l'eau, en contrebas. Plusieurs accès semblent avoir été conçus pour la rejoindre. Je me hâte de retourner jusqu'au van pour annoncer la bonne nouvelle à Morgane. Celle-ci est déjà en maillot de bain.

— Ta séance d'épilation aura finalement servi à quelque chose ! s'enthousiasme-t-elle en prenant des poses de star sous mon regard exaspéré.

Je me change en vitesse, enfile une tunique longue sur mon maillot et embarque la grosse couverture polaire. Je crains que l'eau, bouillante, ne provoque un choc thermique à la sortie de la baignade. Morgane a enroulé son corps dans une grande serviette de bain et piétine à l'extérieur du van.

— Bon, t'es prête ? s'impatiente-t-elle.

Nous empruntons le premier chemin qui se présente à nous et débouchons sur un petit espace aménagé entre les arbres. Quelques sacs de couchage éparpillés autour d'un bivouac témoignent d'un camping sauvage. Aucun des touristes n'est présent, mais des éclats de voix nous parviennent au-dessus du clapotis de l'eau. Nous enjambons plusieurs bouteilles de bière vides, ainsi que des tupperwares remplis de gâteaux et brioches. Mon estomac se met à gargouiller me rappelant ainsi que notre dernier repas remonte déjà à plusieurs heures.

— Ça craint si on leur pique un ou deux gâteaux ? murmure Morgane, je meurs de faim...

Je presse le pas sans répondre. Ma morale mène un sérieux combat contre mon estomac et je sais bien qui terminera vainqueur si je me montre trop hésitante.

Nous arrivons enfin sur le rivage et le spectacle qui s'offre à nous me revigore. La rivière s'organise en bassins successifs dans lesquels pataugent quelques baigneurs. L'eau glisse sur les roches en de petites cascades bondissantes et remplit les cavités pour former des piscines naturelles. Les vapeurs cuisantes qui s'en élèvent viennent me réchauffer les joues. Trop occupée à observer ce petit coin de nature sauvage qui me manquait, je ne perçois pas tout de suite les petits coups de coude de Morgane.

— Cléo...

— Mmm ? marmonné-je en parcourant des yeux la rivière à la recherche d'un emplacement libre où nous baigner.

— Cléo, insiste-t-elle.

— Quoi ? bougonné-je.

— Ils sont tout nus...

Sa réflexion me ramène à la réalité.

— Hein ?!

— Regarde ! pouffe-t-elle, une main plaquée devant sa bouche.

Je plisse les yeux et prête davantage attention aux hommes et femmes qui barbotent devant nous. Rien ne me semble anormal. Je me prépare à reprocher à nouveau à Morgane son obsession de la nudité quand l'un des baigneurs sort de l'eau, pénis en avant.

— Oh putain !

Je me détourne aussitôt sous les éclats de rire de mon amie.

— Je crois que c'est plutôt un maillot intégral que t'aurais dû me faire ! s'esclaffe-t-elle. Dis-moi, je ne savais pas que tu étais fan de naturisme !

— Allez, on bouge ! ordonné-je le visage écarlate.

Je rebrousse chemin à la vitesse de l'éclair, Morgane, toujours morte de rire, sur mes talons. En passant devant le camp désertique des nudistes, une folle impulsion me pousse à embarquer le tupperware de gâteaux.

— Fonce, fonce ! crié-je.

Je m'enfuis des lieux du crime. Morgane s'élance à ma suite.

Électrisée par mon larcin, je me cache derrière Raisin, le cœur battant et le sourire aux lèvres. Mon amie me rejoint quelques secondes plus tard, à bout de souffle.

— Et après, on dit que c'est moi la tarée ! se plaint-elle. Allez, file une brioche...

Elle attrape le morceau que je lui tends et le dévore.

— Elles n'ont pas un gout bizarre ?

Je ne trouve pas et savoure le fruit de mon chapardage avec délectation. Je me découvre un côté un peu dingue que je ne connaissais pas. Je crois que ça me plait...

— On longe la rive ? propose Morgane, on tombera peut-être sur des espaces plus *family friendly*...

J'acquiesce et nous poursuivons notre route à travers la végétation de plus en plus dense, seulement guidées par la rumeur de la rivière sur notre droite. La troisième brioche me laisse un arrière-gout amer. Je me sens aussitôt enveloppée par une vague de chaleur. Je ralentis le pas malgré moi.

— Morgane, soufflé-je, je ne me sens pas très bien…

Elle se tourne vers moi et, d'un doigt sur ses lèvres, m'intime de me taire. De son autre main, elle désigne un point devant nous. Je ne distingue rien de particulier. Mon amie semble subjuguée. J'avance d'un pas. Les fougères qui me bloquaient la vue s'écartent alors sur un étrange spectacle. Un arbre d'une vingtaine de mètres de haut s'élève au centre d'une petite clairière. Son feuillage fourni est coloré de grosses boules rouges éclatantes de beauté. Je n'avais encore jamais rien vu de tel. À peine ai-je le temps de m'extasier, qu'un murmure se perd au creux de mon oreille :

« Pohutukawa… Pohutukawa[37]*… »*

— Quoi ?

J'ai tout juste ouvert la bouche. Pourtant, ma voix se répercute en écho tout autour de nous, comme si j'avais hurlé. Les gens qui dansaient autour de l'arbre se tournent dans notre direction. Ces gens… Étaient-ils là, il y a une seconde ?

---

[37] Arbre sacré maori, considéré comme l'arbre de Noël en Nouvelle-Zélande.

Je sens quelqu'un qui m'attrape la main… *Morgane ?* Je ne sais pas… Je ne sais plus… L'une des femmes du groupe s'avance vers nous. J'ai un mouvement de recul. Mon pied bute sur une racine. Je bascule en arrière dans une chute qui me parait infinie. Je ferme les yeux et prépare mon corps au choc qui l'attend.

Il ne vient pas. À la place, le visage de la femme apparait derrière mes paupières closes. Ses longs cheveux blancs encadrent ses yeux sombres et sa peau ridée entièrement tatouée. *Comment peut-elle se trouver ici, alors qu'elle était là-bas ? Dois-je avoir peur ?* Elle m'offre un sourire édenté qui me rassure.

« *Kia Ora*[38] »

Ces mots résonnent dans ma tête. Je reconnais la voix apaisante qui m'a surprise un peu plus tôt. La vieille Maorie me tend le bras. Ma main attrape la sienne et je suis tirée vers l'avant par une force inconnue. Lorsque j'ouvre les yeux, je suis assise en tailleur devant le groupe de danseurs à quelques mètres de l'arbre sacré. Il y a des hommes et des femmes. Des symboles sont gravés dans la chair de leur visage et de leur corps. Je reconnais mon *Pikarua*

---

[38] Bonjour/Bienvenue.

et le *Koru* de Morgane… Un élan de panique me noue l'estomac. *Où est Morgane ?* Je n'ai pas à chercher longtemps. Assise tout près de moi, uniquement vêtue de son maillot de bain, elle ne quitte pas des yeux la vieille femme aux cheveux blancs qui semble guider la troupe. Rassurée, je m'adonne à mon tour à la contemplation. Tous portent la jupe traditionnelle. La poitrine des femmes est recouverte par un carré de tissu aux couleurs noire et rouge. Certains hommes revêtent sur leur dos un textile confectionné à partir de plumes d'oiseaux,[39] tandis que la plupart arborent leur torse nu. Leur cou est habillé de colliers faits de bois et de cordes. Des feuilles sont tressées dans leurs longs cheveux noirs. La vieille femme tape alors du pied sur le sol et la puissance jaillit.

Ringa pakia… Uma tiraha…

Elle m'écrase, elle me transcende.

Turi Whatia… Hope whai ake…

Les voix, les cris, s'élèvent au-dessus de nos têtes, au-dessus de nos âmes.

---

[39] Kahu Huruhuru.

Waewae takahia kia kino...

Qui suis-je ? Je ne sais plus...

Ka Mate ! Ka Mate ! Ka Ora ! Ka Ora !

Mon esprit se mêle à ceux des Maoris...

Tenei te ta ngata puhuru huru...

C'est fort, si fort...

Nana nei i tiki mai...

Est-ce mon corps qui vibre de cette façon ?

Whakawhiti te ra...

Ou bien la Terre tout entière ?

A upane ka upane ! A upane kaupane whiti te ra[40] !

Le silence surgit et m'assourdit. Mes oreilles bourdonnent, ma vision se trouble. Les visages des Maoris, leurs grimaces, leur magie, disparaissent les

---

[40] Paroles du Ka Mate, l'un des principaux hakas maoris.

uns après les autres. Tous sauf un. Le sourire édenté s'étire à nouveau. Et cette voix dans ma tête.

« *Kia maia*[41] Cléo, ce que tu désires au plus profond de toi, *Taku tamaiti*[42], tu l'auras… »

J'ouvre les yeux. La nuit s'est abattue sur la forêt. Le *Pohutukawa* a disparu et je me retrouve seule avec Morgane. Elle grelotte de tous ses membres. Sa serviette de bain s'est volatilisée elle aussi. Je nous enveloppe toutes les deux dans ma couverture polaire tandis que nous tâchons de retrouver notre chemin.

— Qu'est-ce qu'il s'est passé ? demandé-je en état de choc.

— Je… je crois que les esprits des Maoris sont venus nous rendre visite, chuchote-t-elle.

Je ne réponds pas. Je ne peux ignorer les sensations qui courent encore à l'intérieur de moi. C'est comme si j'étais à la fois vidée et remplie d'une énergie nouvelle… Toutefois, l'interprétation de Morgane me dépasse… Comment cela serait-il possible ? Nous ne sommes pas dans un roman de J.K. Rowling[43] !

---

[41] « Aie confiance ».
[42] « Mon enfant ».
[43] Autrice de la célèbre saga de low fantasy, *Harry Potter*.

— J'ai la tête qui tourne, se plaint Morgane lorsque nous arrivons devant Raisin.

— Je ne me sens pas très bien non plus, avoué-je.

Quelqu'un semble jouer au yoyo avec mon estomac et je me fais violence pour retenir mes haut-le-cœur. Mon amie s'installe sur la banquette du « salon ».

— Elle t'a parlé ? demande-t-elle à mi-voix. La vieille femme ?

Je hoche la tête.

— Qu'est-ce qu'elle t'a dit ?

— Que j'aurai ce que je désire au fond de moi… soupiré-je.

— Elle m'a promis la même chose… Mais qu'est-ce que je désire ?

Nous méditons en silence sur cette drôle de prédiction, quand nos téléphones se mettent à sonner à l'unisson. Morgane fronce les sourcils.

— C'est bizarre, j'aurais juré l'avoir éteint avant de sortir…

Je hausse les épaules et déverrouille l'écran de mon smartphone. Mon cœur manque un battement. *Un message de Joshua !* Je n'en crois pas mes yeux ! Mes jambes qui flageolent non plus, apparemment ! Je me laisse tomber sur un siège et ouvre son message d'une main tremblante.

Cléo,

Pardonne-moi pour le temps que j'ai mis à t'envoyer ce message. C'est ce dont j'avais besoin pour réaliser à quel point je n'avais pas envie de te dire adieu. Ta rencontre m'a bouleversé et je ne peux te sortir de ma tête. J'ignore quelle histoire on peut envisager vivre tous les deux, mais j'ai bien envie de me laisser surprendre... Et toi ?

Ce n'est plus mon estomac, mais mon cœur qui menace de s'échapper de mon corps désormais. Un étourdissement me fait prendre conscience que j'ai cessé de respirer. J'inspire un grand bol d'air et tente de calmer mes palpitations cardiaques. *Que puis-je répondre à ça ?* C'est tellement fou, inattendu, inespéré... Joshua a envie de me revoir ! De petits papillons font la danse de la joie dans mon estomac ! *Et moi, est-ce que j'en ai envie ? Bon sang, que oui !* Je réfléchis déjà à la réponse que je vais lui donner, quand Morgane se met à hurler :

— Cléo ! C'est un message de la compagnie : ça y est, les aéroports ont rouvert leurs portes ! Tu vas pouvoir retrouver ton père !

Chapitre 28

Morgane

Assise sur le siège conducteur, je repense à mon arrivée en Nouvelle-Zélande avec mélancolie. J'étais si triste et désemparée à cette époque ! Je n'étais pas certaine d'avoir envie de découvrir ce pays. Aujourd'hui, je ferais n'importe quoi pour rester un peu plus longtemps sur ces terres sauvages. J'y ai vécu tellement de bons moments ! Et rencontré tellement de personnes lumineuses !

Je calme mon esprit vagabond, et le dirige vers mes mains qui tiennent le volant. Ça va me faire tout drôle de me séparer de Raisin. J'ai l'impression d'abandonner un animal de compagnie… J'ai envie de pleurer. Je me retiens : les larmes brouilleraient ma vue et nous finirions dans le ravin. Ce serait dommage…

— On ne pourrait pas… acheter Raisin et partir avec lui en Australie ? demandé-je timidement.

Cléo s'est habituée à mes demandes farfelues. Elle ne lève plus les yeux au ciel. À la place, elle pose sa main douce sur mon genou.

— Non Morgane, ce serait beaucoup trop compliqué. En plus, nous ne sommes pas sûres que Raisin puisse survivre au trajet... et comprends-le, il a vécu toute sa vie ici, pourquoi le déraciner ?

Je sais qu'elle a raison, mais j'ai du mal à l'admettre. Elle continue.

— Il va vivre de super belles péripéties ici !

— Il connait déjà toutes les routes par cœur... rétorqué-je amèrement.

— Peut-être, peut-être pas. C'était la première fois qu'il voyageait avec nous, il en a « senti » des rebondissements dans notre amitié. Il n'a pas dû s'ennuyer.

— Ça, c'est sûr !

— Ce sera pareil avec les nouvelles personnes qu'il va accueillir. Elles vont être excitées, stressées, émerveillées... Elles vont se contrarier, s'aimer... Il aura une belle vie...

Une larme coule sur ma joue sans que je ne puisse la retenir. Cléo ne se moque pas de moi.

— Tu as raison, concédé-je. Je le sais... C'est juste que les fins sont toujours compliquées à vivre pour moi...

— Je comprends.

Je ne suis pas sûre qu'elle comprenne, mais j'accepte sa sollicitude.

Nous continuons de rouler vers Auckland, la ville qui abrite l'aéroport le plus au nord de l'ile. Nous avons appelé l'aéroport dès que nous avons su que les vols à destination de l'Australie étaient de nouveau possibles. Les services de réservation de billets étaient évidemment saturés et nous n'avons eu d'autres choix que de prendre notre mal en patience. Nous avons finalement réussi à obtenir deux places pour un vol pour le surlendemain. Ce sursis me laissait le temps de faire correctement mes adieux à cette terre qui m'avait accueillie dans un moment délicat de ma vie. Il permettait également à Cléo de se préparer à la rencontre de son père, qu'elle n'espérait plus...

— Tu te sens comment, après tous les chamboulements de ces dernières vingt-quatre heures ? la questionné-je.

Cléo scrute le paysage à travers la vitre et me répond le dos tourné :

— J'appréhende un peu. Je ne sais pas si je veux quitter la Nouvelle-Zélande finalement...

— Tu ne vas pas te désister tout de même !

— J'ai peur...

Elle pivote vers moi. Je lui jette un œil, puis me reconcentre sur la route.

— Je me dis que tu as peut-être raison, poursuit-elle, et que mon idée est dingue… Je ne sais même pas si c'est vraiment mon père…

— Je suis sûre que si ! Et au pire tu pourras toujours effectuer un test de paternité là-bas pour en être certaine ! J'ai vu qu'on pouvait le faire par internet. Allez, reste confiante !

— Toi non plus, tu n'as pas envie de partir…

Le bitume défile sous nos roues. Je soupire à l'idée des kilomètres qui nous rapprochent de notre destination.

— C'est vrai… J'ai adoré notre voyage en Nouvelle-Zélande et j'aimerais le prolonger éternellement… C'est si beau ici ! Mais je sais que d'autres merveilleuses aventures nous attendent ailleurs, et j'ai hâte de les vivre !

En réalité, la nostalgie domine mes émotions. Mais, je reste persuadée de ce que j'avance : nous allons vivre de chouettes moments en Australie ! *Allez, Morgane, positive pour deux !*

— Dis, tu connais la thérapie du rire ? demandé-je.

— Non, c'est quoi ?

— C'est quand quelqu'un se force à rire. La personne en face de lui ne peut s'empêcher de l'imiter. Ce qui provoque l'hilarité chez le premier. Ça monte crescendo chez les deux participants. Ça leur permet de soulager les tensions. Ça leur fait du bien.

— Je ne suis pas sûre que cette méthode fonctionne...

En réponse à son pessimisme, je lâche un gloussement timide.

Cléo expire en deux brèves saccades, qui montrent qu'elle sourit. Je surenchéris avec un rire franc et explosif, qui emplit l'habitacle. Mon ventre se contracte par à-coups. Les yeux toujours rivés sur la route, j'entends Cléo qui me suit. Elle se met à pouffer d'abord doucement, puis de plus en plus fort avant de partir dans un grand fou rire ! L'entendre s'esclaffer me provoque une allégresse disproportionnée. Mes éclats de rire augmentent de plusieurs décibels. Au bout de cinq minutes, mes yeux pleurent tellement que je suis contrainte de m'arrêter.

Nous sortons du véhicule. Le soleil chauffe aujourd'hui. La carrosserie est brulante lorsque je m'appuie dessus. Nous tentons de reprendre notre souffle, mais nous repartons de plus belle plusieurs fois, de moins en moins intensément, jusqu'à ce que nous nous calmions définitivement.

— T'es folle ! me lance Cléo.

— Tu vois que ça marche !

Des larmes perlent encore à mes yeux. Je me sens carrément mieux et j'ai l'impression que Cléo aussi.

L'aéroport n'est plus qu'à deux heures et demie de route. Nous décidons de dormir tout près. C'est ma dernière nuit avec Raisin. Lorsque je m'allonge, je me connecte à lui. Je le remercie pour tout ce qu'il a fait pour nous. S'il n'était pas tombé en panne, nous ne serions pas sorties en boite, je n'aurais pas autant picolé et je n'aurais alors jamais dit à Alexandre ses quatre vérités… Raisin nous a également abritées du froid, de la pluie. Il nous a permis de faire Noël au chaud. Je m'endors sur les merveilleux souvenirs de ces dernières semaines.

Le lendemain, nous faisons nos valises dans le silence. Je rassemble mes vêtements en un tas que je fourre dans mon sac vide. Puis je ramasse les divers objets que j'ai laissés trainer çà et là.

— Dis donc, on en a foutu, du bordel !

— TU en as foutu. MOI je suis ordonnée.

Pourquoi c'est mon amie déjà ?

— Ah oui ? Et ça, c'est quoi ?

Je récupère sa paire de lunettes oubliée sous un siège et l'exhibe fièrement sous ses yeux.

— Oh !

Les branches sont tordues et les verres rayés. Pourtant, elle ne peut s'empêcher de s'en saisir délicatement, comme si elle avait le pouvoir de les ressusciter.

— Tu sais, Hermione[44], *oculus reparo*[45] ne fonctionne pas dans la vraie vie ! Même si tes fausses lunettes te donnaient un air de madame-je-sais-tout.

Cléo rit à ma remarque.

— Tu sais qu'elles me servaient plutôt de cape d'invisibilité...

Elle réfléchit un instant avant de continuer :

— Je crois que je n'en ai plus besoin maintenant !

— Tu as raison, je te sens beaucoup plus à l'aise avec les autres !

— Oui, et c'est grâce à toi.

— Non, tu es la seule qui as pu décider de changer, je n'y suis pour rien.

Elle presse sa main sur la mienne en souriant, puis nous reprenons le rangement de Raisin.

— Regarde ce que j'ai trouvé ! me dit Cléo.

Elle tend un des billets du bateau que nous avait offerts Joshua.

— Tu le jettes ?

— Non, je vais le garder en souvenir. C'est son premier cadeau.

— Tu penses qu'il y en aura d'autres ?

Elle rougit.

— Je ne sais pas... répond-elle en haussant les épaules. Et tes béquilles, on en fait quoi ?

---

[44]Personnage de la saga *Harry Potter*, écrite par J.K.Rowling.
[45]Formule magique évoquée dans la saga *Harry Potter*.

Elles sont reléguées dans un coffre depuis qu'elles ne me servent plus. Depuis cette fameuse dispute sur le bateau. Je chasse cet évènement de mon esprit.

— On les laisse à Raisin. On ne sait jamais !

Une fois toutes les réminiscences de ce voyage jetées à la poubelle ou conservées précieusement dans nos valises, nous nous arrêtons à une station-service pour une dernière mise en beauté de Raisin. Nous aspirons l'intérieur, puis passons un coup de Karcher à l'extérieur.

Il est tout propre, prêt à l'emploi. Je suis contente pour lui et triste pour moi. Nous le ramenons chez Jucy. Un homme l'inspecte. *Comme si nous avions pu l'abimer !* Je suis indignée.

— Vous avez eu un souci, n'est-ce pas ?

— Oui, le turbo a été changé.

— Vous avez bien été la seule conductrice ? dit-il en jetant un coup d'œil à Cléo.

— Oui, oui.

— Bien. Tout est en règle.

— Trouvez-lui une bonne famille, s'il vous plait... ordonné-je, émue, en touchant Raisin pour la dernière fois.

L'homme me dévisage étrangement.

— Dites que vous le ferez, ajoute Cléo.

Elle lance un regard à l'homme qui, les sourcils froncés en signe d'incompréhension, lâche un « oui » presque inaudible. Je reste un moment seule avec Raisin pour lui faire mes adieux, pendant que Cléo remplit les dernières formalités d'usage à ma place. Je la rejoins, le cœur serré.

C'est une navette qui nous conduit jusqu'à l'aéroport. Nous arrivons bien en avance pour être sûres de ne pas louper l'avion. Je me sens mieux, maintenant que mon esprit est dirigé vers le futur. Nous allons en Australie ! La terre de tous les dangers ! J'ai hâte !

Cléo est tendue. Avec l'agitation des derniers jours, elle n'a pas eu le temps de prévenir sa mère de ce changement de programme. Elle compose plusieurs fois le numéro de chez elle et raccroche.

— Pourquoi tu ne l'appelles pas ? demandé-je, étonnée.

— Elle ne connait pas la véritable raison de mon voyage en Australie... et ça me met mal à l'aise de lui mentir.

— Ne lui mens pas alors.

— Je ne peux pas lui dire que je pars à la recherche de mon père ! Pas tout de suite en tout cas...

— Tu peux juste lui dire que tu continues ton voyage en Australie avec moi, ce qui est la vérité.

Les épaules de Cléo se détendent. Elle arrête de s'agiter, compose le numéro de sa mère et s'éloigne. Je prête attention aux panneaux d'affichage comme s'il était possible que l'avion décolle sans moi. Rien n'est écrit pour l'instant, nous avons encore le temps. Je me lève pour aller chercher des sucreries. J'aime tellement ça ! Surtout dans l'avion. Devant l'étalage, j'hésite. La scène me rappelle quelque chose. Je souris. Je prends des Maltesers, des Kinder, des chips. *Il faut bien équilibrer le sucré et le salé !* Je cherche même une pomme ou autre truc *healthy.* Pas pour moi, pour Cléo bien entendu ! Je ne trouve rien, alors je me contente de remplir mon panier de nourriture transformée. Tout a l'air délicieux, et j'ai du mal à choisir. Je tends le bras vers un paquet de biscuits au Nutella et des bonbons Haribo, quand la voix de mon amie s'élève derrière moi :

— Tu ne crois pas que tu as pris assez de choses ?

— Il vaut mieux en avoir trop que pas assez !

Cette phrase, je la sors tout le temps, elle marche à chaque fois.

— Non, cette fois-ci tu choisis ! C'est soit Haribo, soit Nutella.

Je regarde les deux sachets avec envie quand un appel résonne dans le hall :

« Tous les passagers en direction de Sydney sont priés de se présenter à la porte d'embarquement D. »

Eh merde ! Ça recommence !

— Je prends les deux !

— Non, tu choisis ! insiste Cléo.

— Ça ne va pas ?! On va être en retard ! Ne crois pas que tu vas réussir à louper ton vol, ma grande !

Le surnom dont je l'ai affublée la fait rire. Mais elle n'en démord pas.

— Choisis et va payer. On sera à l'heure.

Je finis par reposer les deux sachets. Après tout, Cléo a raison, j'ai de quoi nourrir tout l'avion. Je la rejoins au bout de la file d'embarquement. Elle attend sagement, avec plus de détachement que la première fois où je l'ai vue.

— Désolée, je n'ai pas trouvé de fruit !

— Tant mieux, parce que je vais te manger des Maltesers. Ils me donnent envie depuis que je t'ai vue t'en goinfrer dans l'avion pour la Nouvelle-Zélande.

— Tu as refusé !

— Oui, je ne voulais pas que tu essaies de devenir mon amie, dit-elle avec désinvolture.

Sa réponse me surprend et j'éclate de rire dans l'aéroport. Les passagers se tournent vers moi, comme si ce bruit leur était totalement étranger. *Hey, les gars ! Bienvenue sur Terre ! Y a des émotions humaines par ici !*

Nous passons le contrôle des billets, puis patientons dans le bras qui mène à l'avion.

— Il faut que je t'avoue autre chose... reprend Cléo. C'est moi qui t'ai poussée lors du vol aller. C'est à cause de moi que tu es tombée !

Elle se mord la lèvre.

— Pourquoi ?

— Tu te collais à moi… et je ne supporte pas les contacts d'inconnus !

— Pas de tous les inconnus apparemment ! plaisanté-je en pensant à Joshua.

Elle comprend immédiatement mon allusion et rougit.

— Tu me pardonnes ?

— Oui, j'avais déjà oublié cet incident.

La file avance durant notre conversation et nous voilà à l'entrée de l'avion. Les hôtesses nous souhaitent le bonjour d'une façon très automatique. Nos sièges sont côte à côte. Cléo a eu le privilège du hublot, mais accepte que nous échangions nos places. J'observe la piste avec un mélange d'émotions. Je suis émue à l'idée de quitter la Nouvelle-Zélande. J'ai une pensée pour Raisin, puis pour toutes les personnes que j'ai rencontrées. Maria, José et Fernando… Je me demande ce qu'ils font en ce moment même. Et les deux Français qui ont fait un esclandre ? Que sont-ils devenus ? Sont-ils en route pour rentrer chez eux ? J'essaie de me souvenir de leurs prénoms. Ça ne me revient pas…

Je pense également aux lieux que j'ai visités… les Moerakis Boulders, les Fiordlands, le Lake Tekapo… Je n'oublierai jamais ces contrées, ces paysages, ces moments magiques en compagnie de Cléo. Je soupire.

— Qu'est-ce que tu as ?

— Je suis reconnaissante envers l'Univers de t'avoir mise sur ma route. J'ai passé de magnifiques vacances. Dire que quand je suis arrivée, c'était surtout pour fuir mon existence… Je ne pensais pas découvrir une nouvelle facette de moi.

— Moi aussi, ce voyage m'a transformée…

Cléo tripote nerveusement ses pendentifs. Je pose ma main sur son bras.

— Ça va bien se passer. Tu te diriges dans la bonne direction.

Elle pose sa main sur la mienne en arborant un sourire crispé.

Nous sommes interrompues dans nos échanges par une fille essoufflée qui s'arrête à notre niveau. Ses longs cheveux blonds sont emmêlés, et sa forte poitrine m'hypnotise.

— Bonjour. Désolée, je suis en retard. Ma place est ici, dit-elle dans un anglais transpercé d'un accent français très marqué.

Elle nous désigne le troisième siège demeuré vide jusque-là. Cléo et moi nous jetons un regard de connivence.

— Vas-y, installe-toi, lui réponds-je en français.

Je lance un dernier coup d'œil par le hublot tandis que l'avion roule jusqu'à l'entrée de la piste. Il s'immobilise quelques instants, puis accélère subitement. Ça y est, nous décollons. De là-haut, j'observe les mille et une teintes éclatantes du firmament, qui me laissent sans voix. Je regarde derrière moi l'ombre des nuages envahir ce pays qui m'a ouvert ses bras, et lui envoie un dernier baiser d'adieu. Puis je me tourne vers le soleil, brillant au-dessus des flots. Je n'aperçois pas encore l'Australie, pourtant j'en suis sûre : cette si belle lumière, c'est un signe.

À suivre...

Retrouvez dès à présent vos héroïnes préférées dans le tome 2 de leurs aventures à l'autre bout du monde : *Et colore tes rêves de lumière*

Et si tu souhaites en apprendre davantage sur Joshua Carter et son irrépressible attirance pour Cléo, rendez-vous sur :

https://aljean.fr/inscription-newsletter/

Remerciements

L'écriture d'un roman est un véritable travail d'équipe et c'est d'autant plus vrai lorsqu'on l'écrit à quatre mains. La co-écriture transforme l'écrivain solitaire en écrivain solidaire. Nous avons également eu la chance d'avoir à nos côtés des êtres exceptionnels qui nous ont soutenues, encouragées, portées jusqu'à sa parution.

Nous souhaitons tout d'abord témoigner notre profonde gratitude à Émilie Robert, notre alpha-lectrice et correctrice. Tes suggestions, tes remarques, ton enthousiasme nous ont donné des ailes dans les moments de doute et nous ont encouragées à ne rien lâcher. Merci pour tout ce que tu as fait et continues de faire avec bienveillance.

Un immense merci à notre amie et précieuse collègue, Jeanne Yliss, pour ta bêta-lecture de pro ! Nous n'avons jamais aussi bien chasser les adverbes et les incohérences grâce à toi ! Nos échanges au quotidien enrichissent nos cœurs et nos esprits.

Nous remercions également nos supers bêta-lecteurs. Déjà là dans nos projets solos, ils n'ont pas hésité à répondre présents pour soutenir notre duo de choc ! Mille mercis à Amanda, Agnès, Nathalie, Christophe et Guillemette pour leur soutien et leurs encouragements.

Un grand merci à celle qui a su, par la force de son talent, sublimer notre roman en lui offrant une couverture à la hauteur de nos espérances. Merci Lydie Wallon pour ta très grande patience...

Merci à notre famille et nos amis qui nous poussent à toujours vouloir nous tourner vers le soleil.

Merci à vous lecteurs pour votre présence. Vous êtes la lumière qui éclaire nos chemins du monde. Aussi funambulesques soient-ils.

Alexia & Loreleï

Facebook : A.L.JEAN & Loreleï Lester Plume
Instagram : aljean_autrice & lorelei_lester_plume